Les
Chemins de Lumière

Les Chemins de Lumière

Roman

Yamilé Stitt

Logan Masterworks
Miami, FL

Titre : Les Chemins de Lumière
Copyright © 2020 : Yamilé Stitt
Édition : Logan Masterworks, une marque de Lominy Books
Graphiste : Al Esper Graphic Design
Mise en pages : Roberto Nuñez

Pour toutes informations, veuillez contacter :
lescheminsdelumiere@gmail.com

ISBN: 978-1-7347418-0-3
Library of Congress Control Number: 2020934390

Catégorie BISAC en français :
ROMAN ET LITTERATURE / Littérature française / Francophonie ; ADOLESCENTS / Littérature et fiction / Passage à l'âge adulte ; ADOLESCENTS / Littérature et fiction / Problèmes sociaux et familiaux.

Catégorie BISAC en anglais :
SOCIAL SCIENCE / Emigration & Immigration ; SOCIAL SCIENCE / Minority Studies ; TRAVEL / Caribbean & West Indies ; TRAVEL / Europe / General ; TRAVEL / Europe / France ; TRAVEL / United States / General ; HISTORY / Europe / France ; FICTION / General ; FICTION / Women ; FICTION / Coming of Age

Première édition : 2016-Éduca Vision
Édition en anglais : 2019-Logan Masterworks : *Memories in Technicolor*
Visitez le site : yamilestitt.wordpress.com

~ * ~

Nous sommes tous des voyageurs,
En chemin
Au cœur de la vie !

~ * ~

En souvenir de mon mari et de mes parents, partis trop tôt

Pour mes enfants et mes petits-enfants, ma raison d'être

À ces pèlerins inoubliables qui ont croisé ma route
Au carrefour de la vie

J'affirme :
L'œuvre est née car vous avez cru à sa naissance, au fil des ans !

Yamilé Stitt

~*~

PREMIÈRE PARTIE

Le Départ

~ 1 ~

Paris, France – Septembre 1966

« Réveille-toi, ma chérie. Nous survolons Paris ! »

Un peu hagarde, ankylosée après six heures de vol au-dessus de l'Atlantique, je regarde par le hublot. Yvette, d'ordinaire réservée, a peine à contenir sa joie. Suspendu entre nuages et terre, l'avion d'Air France a entamé la danse aérienne qui précède l'atterrissage.

La ville-lumière en plein midi ! Un timide soleil de début de septembre nous accueille sur le sol de France. L'aéroport d'Orly grouille de monde, les sons fusent de partout et je réponds par monosyllabes aux agents d'immigration, empêtrée subitement par mon accent trainant d'Antillaise fraîchement débarquée à Paris. Le taxi file au cœur de la ville. Nous longeons les Champs Élysées et je rêve, les yeux grands ouverts. Les lectures de mon enfance prennent vie. Me voilà propulsée en plein roman !

Notre pension-hôtel est discrètement nichée dans un quartier résidentiel du 17ème arrondissement. Madame Levesque, la propriétaire, nous offre la meilleure chambre, avec bain privé. Épuisées par le décalage horaire, un lourd sommeil nous emporte, interrompu, des heures plus tard, par un coup discret frappé à la porte et une invitation à rejoindre les autres clients à la grande salle à manger du rez-de-chaussée. Petites tables rondes individuelles, soliflores, nappes d'une blancheur immaculée, serveuse en uniforme…

Au dîner, je découvre qu'il est plus facile de se faire servir le vin que la bouteille d'eau minérale. J'apprends aussi, ahurie, que le meilleur camembert est celui qui est « prêt à courir »… Les autres pensionnaires, séjournant à l'année, ont jeté un regard curieux à notre arrivée. Nous sommes, de toute évidence, des étrangères. Un bel homme aux cheveux très noirs, assis seul face à notre table, m'offre un salut discret de la tête. L'ai-je trouvé beau par ce qu'il est le seul convive qui ne semble pas à l'âge de la retraite ? Cette pensée me fait sourire.

Yvette me garde longtemps sur son cœur, au réveil. Je fête, en terre étrangère, mes quinze ans aujourd'hui. Le petit déjeuner nous est servi en chambre : baguette croustillante, beurre, confiture de framboise, et un grand bol fumant de café au lait. Puis c'est la course dans Paris, pour les achats de mon trousseau de pensionnaire. La liste avait été fournie par Saint Joseph, annexée à ma lettre d'admission. Bain de foule aux Galeries Lafayette. Pause-café à une terrasse. Nous jouons aux Parisiennes. J'examine, curieuse les chemisettes thermolactyls, achat obligatoire en prévision des grands froids. Je rêve déjà aux premiers flocons de neige d'hiver…

~ * ~

Val-de-Seine ! Le taxi s'enfonce au cœur d'un sous-bois merveilleux, paré déjà de ses habits d'automne. Les pneus glissent sous un tapis de feuilles mortes, aux reflets d'or et de feu. Nous demeurons silencieuses, bouleversées par l'imminence de la séparation. Soudain, au tournant de la route étroite bordée d'arbres séculaires rougis en ce début de saison, une immense clairière révèle, à notre contemplation médusée, le majestueux château de Saint Joseph. Murs de pierres lézardées, lierres profus, tours et créneaux, portes sculptées en bois massif offrent à ce décor du siècle dernier l'élément de rêve évoqué si souvent dans la lecture des contes de fée de mon enfance. Petite Haïtienne naïve, à l'imagination débridée, me voilà bouche bée, confondue à tant de splendeur. Nous avons franchi l'enceinte du théâtre où se déroulera l'année la plus riche de mon adolescence.

Yvette Tyler, élégant tailleur moutarde rehaussant son teint de brune, s'élance d'un pas assuré, malgré ses talons aiguilles, vers le grand escalier de briques qui conduira au parloir. Impressionnée par la majesté des lieux, je la suis, timide dans mon blazer bleu marin et mes longues chaussettes d'écolière. Le chauffeur de taxi a eu l'amabilité de porter ma valise de pensionnaire. Le contenu de *ma* vie, dans une valise ! Ma guitare repose à l'entrée du vestibule. La Sœur messagère nous offre un siège à la salle d'accueil où sont réunis d'autres parents. Un regard furtif me rassure. Yvette, comme toujours, a su impeccablement faire les choses. Mon uniforme est la réplique exacte de celui que portent ces jeunes Françaises, mes futures compagnes de classe. Sourire en biais. Devinent-elles mon angoisse ?

Après quinze jours de rêve à Paris à faire du tourisme et préparer mon trousseau de pensionnaire, Yvette entame aujourd'hui la dernière phase de sa mission. Clin d'œil discret... Elle a capté ces ondes bouleversantes qui partent de mon cœur, cette panique silencieuse qui s'inscrit, en lettres de feu, dans mon regard. Dans ce silence partagé, qui nous enveloppe tel un épais brouillard, je ne me suis jamais sentie aussi proche d'elle. Une silhouette gracieuse aux longs voiles noirs s'est approchée de nous et vient fendre ce silence lourd d'émotion.

~ 2 ~

Port-au-Prince, Haïti

Marguerite me pressa sur son cœur, sa joue humide contre la mienne, ses yeux gonflés par le chagrin. Son ombre protectrice avait parcouru, à mes côtés, le voyage merveilleux de l'enfance. Déjà, elle détestait la France, qui allait lui ravir sa petite ! Elle m'avait recommandée de bien me couvrir là-bas, où il fait si froid, et surtout de bien manger, pour garder mes forces. Marguerite avait mon avenir déjà tracé : le comble de la félicité se résumerait à mon union précoce à un jeune homme de bonne famille, un jour, qui me ferait tous les ans un bébé, selon la tradition antillaise. Ce serait alors mon tour de me reposer sur la dodine d'une belle galerie fleurie.

Je ne le savais peut-être pas encore ce jour-là, mais mon cœur ne voulait pas de sentiers battus, aux tournants familiers. Une route neuve, surprenante, s'étendait à l'horizon. Quittant l'univers familier et rassurant de ce petit coin de la Caraïbe, je partais, à l'âge fragile de l'adolescence, par-delà les océans, vers un monde nouveau, effrayant presque : l'Europe !

J'ai voulu, l'espace d'un éclair, arrêter le temps, et m'accrocher une dernière fois à mon enfance, dans les bras de Marguerite. Mes larmes se mêlaient aux siennes, et ses mains rassurantes refaisaient les gestes d'autrefois, dans mes cheveux… Allait-elle chanter : « Dodo titit », sa berceuse de prédilection lorsqu'elle me bordait, le soir ?

Bobby, Freddy et Junior, mes petits frères, avaient fait de grands signaux aux voyageuses, que Papa conduisait à l'aéroport François Duvalier, puis disparurent sous le porche masqué par les lauriers roses. Grand-mère et Grand-père, venus prêter main-forte durant l'absence de leur fille qui m'accompagnait en France, fermaient la marche... Rien ne serait plus pareil, à mon retour l'an prochain.

Le Temps ne fait jamais marche arrière, méditais-je avec philosophie. Charles et Leilah, mes grands-parents, auraient plus de « sel » que de « poivre » aux cheveux, sans doute... Mes petits frères grandiraient d'une demi-tête, et souffleraient, pour la première fois, leurs bougies d'anniversaire sans moi.

Mais il était vital, pour ma survie en terre étrangère, que le souvenir de James et Yvette reste immuable, sculpté dans le roc. Ma famille, mon pays symboliseraient mon port d'attache, celui où l'on revient toujours, même des rives les plus lointaines.

Les images familières de Port-au-Prince défilaient, comme pour la dernière fois, sous mes yeux. Assise sur la banquette arrière de la longue Peugeot grise familiale qui fendait la foule bigarrée des piétons et des voitures, derrière la forte nuque de mon père et le chignon classique d'Yvette, mes larmes silencieuses eurent, ce jour-là, un goût doux-amer...

Sur la piste d'atterrissage, l'avion d'Air France attendait déjà.

~ 3 ~

Saint Joseph

« Madame Tyler ? Permettez-moi de me présenter : Sœur Marie Laurence, titulaire de la Seconde. Je vous souhaite, mesdames, la bienvenue en France ! »

Je la regarde à la dérobée, celle qui s'entretient avec Yvette. Regard vif, derrière les lunettes à monture argent. Sera-t-elle sévère ? Sœur Marie Laurence, après les échanges de politesse d'usage, nous accompagne au bureau de la Supérieure pour les dernières formalités de mon admission à Saint Joseph. Révérende Mère Elizabeth, femme légèrement corpulente sous ses voiles noirs, un long chapelet pendu entre les plis de l'ample robe sombre, s'est mise debout à notre approche et nous tend la main. Je ne remarque pas les rides de l'expérience ni le poids des ans sur ce visage jeune et affable. Comme à Sainte Thérèse, les religieuses portent l'alliance qui rappelle qu'elles sont les épouses du Christ, et leur vie, consacrée au Seigneur.

Un problème surgit, lors de l'entretien avec la Supérieure : la nécessité du choix d'un correspondant qui m'accueillerait les fins de semaine à Paris lors des sorties hebdomadaires des pensionnaires. Nous ne connaissons personne en France. Prise de court, Yvette confesse : « Myriam, ton père prendrait ombrage à te voir séjourner chez des étrangers. »

Quand l'océan sépare une fille de quinze ans de sa famille, la crainte de l'inconnu projette des ombres angoissantes dans le cœur... Je garde un silence prudent. Révérende Mère offre, généreuse, de me garder à Saint Joseph les fins de semaine, en attendant une solution désirable. Je suis trop bouleversée pour réaliser l'ampleur d'une telle décision sur ma vie.

Les parents d'élèves ont droit à une visite des lieux : salles de classe, d'étude, réfectoire, laboratoire, bibliothèque, chapelle, et dortoir. La taille exigüe des « box », nos chambrettes, me déconcerte, l'espace d'une seconde. Mais nos vies régimentaires de pensionnaires se dérouleront en classe et à l'étude, non au dortoir qui sera le simple refuge du sommeil.

Nous sommes restées longtemps enlacées, au pied du grand escalier de briques, bouleversées par l'intensité du moment. Puis le taxi a disparu, emportant un peu de mon cœur… Yvette entame, demain, son voyage de retour vers Haïti. Je n'ai pas cherché à refouler mes larmes à son départ.

Au réfectoire, j'ai du mal à avaler une bouchée, étrangère parmi les anciennes qui papotent gaiement, heureuses de se retrouver après les vacances d'été. De généreuses portions de purée de pomme de terre, de jambon et d'haricots verts se passent à la ronde. L'immensité de mon vide affectif m'apparaît, telle une nappe d'eau qui s'étend à perte de vue à l'horizon, un océan cruel, un abîme profond. Un nœud s'est accroché au fond de ma gorge et je murmure des réponses inaudibles aux questions de mes voisines de table.

Après le dîner, nous sommes invitées à regagner nos chambrettes. Ameublement austère : lit étroit, lavabo minuscule, petit bureau et chiffonnier. Mes vêtements ont été méticuleusement placés dans les tiroirs par la sœur lingère, et ma valise rangée sous le lit. Ma trousse de toilette repérée, je suis, en mouton de panurge, mes compagnes de chambre, qui font la queue pour les douches. Il fait froid déjà, en ce début d'automne. J'abandonne l'eau tiède à regret, pour enfiler une longue chemise de nuit de flanelle. À vingt et une heure pile, les lampes s'éteindront.

Emmitouflée sous mes couvertures avec, sur le cœur, le petit encadrement-photo où je souris à la vie, entourée de ma famille, je peux enfin laisser libre cours à mon chagrin. J'ai froid. L'humidité de septembre pénètre jusqu'aux os mon être habitué au climat des Tropiques. À l'entrée du box, un épais rideau nous permet une certaine indépendance. Mais la minceur des cloisons de bois qui séparent les chambrettes me trahit.

Mes voisines de chambre ont-elles entendu mes gémissements étouffés ? L'une d'elles a-t-elle prévenu la religieuse de garde, au dortoir ? Sœur Marie Laurence, responsable de la Seconde, a pénétré sans bruit dans ma chambrette et, refermant avec soin le rideau, s'approche de mon lit. Redressée d'un bond sur mon séant, je tente gauchement de dissimuler mes larmes.

Sa voix n'est qu'un murmure : « Je devine la raison de votre gros chagrin, ma petite Myriam. Mais nous sommes ici pour vous entourer, et en quelque sorte devenir votre nouvelle famille, en France. »

Elle prend place au bord du lit et je me mets à pleurer à chaudes larmes, le visage enfoui au creux de son épaule. Avec patience, elle trouve les mots appropriés, les gestes qui réconfortent. Mais je n'ai qu'un désir : retourner dans mon pays, retrouver ma famille, mon foyer !

~ * ~

« Debout, ma grande ! Habillez-vous vite ! »

Sœur Angèle me secoue énergiquement. Il fait encore sombre au dehors. Un remue-ménage heureux règne dans la grande salle à double rangées de chambrettes, les lavabos coulent, on se brosse les dents rapidement. Habituée, en Haïti, à me doucher matin et soir, je devrai m'adapter à la toilette sommaire matinale au gant d'éponge, et suivre la file d'élèves à la douche du soir, trousse de toilette et serviette en main.

Une tête blonde parait au coin du rideau : « Myriam, je suis Agnès Renaud, ta voisine de chambre. Dépêche-toi, nous allons déjeuner au réfectoire, puis nous nous rendrons à l'étude pour la distribution des livres de classe. »

Agnès devient la bouée de sauvetage. Je ne la lâche pas d'une semelle aujourd'hui. A-t-elle entendu les bribes de la scène d'hier soir, où je me suis conduite en saule pleureur ? Je saurai, longtemps après, qu'elle a été l'instrument de la présence de Sœur Marie Laurence à mon chevet : par sollicitude pour sa camarade qui pleurait à fendre l'âme dans la chambre voisine, elle avertit la religieuse de garde, notre maîtresse de discipline en ce premier soir de la rentrée.

« Je vous en prie, restez encore un peu, avais-je imploré, au cœur du chagrin. »

Rallumant la veilleuse, elle était revenue sur ses pas et m'avait bordée maternellement. Je n'ai pas eu conscience de sombrer dans le sommeil.

~ * ~

La semaine s'écoule avec la rapidité de l'éclair. J'ai du mal à m'adapter à ce rythme de vie où tout est minuté : être à l'heure aux toilettes, au réfectoire, à l'étude et en classe ! L'Antillaise un peu langoureuse épuise son énergie à se conformer à l'horaire exténuant des internes. Une amitié se forge avec mes voisines de chambre : Agnès, jeune parisienne, et Ishtar, musulmane du Moyen-Orient. Passionnée de son pays, de sa culture, cette dernière se réjouit de mon héritage libanais qui, dit-elle, nous rapproche. Étrangère en France elle aussi, Ishtar sort, les fins de semaine, chez des correspondants.

Par discrétion, Sœur Marie Laurence et moi n'avons soufflé mot de la scène mélodramatique de ma première nuit à Saint Joseph.

Je m'étais approchée de l'estrade à la fin de son cours de Physique pour murmurer un *merci* timide et hâtif. Léger sourire. Les paroles sont inutiles. Étrange… Je ne me sens plus perdue sur un îlot désert. Suis-je en train de m'adapter, déjà ?

~ * ~

Mon premier samedi à Saint Joseph ! Les internes sont parties dans un grand brouhaha, troquant leurs uniformes pour des habits de ville, heureuses de regagner leurs foyers. Le car de treize heures disparaît vers Paris et je me retrouve, subitement, désespérément seule. L'ampleur de ma situation d'étrangère sans correspondants attitrés me frappe en plein cœur. Moi aussi, je changerai de vêtements et prétendrai être à des milliers de kilomètres, sous la caresse chaude des Tropiques. Le mal du pays s'infiltre sournoisement sous mes paupières humides.

Mes uniformes et la literie seront lavés à la buanderie, m'annonce Sœur Angèle qui me procure du détergeant pour mon linge de corps. Quelques minutes plus tard, Cendrillon délaissée, je me retrouve à quatre pattes, épongeant l'eau savonneuse qui a débordé de mon lavabo étroit pour s'étaler au sol. Des jurons épicés émergent de mon vocabulaire créole au spectacle de ma maladresse. La religieuse revient avec des serviettes de bain, pour m'entendre déblatérer mon chapelet d'horreurs. Heureusement, elle n'y comprend rien. Je lui offre mon plus beau sourire.

Avide lectrice, un roman copieux aurait meublé ma solitude. Mais la bibliothèque ferme ses portes en fin de semaine. Attablée à mon petit bureau, une longue lettre à mes parents prend corps. Je peins un tableau rose de ma vie d'interne, et garde mon chagrin en veilleuse, pour ne pas les attrister. Lundi, je me procurerai des timbres-poste à l'économat et ma lettre entamera son long trajet vers Haïti. Mon bracelet-montre révèle qu'il est encore tôt pour le souper.

Trop frileuse pour une promenade au parc, je tire, de leur cachette
sous le lit, mon journal et ma plume Parker. Je les ai négligés, depuis
mon arrivée en France. Les mots couleront sans craindre la censure.
Mon journal n'a pas à plaire, ou à protéger les sentiments d'autrui.
Il est le confident qui accepte l'épanchement de mon cœur, écoute
en silence et jamais ne fait de reproches…

Dimanche matin, j'ai droit à un bol de chocolat fumant et des
croissants, pour changer du café au lait et petits pains de la semaine.
Le grand réfectoire vide me glace le cœur. Sœur Angèle, avant de
prendre congé hier soir et regagner sa chambrette de surveillante
au dortoir, m'avait invitée à la messe dominicale prévue pour neuf
heures à la chapelle. Ma présence insolite intrigue, sans aucun doute,
les religieuses dont l'âge avancé les retiennent en communauté, loin
de la vie estudiantine qui grouille en semaine.

Au sortir de la chapelle, mon professeur m'a rejointe d'un pas
alerte : « Myriam, que diriez-vous d'une promenade au parc de
Chateaubriand ? » Ma solitude d'élève cloîtrée a dû lui faire pitié,
j'imagine. Nous avons marché longtemps, savourant la splendeur
des lieux. L'automne colore le parc de mille feux. Habituée au vert de
l'éternel été d'Haïti, je m'extasie des couleurs riches et voluptueuses
de la saison, émerveillée par l'étalage de tant de beauté.

« La nature chante les merveilles de son Créateur, rappelle Sœur
Marie Laurence. » Et je découvre ce jour-là, par cette phrase simple,
la prière de louange face aux arbres centenaires, et ce tapis de
feuilles mortes sous nos pas. Nous avons atteint un banc de pierres
lézardées, qui semble défier les siècles. Les tours de Saint Joseph ont
disparu de l'horizon, masquées par l'épaisseur du sous-bois.

Il fait frais, malgré quelques rayons d'un soleil timide. Frissonnante,
j'imagine le matin de la Création : de grands arbres fiers, à perte de vue
au jardin d'Éden, et l'homme, minuscule, insignifiant, perdu dans

l'immensité grandiose de la nature. Je ferme les yeux, bouleversée par la majesté du lieu… Le temps s'arrête, figé dans l'espace.

Ce dimanche inoubliable, Sœur Marie Laurence me conte la légende du parc de Chateaubriand : Saint Joseph fut, au dix- huitième siècle, la demeure d'une noble famille de France. Les escaliers de bois précieux, les portes cochères, l'entrée des chevaux, la fontaine ont survécu à l'emprise du temps. Selon la légende, François-René de Chateaubriand, le célèbre poète du Romantisme, venait se réfugier au parc, cherchant dans la solitude du bois l'inspiration de la Muse. Le banc lézardé vit, probablement, la naissance d'œuvres immortelles…

L'esprit de Chateaubriand me hantera, désormais. Mon journal recueillera le désordre de ma muse, qui s'est réveillée de sa torpeur. L'extraordinaire naîtra de l'ordinaire ! Je pressens qu'une année inoubliable m'attend au bout du chemin.

~ 4 ~

L'espoir de nombreux parents, dans les années soixante en Haïti, était de voir leur progéniture poursuivre des études à l'étranger. Un séjour à l'extérieur vous parait d'une auréole et ouvrirait les portes de l'avenir, pensaient-ils.

L'instabilité politique à l'époque avait été le facteur décisif de mon départ pour la France. Papa Doc faisait « chou et rav » (semait le chaos) dans les familles dont un trop grand nombre avait connu un deuil précoce : un fils, dont la fougue idéaliste ne plaisait pas au dictateur, un oncle imprudent, une tête de linotte qui parlait trop en présence du jardinier, et le coupable atterrissait aux oubliettes de Fort Dimanche. Parfois, l'écrivain qui n'avait su modérer sa plume, prenait, en se sauvant, le chemin de l'exil.

La spontanéité était punie, et les rêves, étouffés ! Survivre, c'était cela, la vie haïtienne, ou la paix d'esprit et de cœur était un luxe défendu par le pouvoir en place... Ma famille, et les professeurs de Sainte Thérèse, avaient remué ciel et terre pour mon transfert en France. Il m'incombait la tâche de leur faire honneur. Décrocher le Bac français couronnerait la fin de mes études classiques et symboliserait mon entrée officielle dans le monde adulte.

Cathy et moi étions inséparables à Sainte Thérèse. La quitter signifiait perdre l'âme-sœur de mon enfance. Je n'osais pas lui demander pourquoi ses parents ne l'envoyaient pas à l'étranger, comme moi, comme tant d'autres jeunes. Discrétion oblige. Durant les récréations de midi, à l'ombre du grand acajou, nous dévoilions notre âme, pas le train-train de nos maisonnées respectives. De nous deux, l'amie semblait la plus sage, apportant souvent un frein à mon grain de fantaisie. Nous nous complétions dans nos différences. Dans mon journal, j'exprimais nos aspirations profondes en termes allégoriques : « Je suis la fleur, l'ornement des foyers. Je chante la beauté du Créateur, et j'exhale son parfum, scande Cathy. » Je réponds en écho : « On me nomme cerf-volant... Je vole, libre et légère, dans l'azur éthéré, ballotée par le vent, caressée par les nuages. »

Nous nous écrirons souvent, nous étions-nous promises, en nous embrassant. Notre amitié, je le savais, résisterait à l'usure du temps et de l'éloignement.

J'ai dédié, dans la fièvre du départ, un poème en vers libres en guise d'adieu à Sœur Nicole, notre professeur de Lettres. Il s'achève ainsi : « Dans la grisaille quotidienne des journées qui se ressemblent, lorsqu'elle distingue, lointaine, une lueur, une promesse, elle pense, comblée : forger une âme, c'est beau ! »

C'est elle qui a fait naitre, en moi, l'étincelle de la création littéraire. Ma plume Parker et mon journal, compagnons fidèles, sont partis avec moi...

~ 5 ~

Je pénètre, intriguée, dans le sanctuaire de Sœur Marie Laurence : ouvrages scientifiques et religieux abondent sur les étagères. La table de travail déborde de cahiers d'élèves. La religieuse veille tard dans son refuge, longtemps après l'étude du soir. La raie de lumière sous sa porte ne trompe pas, quand nous regagnons le dortoir.

Les parents d'Agnès ont sollicité la permission de me recevoir chez eux ce week-end, m'annonce, souriante, mon professeur. L'oiseau va enfin pouvoir quitter sa cage, je pense tout bas. Elle me tend, tel un trophée, la permission de sortie signée de la directrice : « La famille Renaud est connue et appréciée de la Direction. Révérende Mère et moi autorisons votre séjour chez Agnès cette fin de semaine. »

Engouffrées dans le car qui nous conduit à Paris, volubiles à la perspective d'être libres, nous mêlons notre joyeux bavardage entre camarades. Monsieur Renaud s'empare de ma valise à la station de car et la range dans le coffre de sa Citroën. Nous filons à vive allure dans les rues encombrées de Paris. Madame Renaud a préparé un festin, pour recevoir l'amie de sa fille. Petit tablier blanc, face à ses fourneaux, elle s'affaire à la cuisine. Ses filles mettent le couvert, et je réponds au bavardage de Mathieu, à mes côtés sur le sofa.

Au repas, l'être plein d'exotisme qui vient d'*Haïti*, et non de *Tahiti*, se soumet de bonne grâce à l'interrogatoire d'Annette, la sœur ainée qui prépare son Bac. Je peins un tableau coloré de ma vie antillaise, à la grande joie de Mathieu, douze ans. L'âge de Bobby, je relève, pensive… Monsieur Renaud voudrait comprendre, en une soirée, le phénomène aberrant de la Dictature. Comment lui expliquer l'inexplicable ?

Madame Renaud, avec sollicitude, nous invite à nous reposer. Voguant sur les rives nostalgiques de l'exil, si loin de ma famille, je remercie, émue, mes hôtes de leur hospitalité. Je partagerai la chambre d'Agnès et Annette occupera le divan-lit ce soir.

À l'heure des confidences, Saint Joseph revient naturellement sur le tapis. La réputation d'intransigeance de notre professeur est, parait-il, légendaire. Agnès conseille, avec sagesse : « Pas d'entorse à la discipline ! »

L'image de Sœur Marie Laurence, louant Dieu dans la splendeur du parc de Chateaubriand, se superpose à celle brossée par ma camarade, d'un professeur sévère et rigide. J'arrive mal à concilier ces deux portraits qui semblent se contredire et formule, tout bas, le souhait de demeurer dans ses bonnes grâces.

~ 6 ~

Le dictateur François Duvalier régnait en maître et seigneur sur mon île quand j'ai quitté Haïti pour la France. Notre famille, ayant toujours vécu en marge de la scène politique, sujet tabou chez nous à l'époque, notre vie n'était pas menacée. Nous subissions la dictature dans la sagesse, un certain fatalisme et une réserve prudente. J'appris, très jeune, à me méfier de mon ombre et à tenir ma langue en laisse.

Je n'oublierai jamais la visite du représentant du Président à notre école, un jour mémorable où les premières de classe reçurent, surprises, une copie de l'ouvrage du docteur Duvalier : Éléments d'une doctrine. Je me revois encore scrutant, fascinée, ce cadeau du premier citoyen de la nation, ce petit homme au regard fuyant derrière le verre de ses épaisses lunettes, qui semait la terreur dans le cœur de nos compatriotes. Ceux qui osaient défier le régime en place étaient exécutés sur la voie publique ou disparaissaient mystérieusement dans les cachots de Fort Dimanche.

Duvalier se parait du titre de « chef à vie » de la première République noire du monde, faisant sienne la victoire de nos courageux héros de l'indépendance contre les troupes de Napoléon Bonaparte - **la Révolution des esclaves de 1804** *- et s'appropriant la fierté de tout un peuple. Fort de la notion de Chef suprême et tout- puissant, il décida un jour de changer notre bicolore national en substituant le bleu par le noir. L'effigie du palmiste au bonnet phrygien fut remplacée par l'image d'une pintade, symbole, par la suite, du Duvaliérisme.*

Tous les ans, les écoles de la capitale et de la province envoyaient un noyau d'élèves défiler dans l'enceinte du Palais national à l'occasion de la Fête du drapeau le 18 mai et rendre hommage au président. Une année, ma classe représenta la délégation de Sainte Thérèse. Jupe plissée courte et baskets aux pieds, nous avons défilé, assoiffées et abruties, sous un soleil de plomb, au pied de la tribune officielle du

Chef de l'état entouré de ses dignitaires. En une fraction de seconde qui, dans l'intensité du moment me parut un siècle, la terre s'arrêta de tourner, le soleil se figea, les bruits s'estompèrent.

Mes yeux fixèrent, le cœur battant, celui qui tenait entre ses mains le destin de notre pays et de ses habitants. L'image du despote tout-puissant cadrait mal avec ce personnage de chair et d'os, cette silhouette trapue au chapeau sombre, dont la voix nasillarde semblait l'antithèse même de l'éloquence et de la grandeur. Plongeant mon regard dans le sien, comme pour capter l'âme de celui qui avait droit de vie et de mort sur ses sujets, j'ai voulu, l'espace d'un éclair, percer le mystère de la Dictature dans son essence profonde, quand le pouvoir fait oublier le caractère sacré de la vie.

~ * ~

Port-au-Prince étouffait à l'ombre de la Dictature et sous l'œil scrutateur des Macoutes qui parcouraient la capitale, aux aguets de la moindre faille, prêts à agir au premier signe de trouble. Les rues poussiéreuses, crevassées, étaient leur fief et ceux qui, par un hasard malheureux se trouvaient sur leur chemin s'empressaient humblement de leur céder la place.

Uniforme gros-bleu, foulard rouge autour du cou et lunettes sombres, à la lumière comme à la pénombre, les Volontaires de la Sécurité Nationale exécutaient les ordres du Chef à vie. Gare à ceux qui tenaient tête aux Macoutes, portant, à la ceinture, arme à feu et bâton et qui semaient la terreur sur leur passage. Les défier était mettre en défi la Dictature elle-même ! Les nuits étaient peuplées d'incertitude, les foyers habités par l'angoisse. Les coupures de courant prolongées, à l'époque, entretenaient une psychose de la peur. Dans la pénombre qui précédait l'obscurité de la nuit, votre ombre devenait votre propre ennemi...

Un beau matin, Sylvie ne parut pas à l'école. Malgré le mutisme des professeurs, le teledyòl qui ne chômait jamais et diffusait les dernières nouvelles politiques sans avoir recours aux bandes d'émissions radiodiffusées, colportu, de bouche à oreille, de foyer en foyer, l'incident à la vitesse de l'éclair : à la suite d'une descente de lieux la nuit précédente, le père de ma camarade fut appréhendé et porté disparu. L'a-t-on laissé croupir dans une cellule humide de Fort Dimanche ou fut-il exécuté et enterré à Titanyen ? Le plus dur, j'imagine, pour la famille éplorée est de n'avoir jamais su : comment ?... ni pourquoi ?

Nous avons appris par la suite que Sylvie, sa mère et son frère, réfugiés de justesse à une ambassade, prirent le chemin d'un long exil. Suite à la disparition tragique de son fils, cette mère pour qui la vie perdait son sens et sa valeur, se laissa mourir à petits feux. Plus rien ne l'attachait à cette terre de larmes et de sang qu'était devenu le pays qu'elle avait tant aimé !

Plus encore que la crainte de mourir, celle de la torture dominait les esprits. Les détenteurs du pouvoir faisaient frémir leurs victimes potentielles. Nul n'était à l'abri du danger qui frôlait jeunes et vieux, hommes et femmes, patrons et serviteurs. Parfois, des rumeurs étouffées circulaient, d'héroïsme dans la souffrance des cachots sombres. Exécutions publiques se succédaient, pour ceux qui avaient osé être braves et faire entendre la voix de la rébellion.

Je me suis souvent demandé si la cause valait l'ultime sacrifice de la vie, plongeant dans la douleur la famille éplorée.

Au grand effroi de Dieudonne, la cuisinière cordon-bleu de mes grands-parents, elle vit arriver un jour, à la porte de son bungalow chez ses patrons, l'un des soupirants de sa fille Ti Sò, portant fièrement l'accoutrement des VSN. Tremblante de peur, Dieudonne prépara un plat de riz et haricots qu'elle offrit au visiteur, évoquant Jésus, Marie, Joseph et tous les saints de l'Église pour qu'il s'en aille.

À son départ, Ti Sò, seize ans, reçut de sa mère la plus humiliante raclée de sa vie. À chaque coup de fouet, Dieudonne scandait des synonymes créoles du mot prostituée : « Bouzen ! Jenès ! » Elle tapait avec rage, sourde aux cris d'épouvante de Ti Sò qui lui demandait pardon entre ses hurlements. L'arrivée providentielle de Grand-père dans la cour calma, comme par magie, Dieudonne qui, essuyant son front pour effacer ce mauvais rêve, s'en retourna tranquillement à ses réchauds.

Un autre incident tragi-comique me reste gravé à la mémoire, de ce passé qui me colle à la peau, par-delà l'océan : une dame respectable des quartiers chics de Pétion-Ville qui, souffrante, s'en revenait avec son mari de leur maison de campagne à Fermathe, subit l'humiliation suprême d'une fouille de corps par les Macoutes, en pleine rue, l'unique fois de sa vie où elle commit l'imprudence de circuler en voiture en chemise de nuit et robe de chambre.

C'était l'ère des Macoutes, et la rue, leur fief !

~ 7 ~

Installée près du hublot, l'œil rivé au ciel, je survole l'Atlantique après une brève escale en Martinique. Un jeune compatriote s'en retourne lui aussi à Paris, après s'être retrempé en famille, aux fêtes de Noël. Jean Pierre, qui loge chez des cousins, a cessé son bavardage, déçu par mon manque d'enthousiasme à causer avec lui. Une migraine atroce m'accable. Je réponds, légèrement irritée par son insistance : « Le règlement est très strict au sujet des appels téléphoniques. Ils ne sont permis qu'aux parents d'élèves. »

Est-ce le cafard qui me bouleverse à ce point ? Fermant les yeux, je parviens finalement à somnoler sous le regard dépité de mon voisin de siège qui avait souhaité converser avec moi. Atterrissage cahoteux d'Air France à Orly. Mes nerfs sont à fleur de peau, mais je n'ose laisser la peur me trahir. Nous échangeons une poignée de main amicale et nos adresses. Je promets vaguement de répondre aux lettres qu'il m'écrira, assure-t-il. Jean Pierre a eu la gentillesse de m'aider à récupérer ma valise et de la confier au porteur.

Ce retour en France me ramène vers des horizons familiers. Aucune angoisse ne m'habite. Si seulement ce mal de tête pouvait cesser ! J'avais été heureuse, à la Noël, de retrouver mes tenues de cotonnade en Haïti pour revenir, bronzée, en plein cœur d'un hiver blême. Le taxi s'arrête à l'entrée de Saint Joseph et je lui paye, sans sourciller, une petite fortune. Je n'ai qu'une hâte : regagner le refuge de ma chambrette. Au parloir, la sœur messagère m'accueille avec des exclamations de joyeuse surprise. Sœur Marie Laurence me rejoint quelques instants plus tard. Le visage de mon professeur reflète une joie sincère : « Myriam, je suis heureuse de vous revoir ! Votre bronzage vous donne un teint splendide ! »

Sourire forcé. Je réponds en monosyllabes : Mal de tête ; atterrissage cahoteux ; nausées. Devinant mon cafard, elle m'invite à prendre congé et à partir me reposer au dortoir. Sœur Angèle a pour consigne de m'apporter une légère collation et des comprimés analgésiques. Je me réveille, brûlante de fièvre, l'œil hagard, le lendemain dimanche. J'ai dû dormir près de vingt heures ! Sœur Clara, l'infirmière, penchée à mon chevet, me tâte le pouls et me place un thermomètre sous la langue : « Mouvement fébrile, ma fille. Il faut garder le lit et suivre l'évolution de la fièvre. »

Journée morose. J'ai l'estomac barbouillé mais n'ose contrecarrer les ordres de Sœur Clara. Les breuvages liquides se succèdent : eau d'Évian ; jus de pomme ; soupe claire. Des comprimés anti- fiévreux me sont administrés à chaque montée de fièvre. Sœur Angèle et Sœur Marie Laurence alternent leurs visites. Mon professeur a causé à mes parents, qui avaient appelé la veille pour s'informer de ma bonne arrivée. Elle leur a confié que j'étais patraque. Le docteur Leroux, médecin attitré de l'établissement, a été contacté par la Direction. Je suis attendue à sa clinique lundi matin pour une consultation et des examens de laboratoire.

Quelle déveine d'avoir attendu mon retour en France pour tomber malade ! Je pense à mon pays, à ma famille : Yvette, méthodique, me ferait avaler des pilules, Grand-mère me dorloterait, Papa m'offrirait le luxe d'une grappe de raisins achetée à prix fort au Lincoln, et des revues de la librairie La Pléiade… Mon cerveau continue ce retour mental aux sources. À ce stade de mes pensées, la fièvre et le cafard me consument.

Je souhaite la présence de Marguerite à mes côtés, qui m'appellerait *pitit mwen* et me préparerait une de ses infusions-miracles. Grand-père, comme à l'accoutumée, ordonnerait à mes petits frères d'arrêter leur bavardage incessant. À cette pensée, je souris… Même la sévérité de mon aïeul me manque ! Qu'y a-t-il de mal à s'apitoyer sur son propre sort et souhaiter, nostalgique, un retour à une enfance choyée ?

Dans la soirée du dimanche, un joyeux brouhaha se fait entendre, avec l'arrivée des internes par le car de vingt heures. C'est la joie des retrouvailles entre pensionnaires, après les vacances de Noël. Deux têtes, furtives, paraissent au coin du rideau d'entrée de ma chambrette : Agnès et Ishtar ! Je me sens déjà mieux, à la vue de ces visages familiers. Demain, cette fièvre ne sera plus qu'un mauvais rêve et la routine de nos vies d'internes à Saint Joseph reprendra ses droits.

~ * ~

J'ai froid, malgré l'édredon épais qui m'enveloppe. Pourtant, je suis en nage et tremble de tous mes membres endoloris. Incommodée par cette sensation de moiteur causée par une transpiration profuse au cours de la nuit, j'ouvre les yeux et bondis hors du lit. Une clarté blafarde s'infiltre à travers les baies vitrées du grand dortoir. Ce sont les lampadaires de la cour, qui fendent la noirceur de l'aube, en ce matin froid de début de janvier. Les internes dorment encore. Chemise de nuit trempée, cheveux défaits collés à mes tempes moites, je prends, pieds nus sur le plancher glacé, le chemin de la salle de bain.

Que se passe-il ? Le décor familier des chambrettes devient flou. Ma tête éclate, la terre vacille sous mes pieds et la salle de bain s'éloigne, pour devenir un petit point obscur à l'horizon. Un bruit étrange suit... Je reprends mes esprits, allongée à même le sol, la tête soutenue par Astrid de Panière, Sœur Clara et Sœur Marie Laurence penchées anxieusement à mes côtés. Ma camarade questionne, bouleversée :

« Elle ne va pas mourir, n'est-ce-pas ?

– Ne dites pas de bêtises, voyons, Astrid ! reproche notre professeur. Myriam a eu une légère syncope et va certainement se remettre ! »

J'apprends qu'au seuil de la toilette, j'ai perdu conscience de la réalité. Le choc de mon corps, glissant sur le plancher ciré, a réveillé Astrid, dont le box est situé à proximité de la toilette. Ma camarade s'est précipitée à mon secours. Ses cris ont alerté Sœur Angèle, dont l'étroite chambre de surveillante se trouve juste en face. Partie en flèche chercher du renfort, Sr. Angèle est revenue, escortée de Sœur Marie Laurence et Sœur Clara, qui me fait respirer de l'alcool et me place un oreiller sous la nuque.

Le dortoir entier est sur pied. Un vent de panique se propage parmi les élèves au spectacle du drame qui se joue à même le sol. Plusieurs paires de bras me soulèvent et je me retrouve allongée sur mon lit, grelottante, flottant dans un état second, une zone de clair-obscur, coincée entre l'inconscience et la réalité… Je suis peut-être au seuil de la mort, mais je n'ai même pas la force de réagir à cette pensée. Sœur Angèle ordonne : « Regagnez vos chambrettes immédiatement, mesdemoiselles. Préparez-vous pour la classe ! »

Le docteur Leroux, l'œil compatissant derrière le verre épais de ses lunettes, cheveux blancs de patriarche, se penche vers moi. Il procède, en présence de Sœur Clara, à un examen minutieux et démontre un grand intérêt à la nouvelle de mon récent séjour aux Tropiques, « foyer de fièvres infectieuses », rappelle-t-il, dogmatique. « Ma grande, il va falloir procéder à des tests dans les plus brefs délais, en milieu hospitalier, pour trouver la cause de cette vilaine fièvre. »

Le ton se veut rassurant, mais je ne suis pas dupe. Le mot *hôpital* sonne, tel un glas, à mes oreilles. Prise de panique, je supplie le médecin de me laisser repartir dans mon pays. « Vous n'êtes pas en état de voyager ! rappelle-t-il avec sévérité. »

Grelottante sous la couverture de laine qui m'enveloppe tel un grand châle, je me retrouve plus tard sur la banquette arrière du véhicule de la communauté des sœurs de Saint Joseph. Mes parents ont été prévenus de la tournure des événements.

Nous filons vers Paris. Destination : l'hôpital catholique Sainte Anne. Le Docteur Hoffmann, spécialiste en maladies infectieuses, attend notre arrivée. Révérende Mère et Sœur Marie Laurence, ma gardienne légale en France, m'accompagnent pour les formalités d'admission.

Sœur Jean, maîtresse de discipline de la Terminale, dirigera la classe de Seconde en attendant le retour de sa collègue. Je n'ai pas la force de protester, ni d'opposer aucune résistance, trop faible pour réagir à l'absurdité d'une telle malchance. Le destin suivra son cours ! Vais-je mourir seule, loin du pays que j'ai quitté il y a deux jours ?

~ 8 ~

James Tyler, six pieds quatre pouces, star athlète de l'équipe de basketball de son école aux États-Unis grâce à sa taille et sa grande agilité, avait été la coqueluche des étudiantes de sa classe. Après l'université, il remua ciel et terre pour décrocher un poste fédéral. Une telle place lui assurerait la stabilité financière sans les maux de tête associés aux responsabilités d'avoir à gérer sa propre entreprise, à l'instar de son père, et de son frère aîné. Il pourrait, s'il le désirait, opter pour la retraite avec pension, après vingt-cinq ans de service public. Il serait encore jeune pour entreprendre ce tour du monde, qu'en secret il comptait faire.

Jeune employé d'ambassade de son pays, il avait eu du mal à contenir sa joie lorsque son premier poste l'avait conduit en Haïti. Les cours de français pris à l'université s'avérèrent un atout précieux à cette offre tombée du ciel. Il serra Louise et Ross, ses parents, longtemps dans ses bras... L'avion de la Pan Am l'attendait déjà pour la grande aventure de sa vie !

Le rêve de James avait toujours été de vivre dans une île sous les Tropiques, sentir la caresse de la brise sur sa peau, et le sel de la mer sur ses lèvres. Il imaginait un hamac, suspendu entre deux cocotiers, où il ferait la lecture les week-ends, en sirotant de l'eau de coco. Haïti symbolisa le paradis terrestre, qu'à l'aide de son imagination et de ses lectures, il avait fabriqué de toutes pièces.

Mais, Port-au-Prince, il découvrit, n'est pas si près des plages de Montrouis, ou de Jacmel. La pauvreté, étalée au coin des rues, le gênait autant que le manque d'infrastructures. James ne le savait pas encore, mais, des années plus tard, une dictature s'implanterait et changerait la face, et le cœur de tout un pays !

Le bal traditionnel des Marines, tenu sur les pelouses de la résidence privée de l'Ambassadeur américain, changea pour lui le cours du destin. Le personnel d'ambassade y était convié. Quelques ressortissants américains et personnalités locales de la scène politique et industrielle du pays figuraient aussi sur la liste des invités. Le ciel scintillait d'étoiles, et la brise était fraîche. L'alcool coulait à flot du bar en plein air, et les tables garnies rivalisaient de splendeur.

Un homme aux tempes grisonnantes, l'air distingué, escorté de deux belles jeunes filles, occupait l'une des tables rondes réservées aux invités et à leurs familles. Charles Deveaux, issu d'une des plus anciennes familles de Port-au-Prince, et dont l'agence d'assurances à la Rue Pavé était connue du milieu, avait répondu à l'invitation de Monsieur l'ambassadeur. Leilah, sa femme, devenue casanière au fil des ans, ne prenait plus goût aux mondanités auxquelles Charles était souvent convié et laissait à leurs filles Yvette et Claire, le soin d'accompagner leur père.

Un orchestre animait la soirée, alternant musique haïtienne et américaine, et la piste de danse était toujours comble. Les Marines, en uniforme de gala, faisaient tourner les têtes. James et Rob, son collègue, en costume de ville, circulaient près des tables pour se rendre au bar. Ils remarquèrent les jeunes filles sages qui devisaient, souriantes, avec leur escorte... Leur père, peut-être. Elles se ressemblaient, chevelure d'un noir de jais recouvrant le décolleté de leurs robes. Tenue de soirée vert émeraude chez l'une, et rouge vermeil chez l'autre.

Les jeunes hommes s'approchèrent : présentations d'usage, et poignée de main cordiale, échangée avec Charles Deveaux. Galants, ils invitèrent les demoiselles Deveaux à danser. Rob escorta Yvette sur la piste de danse. James, victime d'un coup de foudre fulgurant, décida, ce soir-là que l'Amour n'avait désormais qu'un visage et qu'un nom : Claire Deveaux, la jolie brune en robe du soir rouge !

Charles, qui avait élevé sévèrement ses deux filles, vit, d'un œil suspicieux, naître l'ébauche d'une romance entre sa cadette et cet étranger dont on ne connaissait point l'origine ou la famille. Mais

James, visiteur assidu de la grande bâtisse Deveaux au Bois Verna, gagna, au fil des mois, la confiance de Leilah et le cœur de Claire. Charles ne fit plus obstacle au bonheur de sa fille. D'ailleurs, sans l'avouer tout haut, le fiancé de Claire lui plaisait, par sa totale dévotion à sa cadette, ses belles manières, son sérieux dans le travail mais aussi son sens de l'humour, qui pétillait de son regard taquin.

Le cadeau de noces de Charles à son futur gendre, offert le jour des fiançailles, fut un terrain à Bourdon, où James se lança avec frénésie, jour après jour, pierre par pierre, à la construction d'un nid confortable pour sa future femme.

Le jour de leur mariage, en la paroisse du Sacré-Cœur où les sœurs Deveaux avaient été baptisées, fut le plus beau jour de leur vie ! Une union célébrée en stricte intimité : James, quoique non-pratiquant, était protestant, et ses parents brillaient par leur absence. Charles et Leilah ne donneraient point aux méchantes langues de la ville l'occasion de jaser, en buvant leur champagne.

Le couple nageait dans le bonheur et la lune de miel serait éternelle, pensait le jeune mari, comblé. Son cadeau de noces à sa femme fut la clef de leur logis, flambant neuf, en bêton armé, capable de défier la force des cyclones et les ouragans tropicaux.

Claire entendait vivre sa vie d'épouse à l'ombre rassurante de ses parents, dans le pays qui l'avait vue naître. En mari dévoué, James opta pour un salaire en gourdes et le statut d'embauché local, évitant ainsi la mutation obligatoire et périodique à laquelle ses collègues américains étaient astreints. Aucun sacrifice n'était trop grand, pour la sérénité de Claire, et pour l'enfant qu'elle portait.

Yvette se réjouissait du bonheur de sa jeune sœur, sans jalousie ni mesquinerie. Elle fréquentait, d'ailleurs, le fils d'un couple ami de ses parents, revenu au pays après ses études en France. Mais elle ne semblait pas pressée de s'engager. Ayant suivi des cours de dactylo, elle secondait parfois son père au bureau, et ses manières affables lui avaient valu le respect des employés supérieurs.

Parallèlement Claire découvrait, aux côtés de sa mère et de Dieudonne, la cuisinière de ses parents, les secrets culinaires qui feraient d'elle une maîtresse de maison accomplie.

Le monde s'écroula pour James, au cœur d'une violente tempête, un soir de septembre...

~ 9 ~

Clouée sur le lit d'hôpital, j'observe, prostrée, l'infirmière me tâter le pouls, prendre ma température et vérifier ma tension artérielle. Elle place ensuite un goutte-à-goutte avec soluté réhydratant. Terrassée par la fièvre, je n'ai pas la force de réagir à la douleur d'une prise de sang exécutée par une laborantine en blouse blanche. Le docteur Hoffmann a ordonné une gamme complète d'examens de laboratoire. Il émane de Révérende Mère une force tranquille. À son départ, je sens un pincement au cœur. Mes parents sont loin. L'Atlantique nous sépare.

Sœur Marie Laurence devient la bouée de sauvetage, lors de ma première nuit d'hôpital. Dans la soirée, ma fièvre remonte en flèche. Des mots incohérents sortent de mes lèvres en feu. Très agitée, j'arrache la perfusion de mon bras gauche, ankylosé. L'infirmière de service m'immobilise les bras, et je me mets à hurler, angoissée.

Sœur Marie Laurence m'exhorte au calme. Le docteur Hoffmann, alerté, décide l'instauration immédiate d'un traitement intraveineux au chloramphénicol et à l'ampicilline avant les résultats définitifs des tests de laboratoire.

Secouée par de violentes nausées à l'administration orale de la quinine pour traiter un éventuel paludisme, je plonge dans un tunnel sombre. Il me semble tâtonner au cœur d'un épais brouillard, où toute notion de réalité disparait. Des visages se succèdent dans la confusion de mon cerveau. L'ombre du soir m'enveloppe de son manteau. J'ai appelé : « *Papa ! Maman !* »

L'apparition d'une créature lumineuse me fait croire à la présence d'un ange. Claire, ma mère, a surgi de la nuit des temps, brillante comme l'or. Elle murmure, d'une voix angélique : « Ne crains rien ! Tout ira bien. »

Et je supplie, lui tenant très fort la main : « Ne me quitte pas ! »

Dans la clarté d'un jour pâle qui veut naître, je reconnais, médusée, l'ange nocturne : Sœur Marie Laurence, abrutie après une nuit blanche à mon chevet, s'est endormie sur une chaise raide, au pied de mon lit. Deux jours plus tard, au laboratoire de microbiologie clinique, une salmonelle, agent de la typhoïde, est isolée.

En Haïti, on meurt encore de typhoïde. Allais-je mourir seule, en terre étrangère ? La maladie nous rappelle souvent la fragilité de la vie, souligne, avec sagesse, mon professeur…Fille d'un régime dictatorial où la vie est journellement dépréciée, je ressens, pour la première fois de ma jeune existence, la menace personnelle de la mort. Je ne me sens pas prête pour ce face-à-face qui nous attend tous, au terme de la vie… Mais, est-on jamais prêt ?

~ 10 ~

*Pourquoi ? Pourquoi ces drames affreux, qui frappent brusquement une famille, alors que le bonheur luisait à l'horizon, dans un ciel sans nuage ? Une question, tant de fois répétée, et toujours sans réponse... J'avais pu reconstruire, au fil des ans, le scénario de cette terrible nuit de septembre, en glanant ci et là des bribes de la bouche d'Yvette, Leilah et Marguerite. Rarement, de James, mon père... Ma grand-mère et sa fille demeuraient toujours avares de détails, dans leur désir maladroit de vouloir me protéger. Mais il s'agissait de **ma** naissance, et de la perte de **ma** mère ! Cette vérité, j'y avais droit ! Même si elle faisait mal... Marguerite sut en secret relier les points manquants, offrant ces petits détails qui me permirent de frôler, ne fut-ce qu'un bref instant, l'humanité de Claire.*

Impulsive, ma mère avait voulu passer son dernier mois de grossesse au Bois Verna, entourée de ses parents et de sa sœur, qui ne demandaient qu'à la choyer et satisfaire ses moindres désirs. Cet arrangement soulageait James. Il se rendait au travail l'esprit serein, sachant que des anges gardiens veillaient sur son épouse. Marguerite, qui avait pris logement à Bourdon et gérait la maisonnée du jeune couple, avait rejoint l'équipe. Yvette et Claire étaient un peu ses filles... Elle se souvenait du jour de leur naissance, au Bois Verna. Monsieur Charles faisait les cent pas dans le couloir, pour cacher son anxiété. Des larmes de joie avaient remplacé les plaintes de Leilah. Et chaque nouvelle naissance avait cimenté leur amitié. La place de Marguerite était à leurs côtés, dans la souffrance comme la joie !

Claire, à son huitième mois de grossesse, se portait à merveille. En prévision du mauvais temps, James et Grand-père étaient rentrés tôt du travail. Un vent poussiéreux soufflait, et arrachait les feuilles des arbres, déjà !

Dieudonne et Célia, la ménagère, avaient suivi à la lettre les ordres de Leilah : les lampes à gaz étaient remplies de kérosène, en cas de coupure électrique. André, le jardinier, avait fait provision de pain à la boulangerie Peters et des gallons d'eau s'alignaient sagement le long du mur de l'office. La cuisine à charbon fermait temporairement ses portes, et cédait le pas au four à gaz. Le souper servi plus tôt que de coutume, Dieudonne regagna son bungalow, qu'elle partageait avec Ti Sò, sa fillette de quatre ans que Célia, originaire de Jérémie elle aussi, gardait.

La patronne gâtait Ti Sò à outrance. La garde-robe de la fillette, aux tons pastel de rose, vert et jaune, faisait l'envie des jeunes mamuns à la messe de cinq heures au Sacré Cœur, où Dieudonne paradait fièrement sa fille, le dimanche après-midi. L'écolage de Ti Sò, la cuisinière n'avait aucun doute, serait assuré par Charles, patron sévère, mais plein de bonté aussi.

Dieudonne n'en était pas à son premier cyclone. Port-au-Prince s'étalait au pied des chaines de montagnes qui l'entouraient et la protégeaient. Le vent sifflerait fort, mais épargnerait surement la capitale, pour faire peut-être des ravages dans la péninsule sud, aux Cayes ou à Jacmel. La cuisinière avait décliné l'offre de Leilah, qui raffolait de la petite, de passer la nuit dans la grande demeure avec sa fille. Elle préférait le confort et la familiarité de sa propre chambre, où étaient réunis ses menus trésors.

 Marguerite ne quittait pas Claire d'un pouce, depuis leur retour au Bois Verna. Un lit avait été installé pour elle dans la petite salle qui servait de bureau à Charles. Levée à l'aube, elle prenait en charge le café du matin, et Ti Sò recevait le cadeau d'une heure additionnelle de sommeil, dans les bras de sa maman.

~ * ~

Un cri déchirant fendit la nuit, supplantant les hurlements du vent, et le craquement des persiennes en bois. Un noir d'encre régnait dans les couloirs de la grande bâtisse, avec la panne de courant électrique. Marguerite, en chemise de nuit, montait déjà le grand escalier en planches cirées, une lampe à kérosène en main. Sa « petite » avait besoin d'elle ! Leilah et Charles avaient, d'un bond, rejoint Claire qui, dans la pénombre de la chambre, se tordait de douleur. Une grosse marre de sang souillait les draps du lit. Leilah se jeta sur sa fille, pour l'entourer de ses bras maternels. Charles partit en flèche tenter, sans succès, un appel téléphonique au docteur Toussaint, son ami et le médecin de la famille. James, pris de panique, enfilait ses vêtements sans prendre la peine d'enlever son pyjama. Il fallait emporter Claire à l'Asile Français, l'hôpital le plus proche. Il braverait la furie de la tempête, qui, au dehors, faisait rage !

Yvette et Marguerite eurent la présence d'esprit d'examiner Claire, à la lumière d'une lampe de poche. La tête d'un bébé, à l'épais bonnet noir, sortait déjà du canal mystérieux d'où surgit la Vie… Mais, cette nuit fatidique, le miracle devenait cauchemar ! Marguerite dégringola, au risque de se rompre le cou, l'escalier, munie de la lampe de poche, plus facile à manier qu'une lampe à kérosène. Elle fit bouillir de l'eau sur le four à gaz et désinfecter une paire de ciseaux.

Aidée d'Yvette qui, dans la panique généralisée, s'efforçait à garder son calme, elles parvinrent toutes les deux à recueillir le petit être vagissant qui, mêlant ses cris à ceux de Claire, hurlait sa surprise au premier souffle de la vie. Le cordon ombilical coupé, Yvette posa, avec mille précautions, la petite fille étonnée sur le cœur de sa mère et un silence sublime les enveloppa, une fraction de seconde…

La jeune maman sourit, puis ferma les yeux, épuisée. Claire grelottait. L'hémorragie n'arrêtait pas et la vidait de ses forces. Il fallait agir ! Vite ! James et son beau-père l'enveloppèrent d'une couverture, avant d'affronter l'air de la nuit avec elle. Bravant la tempête au péril de leur vie, ils s'engouffrèrent dans la spacieuse Ford de Charles, qui s'installa au volant. James prit place sur le siège arrière de la Ford, la tête de sa femme sur ses genoux. Leilah, qui les guidait avec une *lampe de poche dans la noirceur de la nuit, assise près de son mari sur la banquette avant, mêlait ses « Je vous salue, Marie » à ses larmes, qui coulaient sans retenue.*

Des branches d'arbres encombraient les rues sombres, ralentissant leur route déjà si périlleuse. Lorsque les murs de l'Asile Français se profilèrent enfin dans la clarté blafarde des phares du véhicule, son mari ne le savait pas encore, mais Claire était déjà morte. Elle a glissé, silencieuse, vers ce monde invisible où l'âme s'envole, libérée… James lui avait, durant tout le trajet, caressé le visage, lui murmurant des mots d'amour et d'espoir…

~ * ~

Au petit jour le 4 septembre, la Ford s'était garée sous la tonnelle qui servait de garage et trois passagers en étaient sortis, l'œil hagard, les vêtements échevelés. Dieudonne et Célia, à l'annonce du deuil terrible qui s'était abattu sur la famille au cours de la nuit, avaient mêlé leurs cris à ceux de Marguerite. Cette dernière, courbée en deux, bras croisés sous le bas-ventre, ressentait les déchirures d'une femme en couches. La nouvelle du départ de la « petite dame » pour un autre monde bouleversait patrons et serviteurs, que le chagrin unissait.

Leilah, inconsolable, hurlait sa douleur dans les bras d'Yvette qui, n'en pouvant plus d'être forte, laissait libre cours à son chagrin, elle aussi. Toute la nuit, elle avait bercé ce petit être vagissant qui, dans son innocence, réclamait le sein maternel. En désespoir de cause, Marguerite lui avait préparé de l'eau sucrée, que le bébé dévora. Claire avait prévu, longtemps à l'avance, la layette du bébé et biberons et tétines y figuraient. Dieudonne partit en flèche, au petit jour, arpenter les rues désertes de Port-au-Prince, à la recherche de lait pour nourrisson. Elle était revenue bredouille, les maisons de commerce fermées après le passage destructeur du cyclone. Prostrés, James et Charles se faisaient face sur le sofa, l'air hébété, refusant l'évidence du départ de Claire. Ces deux hommes, qui l'avaient tant *aimée, s'enfermaient dans leur propre silence, sourds au vacarme des femmes autour d'eux, bloquant l'horreur de la réalité.*

André ne savait plus à quel saint se vouer, dans ce bouleversement à l'ordre immuable des choses. Il alerta le voisinage, dans son désir sincère d'être utile, et voir Leilah, sa chère patronne, consolée. Les visiteurs ne tarderaient pas à défiler pour présenter leur soutien à la famille éplorée.

« Vite, Dieudonne ! Vite, Marguerite ! Préparez le café ! »

Le jardinier passait des ordres, car les maîtres de maison, dans leur état d'esprit, en étaient incapables. Il fallait qu'un homme prenne les choses en main. Il troqua ses vêtements de travail pour une belle chemise blanche, enfilât ses chaussures du dimanche et tira, de dessous son oreiller, une liasse de billets de gourdes pour revenir, de leur boulangerie habituelle au Champ de Mars, avec des pâtés chauds. Face à l'adversité qui s'abattait sur la famille Deveaux, André comprit qu'il devrait garder son sang-froid. Il ne permettrait à quiconque du voisinage, de mal juger la maison qui, d'ordinaire, savait si bien recevoir les visiteurs. Le fidèle serviteur défendrait l'honneur de la maisonnée. Ce jour-là, André atteignit le sublime.

Monsieur Lambert et son épouse Clarisse, tenue sombre en signe de respect pour le deuil récent qui avait frappé leurs voisins, franchissaient déjà la barrière. Comme par miracle, Marguerite et Dieudonne reprirent leurs esprits. Leilah, calmée, conduisit les visiteurs au grand salon, plus approprié à l'ampleur du drame qui venait de s'abattre. La cafetière en argent scintillait. Comme une trainée de poudre, la nouvelle s'étendit au Bois Verna. La galerie était déjà comble !

~ * ~

Yvette avait, une fois de plus, gardé la tête forte, en dépit du chagrin. Juste avant l'arrivée des Lambert, elle était partie au volant de la Ford de son père, avec James. Assis sur le coussin avant près de sa belle-sœur qui conduisait, il tenait, pour la première fois, le bébé que lui avait légué sa femme, avant de mourir. L'être minuscule qui avait causé un tel drame, ne pleurait plus. D'instinct, Yvette comprit. Il fallait se rendre en urgence à l'hôpital, sinon il y aurait, non pas une mais deux mortalités ce jour-là. Elle regardait à la dérobée son beau-frère qui, les yeux rivés sur ce petit être endormi, pleurait toutes les larmes de son grand corps d'homme. James, les épaules affaissées, se défoulait sans retenue…

Il regardait, pour la première fois, cet enfant, **son** enfant, qui n'avait point demandé à naître, et qui n'avait pas souhaité la mort de Claire. Ce tendre visage n'était pas celui d'une coupable, mais reflétait l'innocence. Et voilà qu'il risquait aussi de perdre ce petit être vivant, qui était sorti des entrailles de Claire et qui serait leur lien vivace, le dernier cadeau de son épouse !

~ * ~

L'acte de naissance révèle que je suis née le 3 septembre. Le certificat de décès de ma mère porte la date du 4 septembre… Mais en fait, il s'agit de la même nuit, cette nuit fatidique où la tempête faisait rage, où ma venue au monde me priva, pour toujours, de ma mère. Mes anniversaires auront éternellement une saveur douce et amère… Maman est morte, pour me donner la vie ! Ma tante Yvette et Marguerite, ma chère nounou, ont recueilli mon premier cri. Je respire aujourd'hui parce qu'elles ont su, au cœur du chagrin, demeurer fortes, même quand chaque fibre de leur être criait leur douleur, face à Claire, agonisante… L'eau sucrée a été mon repas de bienvenue, à la vie !

Ma mère a contemplé, une seconde, mon visage… Avais-je les yeux ouverts ? Avons-nous échangé un regard poignant, avant d'être séparées pour toujours ? Yvette me déposa sur sa poitrine… Me rappellerai-je, un jour, les battements de ce cœur qui quittait déjà ce monde ? J'ai cherché, en vain, à faire renaître un souvenir de ce *moment précieux, des profondeurs cachées de la mémoire... Je n'y parviens pas !*

Mon père a réalisé mon existence lorsqu'Yvette me plaça dans ses bras... Lorsqu'il accepta la réalité du départ de Claire. J'ai existé pour lui quand ma mère a cessé de l'être...Yvette est devenue ma mère... Une vérité qui résonne au fond de mon cœur car je lui dois la vie aussi. Ce sont ses bras qui m'ont bercée, et son cœur qui battait contre le mien. Marguerite m'a littéralement vue naitre... Un miracle concret né d'une profonde douleur ! Je serai toujours « sa petite ».

Leilah s'est attachée à cette chair de la chair de sa chair... Je suis le symbole vivant de sa fille, la preuve inéluctable du passage, trop court, de Claire sur terre. Charles n'a jamais accepté la mort de sa fille. Il a blâmé la tempête, qui retarda leur arrivée à l'hôpital. Mais je devine, par ses silences éloquents, que je suis, à ses yeux, la grande coupable...

~ 11 ~

Il fait nuit depuis longtemps déjà. La veilleuse offre un éclairage tamisé, propice aux confidences. Le Docteur Hoffmann a signé l'exéat de la délivrance. Le temps s'était arrêté à Sainte Anne. Demain je replonge dans la réalité de Saint Joseph, pour entamer ma convalescence. Je parcours, d'un regard furtif, le pan de mur où est accroché le tube à oxygène. La table de chevet est garnie d'un simple pot à eau et d'une timbale. Ce décor austère veut s'incruster, à tout jamais, dans ma mémoire. Dans l'intimité de cette chambre d'hôpital parisien, face à ce pèlerin qui croise ma vie, j'avoue, ce soir, le secret de ma naissance à Sœur Marie Laurence.

Claire est morte en me donnant la vie. Je ne me suis pas remise du vide affectif créé par cette absence et, depuis, mon parcours est la quête silencieuse d'une présence que je ne connaitrai jamais. Dans mon délire, au cœur de la souffrance, j'ai cru voir son visage… Aujourd'hui, je couve le désir inassouvi de contempler le regard de celle qui m'a offert la vie pour ensuite me quitter. Claire n'a pas eu la chance de bercer l'enfant qu'elle mettait au monde, et je ne connaîtrai jamais la douceur de ses bras. Le sourire frais d'une beauté brune en robe rouge, est l'image que je garde précieusement, de ma mère. Elle aura toujours vingt ans, dans mon cerveau, figée pour l'éternité dans le cadre-photo posé sur le vieux piano de Grand-père.

J'imagine parfois le son de sa voix… Murmurait-elle des mots doux, la main posée sur un ventre arrondi, quand je n'étais encore qu'une graine qui germait ? On dit que le fœtus entend, et se souvient du timbre maternel. J'ai refait tant de fois, en esprit, le parcours de ma naissance, ce passage mouvementé du tunnel vers la lumière. Mon secret, je le garde jalousement au fond du cœur, depuis que le monde a chaviré pour moi, à l'âge de raison… En refoulant la réalité, je me donnais l'illusion d'être comme toutes mes camarades, avec une

« vraie » maman et un « vrai » papa. En taisant mon chagrin, je ne permettais à personne de m'affubler du qualificatif d'orpheline de mère, par pudeur. Grâce à Yvette, que la mort de Claire propulsait au rôle de mère, je sauvais l'apparence d'une enfance normale. Si Claire est le rêve, Yvette est la réalité rassurante.

En cherchant à oublier, j'efface le remords sourd d'avoir causé la mort de ma mère. Mais il surgit toujours : Je rêve à ce qui aurait pu être, mais ne sera jamais ! C'est ma punition, je suppose, le prix que je paierai pour le don de ma vie… Le boulet que je traînerai, le restant de mes jours, à la cheville !

~ * ~

La jupe bleue marine d'uniforme, devenue trop grande pour moi, symbolise le retour imminent à la réalité de Saint Joseph. Mes yeux s'attardent sur le lit d'hôpital vide, témoin de mes heures sombres. L'offrande gratuite de Sœur Marie Laurence à l'humanité souffrante a été sa présence à mon chevet. Au cœur de l'épreuve, nous nous sommes rapprochées. Dans la révélation du secret de ma naissance, je négocie une paix fragile avec le destin.

Silencieuse sur le coussin arrière de l'automobile, il me semble revenir d'un long et pénible voyage. Je me suis endormie, bercée par le mouvement de la voiture, jusqu'à Val-de-Seine. À mon arrivée, au seuil de la classe de Seconde animée par Sœur Jean, vingt paires d'yeux me sourient. Des exclamations de joyeuse surprise fusent de toutes parts. Émotions au paroxysme. Je tourne brusquement les talons pour fuir ce retour brutal au quotidien.

Sœur Angèle tire les rideaux de ma chambrette. « Reposez-vous, ma grande, ordonne-t-elle en me quittant. »

Dans ce grand dortoir vide, le sommeil sera mon refuge et mon salut. Du potage clair et du pain grillé trouvent le chemin de ma chambrette. Le médecin est formel : « Régime sans graisse ! »

L'appel tant attendu d'Haïti arrive à quatorze heures et prend la tournure d'un mélodrame, au parloir. Il est huit heures, dans mon pays… L'heure où le café a été bu et la vie et ses bruits envahissent les rues de Port-au-Prince… Écouteur en main, visage défait, aucun son ne me sort de la bouche. Je suis littéralement paralysée par l'émotion. Les voix familières se succèdent et seuls mes sanglots y font écho.

Éberluée, la sœur messagère quitte le parloir pour y revenir avec Révérende Mère. D'un ton calme et posé elle offre, à mes parents, un compte-rendu détaillé de mon séjour hospitalier et leur renouvelle la dévotion des religieuses en mon endroit. Lorsqu'enfin je parviens à reprendre mes esprits, mon père, Yvette, mes grands-parents et mes petits frères m'offrent, avec leurs messages de sollicitude, la joie de leur causer. Quand Marguerite prend l'écouteur, c'est elle qui reste muette au bout du fil, et moi qui la console…

Allongée sur mon lit de pensionnaire, dans la noirceur d'un dortoir endormi, la scène finale d'*Autant en emporte le vent* me revient à l'esprit : l'héroïne Scarlett O'hara, debout face à ses terres, à Tara, prononce avec force et conviction : « *Demain* sera un jour nouveau ! »

Demain renferme tant de promesses ! Aujourd'hui, je me contente d'être un saule pleureur, émue du cadeau merveilleux de la vie et de ma santé retrouvée.

~ 12 ~

Le drame bouleversant, déclenché un soir de cyclone, allait trouver au fil des mois, un heureux dénouement ! Aux dires d'Yvette, Leilah et Marguerite, l'hôpital me garda quinze jours en couveuse. Je prenais des forces pour affronter une vie qui débutait par un deuil… Charles et Leilah eurent la pénible tâche de planifier les obsèques de Claire, leur fille. Je ne peux qu'imaginer l'horreur d'une telle situation. Cet acte contre nature doit être la démarche la plus pénible qui soit, pour des parents !

Les funérailles de ma mère furent chantées au Sacré-Cœur de Turgeau, la paroisse où elle avait été baptisée et où les cloches avaient carillonné, le jour de son mariage. Sa vie avait formé un cercle parfait, qui se fermait ce jour-là au son du glas. Elle reposerait au Grand Cimetière de Port-au-Prince, près de ses ancêtres Deveaux et de son frère aîné Robert, mort à six mois d'une gastro-entérite. Parents et amis, remués par ce drame, entouraient la famille éplorée. Les couronnes de fleurs abondaient : Profonds regrets, *lisait Leilah. Elle garderait un de ces rubans de satin, talisman du bref passage de Claire sur terre… Le caveau de marbre, à la colonne tronquée, recevrait cette abondance de fleurs qui, symboles de la fragilité de la vie, se faneraient après quelques jours.*

Encadrée de son époux et de la seule fille qui lui restait, la mère de Claire, ayant versé toutes les larmes de son corps, se tenait immobile sur la chaise, telle une statue de sel. Yvette, en lui pressant la main, lui avait discrètement filé un second mouchoir brodé, qu'elle ne tarderait pas à mouiller aussi des larmes qui ruisselaient de ses paupières. Leilah mettrait, pour la seconde fois, un enfant en terre… Pourquoi la vie lui était aussi cruelle ?

Quelle faute avait-elle commise, pour être punie si sévèrement ? Charles, droit comme un piquet, se levait de son siège pour recevoir les poignées de main amicales des dames en tenue de circonstance. Toutes les fibres de son corps criaient sa douleur. Mais il demeurerait, jusqu'au bout, l'homme du monde aux belles manières, qui avait conquis Leilah, il y a longtemps... Les employés de son bureau étaient tous venus présenter leurs sympathies à leur patron.

James, tel un automate, tendait la main à ceux qui défilaient autour du cercueil capitonné de blanc. Assis en tête de la dépouille exposée, il sanglota dans les bras de ses collègues, venus partager sa peine. Comment rester fort et courageux, quand la terre a chaviré sous ses pas, un soir de tempête, la semaine dernière ? Claire partie, son univers s'écroulait ! Dans ce pays d'adoption, au cœur d'une culture si différente de la sienne, parmi ces gens qu'il ne connaissait pas et qui lui serraient la main, l'air contrit, James ressentait la pénible solitude de l'étranger, perdu dans la marée haïtienne...

Au pied du cercueil, Kimbram et Zahiyé Habdoul, que l'âge plissait, s'étaient transformés en momies, figés par la douleur absurde d'avoir à enterrer leur petite-fille. Les parents de Leilah voyaient, l'œil hagard, défiler la communauté arabe du Bord-de- Mer. Elle était venue en force soutenir l'un de leurs membres. Farid leur fils, frère cadet de Leilah, était rentré la veille de New York, pour entourer sa sœur dans son deuil. Il resta longtemps debout, le regard rivé sur le visage si jeune de sa nièce, qui dormait du sommeil éternel.

Dans la première rangée des sièges prévus pour le public, se tenaient, en grand deuil, Marguerite, escortée d'André, Dieudonne et Célia... Ils faisaient, dans un sens, partie de la famille. Cette première rangée leur revenait. Leilah avait tenu à leur présence, si près... Elle proclamait, par ce geste, son attachement à ces êtres qui partageaient, depuis tant d'années, son quotidien. Au prix d'un effort surhumain, Leilah avait conservé son calme durant l'exposition de la dépouille et le défilé des amis venus payer leur respect. À la fermeture du cercueil, elle se pencha une dernière fois vers ce visage qu'elle ne reverrait jamais plus.

Un cri rauque, déchirant partit alors des profondeurs de ses entrailles de mère. La douleur éclatait au grand jour, violente, crue, faisant fi de toute censure, de toute mesure… Le cri de Marguerite fit écho au sien. Charles foudroya sa femme du regard. Yvette garda sa mère contre son cœur. Dieudonne entoura Marguerite de son bras et une tête, lourde de chagrin, retomba sur l'épaule amie.

Près d'une centaine de gens, dans un embouteillage épouvantable, suivirent la famille au Bois Verna, à la sortie du cimetière. Clarisse Lambert avait su bien faire les choses pour sa voisine et amie, trop occupée à gérer son chagrin : les héritiers Buteau, propriétaires du restaurant Aux Cosaques au Chemin des Dalles, dont la réputation avait traversé l'océan, lui avaient promis l'envoi d'un consommé-maison qui n'avait pas son pareil dans Port-au-Prince. Le service de la soupe, au retour des obsèques, serait assuré par leurs serveurs stylés, portant rosette noire et chemise blanche.

*La maison mortuaire avait fourni les chaises pliantes qui avaient été placées autour de la véranda, au salon, et même sur le gazon de la cour d'entrée. Une belle photo de Claire, souriante, en robe du soir rouge, trônait sur le piano. Quand le dernier visiteur prit congé, les habitants de la grande bâtisse du Bois Verna, vidés de toute énergie, sombrèrent dans un lourd sommeil… James, qui avait survécu, la mort dans l'âme, à ces semaines de cauchemar éveillé, reçut un appel de l'ambassade. Il regagna, le lendemain, ses pénates à Bourdon. Il avait vécu les derniers jours suspendu entre l'irréel brumeux d'un incroyable drame, et la peine brutale qui l'assaillait, avec l'absence concrète de Claire. Le cœur déchiré, l'idée l'avait effleuré de retourner dans son pays… Leilah, le souffle coupé, faillit s'évanouir. Elle ne survivrait pas à la perte de sa fille **et** de sa petite-fille !*

Yvette, Leilah et Marguerite suivirent James, à Bourdon… Un petit être, qui n'avait pas demandé à naitre, réclamait leurs soins. Elles aideraient le jeune père à reprendre ses sens, et se trouver une nounou à qui confier le bébé, lorsqu'il serait au travail… Les jours se transformèrent en semaines. Charles Deveaux, déboussolé depuis ce bouleversement à l'ordre des choses, réclamait sa femme et le retour à la normalité dans sa maison. Leilah, résignée, en épouse obéissante, retourna à son mari.

Yvette resta. La petite Myriam avait encore besoin d'elle ! Soucieux du « qu'en dira-t-on ? » qui, souvent, régit les mœurs haïtiennes, Charles fronça les sourcils. Mais sa fille aînée, d'ordinaire soumise à l'autorité parentale, passa outre, pour la première fois de sa vie, aux ordres de son père. Les chambres ne manquaient pas, d'ailleurs, à Bourdon… Dans la Bible, une femme veuve est encouragée à prendre son beau-frère pour mari. Pourquoi le veuf n'épouserait-il pas la belle-sœur ?… Un an après le décès de Claire, Myriam reçut un cadeau précieux : une maman officielle !

~ * ~

Svelte, distinguée, chevelure d'un noir de jais, comme Leilah au temps de sa jeunesse, Yvette avait hérité les traits de caractère qui définissaient l'homme de bien qu'était son père : le sens aigu de l'honneur et du devoir, le caractère mesuré, la discrétion, le raffinement des gestes et des paroles. Si Claire était Habdoul, dévoilant la verve intarissable, la spontanéité et la gaieté qu'affichaient Leilah, Yvette était sans l'ombre d'un doute, Deveaux. Les deux sœurs se ressemblaient mais Yvette entendait toujours dire, sur son passage : « C'est la fille de son père ! »

Je n'ai jamais compris le sens d'une telle phrase, qui énonce une évidence, une vérité de la palisse… Si l'on a un père, on est donc sa fille ! Bonnet blanc et blanc bonnet ! Dans cet ordre d'idée, Claire avait été la fille de sa mère, dont le cœur et les émotions menaient la barque. Yvette était la sœur aînée pleine de sagesse qui rappelait toujours à l'ordre sa cadette, et la protégeait des remontrances de leur père.

Quand l'Amour a-t-il remplacé le sens du devoir, dans le cœur d'Yvette ? Je ne le saurai jamais, probablement. Marguerite, la source des détails qui tissaient la mystérieuse tapisserie de mon enfance, devenait tout à coup silencieuse... Une romance a dû naître, sous ses yeux, à Bourdon. A-t-elle été aveugle aux signes avant-coureurs que ses radars, d'ordinaire, auraient détectés ? Yvette, la discrétion personnifiée, ne laissait sans doute transparaitre aucune vibration. Lorsque James revenait du travail, Yvette se réfugiait dans ses appartements. Le père et la fille apprenaient à se connaître : sur la dodine d'acajou construite à la mesure de sa grande taille, James berçait la petite poupée vivante perdue dans les bras paternels. Marguerite m'assure que j'étais un bébé doux et tranquille, qui gazouillait à la vue des visages familiers penchés sur elle.

Le souper, servi ponctuellement à dix-huit heures, selon la coutume américaine, réunissait le beau-frère et la belle-sœur autour de la même table. Ils parlaient de la pluie et du beau temps, et discutaient des progrès du bébé que j'étais. Parfois, il leur arrivait de laisser partir un éclat de rire, suivi d'un silence coupable. Craignaient-ils de trahir la mémoire de Claire ?

J'avais trois mois quand Yvette regagna ses pénates, au Bois Verna. Elle avait engagé une personne capable, Simone, qui seconderait Marguerite, ma nounou officielle. Simone avait arrêté ses études d'auxiliaire pour subvenir aux besoins de sa mère. Elle apportait un souffle nouveau à mes soins tout en respectant à la lettre les ordres de Marguerite, qui avait le dernier mot à mon sujet. James recevait, à son arrivée, les rapports quotidiens de la vieille gouvernante. Yvette partie, il s'en remettait aveuglément à Marguerite. Cette dernière tenait aussi le cordon de la bourse et s'assurait de la bonne marche de la maison. Mais, l'absence d'Yvette pesait... James avait pris l'habitude de sa présence sereine et discrète, sous son toit. Le beau visage pensif de la jeune femme brune manquait au décor.

~ * ~

Convié aux repas du dimanche au Bois Verna, un père serein sinon heureux, voyait sa fille passer des bras d'Yvette à ceux de Leilah. Les deux femmes rayonnaient en présence de ce petit être, dont le sang Deveaux, aussi bien que Tyler, coulait dans les veines… Un joli berceau rose, à moustiquaire, avait été installé dans la salle à manger, plus aérée que le salon, mais à l'abri des courants d'air de la véranda.

Dieudonne se surpassait ces jours-là et le repas dominical s'avérait un délice pour James, qui raffolait des mets créoles : griot de porc ou tassot de dinde, pikliz, riz et pois collé, bananes pesées, salades d'avocat et cresson. Un pain patate onctueux clôturait, en général, ces festins. James prit aussi l'habitude d'une courte visite aux Deveaux, en semaine, au sortir du travail. Finalement, tout devenait clair : Une discrète romance naissait, à leur insu, entre Yvette et son beau-frère. Charles et Leilah finirent par le deviner, dans le silence des jeunes gens, par les coups d'œil qu'ils échangeaient. Un long entretien eut lieu avec leur fille aînée. Son sérieux, sa droiture et sa détermination eurent gain de cause. D'ailleurs, cette solution s'avérait providentielle pour tous.

Leilah, dont l'intuition féminine ne trompait pas, avait compris depuis longtemps que les délices de sa table seraient des atouts supplémentaires au bonheur de James, comme ils l'avaient été pour Charles, l'homme de sa vie. Fidèle à sa culture libanaise, elle préparait pour son gendre, lors de ses visites en semaine, du kibbeh nayeh, viande moulue tartare arrosée d'huile d'olive, qu'elle accompagnait d'une salade de tabbouleh sentant bon la menthe et le persil, et d'une corbeille de pain arabe. James regagnait ses pénates à Bourdon, armé d'un bocal de hummus-maison, ou de baba ghanoush, qu'il dégusterait, avec les galettes de sa belle-mère, pour ses collations du soir. Le baklava, son dessert favori, fondait dans la bouche !

~ * ~

J'avais soufflé ma première bougie d'anniversaire quand James passa la bague au doigt de ma tante... La sœur ainée voulut garder, intact, le souvenir des noces de sa cadette au Sacré Cœur, où les cloches avaient carillonné de joie et d'allégresse. À l'issue d'une cérémonie religieuse célébrée en toute intimité en la chapelle, invisible de la grand-route, du Christ-Roi à Bourdon, Yvette Deveaux est devenue, sans fanfare ni trompette, Madame James Tyler.

Le mécanisme de la pendule biologique d'Yvette, au fil des ans, me fascinait : elle m'offrit un petit frère, l'année de mes trois ans, qu'elle baptisa Robert en souvenir du bébé qu'avaient perdu ses parents. J'adorai ce petit frère du premier regard. Il devint Bobby, pour la famille. Trois ans plus tard, Freddy venait grossir les rangs Tyler. Fidèle à la tradition, James Junior, mon filleul, annonça son arrivée, trois ans après celle de Freddy. Je n'ai aucun souvenir d'une préférence accordée à mes petits frères à mes dépens.

Nous partagions la même maman, calme, disponible, pleine de grâce et de mesure. Elle riait peu, mais nous comblait d'attention et s'assurait du bien-être de la famille, orchestrant, d'un tour de baguette magique, les activités du jardinier, de la cuisinière et de la ménagère. Marguerite veillait, à la lettre, à l'application de ses ordres et les désirs de Monsieur James se voyaient toujours devancés. Yvette, promue cuisinière, offrait parfois à son mari la surprise d'un repas à l'américaine : dinde à la sauce de canneberge achetée en conserve, purée de pommes de terre, petit pois et tarte aux pommes. Papa, aux petits soins, nageait dans un bonheur tranquille.

~ * ~

Je caresse l'idée d'avoir été l'instrument de l'union de mon père et de ma tante... Je suis celle qui les a mis sur le même chemin, en tous cas. À en croire la pendule biologique d'Yvette qui a donné, tous les trois ans, un fils à son mari, j'ai peut-être racheté la faute impardonnable du jour où je suis née.

La vie transcendera toujours la mort et Claire est vengée des griffes de cette dernière à chaque fils sorti du sein d'Yvette, à chaque cri qui accueille, pour la première fois, la lumière...

~ 13 ~

L'étudiante étrangère que je suis, a la ferme intention d'exceller en terre de France. Je veille souvent tard, à la lumière d'une lampe de poche dissimulée sous l'édredon, le soir, après vingt-et-une heure. Ma méthode de travail doit être reprogrammée : faire un plan d'étude, dépouiller un texte, en tirer l'essentiel et le retenir intelligemment. L'enseignement en Haïti repose souvent sur l'étude de textes appris par cœur. Aussi nous avons une excellente faculté de mémoire. Je n'ai pu m'empêcher de sourire en pensant à la phrase : « nos ancêtres, les gaulois » rabâchée par tant de générations de petits haïtiens. Nos livres d'études venaient de la France, évidemment !

Les classes de Troisième à la Terminale ont visité le Centre d'Orientation. Le rapport du conseiller stipule que j'ai d'excellentes capacités pour les Lettres ! L'ironie est que je vais poursuivre une branche scientifique. Sœur Marie Laurence relève, pleine d'optimisme : « Les Lettres seront votre violon d'Ingres. L'essentiel est de s'accomplir pleinement ! »

~ * ~

Les activités parascolaires du jeudi offrent une diversion à nos horaires chargés d'internes. Celles qui, comme moi, ont choisi la natation, partent en autocar pour Tassy le jeudi soir, chaperonnées par Sœur Jean, professeur de français de la Seconde. Le moniteur de natation, jeune homme au torse large et musclé, sort de l'eau pour exécuter une plongée et plusieurs paires d'yeux admiratifs suivent sa performance. Le port du bonnet est obligatoire pour cette piscine chauffée, à l'odeur d'eau de javel. Je repense, nostalgique, aux eaux tièdes des plages de mon enfance et à la fillette aux longues nattes sombres, pieds nus dans le sable, heureuse de sentir la caresse du vent marin sur ses épaules nues… Ishtar, Gisèle et Johanna ont opté pour l'équitation : bottes noires et luisantes, blazer sombre, bombe masquant la chevelure, cravache. Isabella di Rossi, Sophie de Maisonrouge et Astrid de Panière pratiquent l'escrime dans la grande salle de gymnastique, ancienne salle d'apparat de Saint Joseph.

L'instructeur, homme svelte aux tempes grisonnantes, enseigne les rudiments de cet art à une poignée d'élèves. Poing sur la hanche, épée à la main droite, mes camarades crient « en garde » à leur professeur ! Il ne leur manque que le grand chapeau à plume et le blason des Trois Mousquetaires, je conclus, suivant leurs ébats et riant sous cape de ce sport désuet. Plus qu'une particule dans le nom ou l'habileté au jeu d'escrime, la noblesse, la vraie, demeure d'abord une qualité du cœur. Je l'ai appris en France, aux côtés de camarades qui m'ont ouvert, avec les portes de l'amitié, celle de leur foyer.

~ * ~

Ma vie de pensionnaire se déroule au fil des mois et des saisons, ponctuée par les incidents qui, hors de Saint Joseph, paraitraient insignifiants. Mais pour nous qui partageons un quotidien réglé sur mesure, l'événement qui vient rompre la routine de nos vies régimentaires prend alors des proportions démesurées !

Agnès, qui fréquente Saint Joseph depuis des années, organise une messe d'anniversaire en l'honneur de Sœur Marie Laurence. Le thème choisi sera celui de l'*Unité* : « Si tous les peuples se donnaient la main, le monde serait meilleur ! » La classe de Seconde est connue pour son fort pourcentage d'étrangères. Noah mettra la délicatesse de l'Orient dans les arrangements floraux de la chapelle. Ishtar prend en charge la délégation d'étrangères qui, en costume folklorique de leurs pays respectifs, offrira notre pièce de résistance, la scène de l'unité. Agnès, présidente du comité d'organisation, choisira avec le curé les textes liturgiques de circonstance.

Astrid, le bourreau légendaire de Sœur Marie Laurence, gagnée par l'excitation généralisée, s'offre à remplir le rôle d'hôtesse : tenue de gala, jupe bleue marine et chemisier blanc, béret avec emblème en lettres dorées de l'école, bas de nylon et chaussures vernies noires. Je conclus que l'adolescence est un réservoir de générosité qui surprend, parfois... Astrid et ses acolytes escorteront les invités à leurs bancs respectifs.

Agnès annonce : « Myriam, nous comptons sur toi pour préparer le texte du message. »

Du coup, une panique illogique se déclenche chez moi. J'avais gardé l'espoir inavoué de rester silencieuse dans mon coin. Je refuse d'être sur la sellette, et affronter un éventuel public. Agnès insiste. Béatrice d'Ardompré, élève de Terminale connue pour sa superbe élocution, accepte à lire le texte à ma place. À condition que je le rédige. Soulagée, je me mets au travail, veillant à la lumière d'une lampe de poche, quand le silence et la muse deviennent mes seuls compagnons.

Le jour J, l'excitation est à son comble. Béatrice fait merveilleusement passer l'essence du message... Puis Ishtar, incarnation voilée du Moyen-Orient, fait son apparition, ouvrant le pas à la délégation d'étrangères qui se présente sur les marches de l'autel : Yuko, ambassadrice du Japon, Rada, de la Côte d'Ivoire, Léa, des Antilles. Agnès se joint alors au groupe qui offre, dans un silence lourd d'émotion, mains soudées l'une à l'autre, la bouleversante scène de l'unité à un public ébahi. L'assistance, électrifiée, répand des ondes fortes et se permet d'applaudir. La messe s'achève avec la performance de la chorale qui exécute l'oratorio préféré de notre professeur : l'Alléluia de Händel. Ce jour restera toujours gravé, j'imagine, dans nos cœurs d'adolescentes, et les annales de Saint Joseph. Sœur Marie Laurence me remercie de mon texte, le lendemain... Agnès lui a révélé le nom de l'auteur !

~ * ~

Nos cours de catéchisme se transforment souvent en plateformes des grands débats où notre brillant orateur parvient toujours à donner une sève nouvelle à des sujets arides, ou délicats. C'est aussi l'occasion pour Astrid de provoquer un chahut, avec l'espoir sadique que notre professeur perdrait un jour de sa superbe maîtrise de soi.

Les débats des jeunes face à la religion, la famille et la société sont couverts. Ishtar adore les discussions théoriques, qui s'étirent en longueur quand on lui accorde la parole. Elle fera un excellent avocat, un jour, et défendra la cause des femmes musulmanes de son pays. Agnès se laisse guider par le cœur. Contrairement à mes camarades qui accueillent avec passion ces discussions de groupes, je garde toujours un silence prudent lors des débats. M'exprimer en public signifie m'aventurer hors des frontières de ma zone de confort et m'exposer au regard scrutateur des autres.

J'ai grandi en Haïti à une époque où régnaient le dogme sacré du « qu'en dira-t-on » et la peur des représailles du libre-échange sous la dictature. Je préfère être invisible, une présence discrète qui tient une chronique personnelle des êtres et des choses rencontrés sur mon chemin.

Le jour du débat des jeunes face à la sexualité, je devine qu'un film à grand spectacle nous sera offert. Le sujet s'avère passionnant pour les adolescentes curieuses de la Seconde. Les protagonistes : Astrid à la langue fourchue, et sa victime légendaire, Sœur Marie Laurence ! La parole est donnée à l'élève qui, la main levée, semble sur des charbons ardents :

« Ma Mère, ayant fait vœu de chasteté, que pouvez-vous savoir de la sexualité ?

– Excellente question, Astrid ! Mes connaissances sont, je l'avoue, théoriques : J'ai suivi des séminaires de formation comme conseiller de jeunesse et j'enseigne le cours d'éducation familiale aux classes Terminales. Ce sujet aurait pu être abordé à la lumière de mes connaissances scientifiques et religieuses. La classe n'est, de toute évidence, pas assez mûre pour un tel débat. Cela peut vous paraître incroyable, mais j'ai eu, moi aussi, seize ans. Vos préoccupations ne sont que la répétition de celles des générations précédentes. »

Astrid, ridiculisée, baisse le nez… Le débat n'aura pas lieu ! Sœur Marie Laurence, l'œil des mauvais jours, est sans merci dans son ironie tranchante. Elle rappelle l'un de ces héros des temps universels, à qui il importe moins d'être aimé que d'être écouté, et dont la route demeure un passage solitaire. Notre professeur conclut, prophétique :

« La sexualité précoce conduit à la dérive ! La liberté du choix est alors irrémédiablement perdue. L'on ne revient pas en arrière, dans la vie… Je souhaite pour vous, qu'à l'heure des grandes décisions, il vous reste un choix ! »

~ 14 ~

À chaque remise de carnet, les fins de mois, j'avais droit à un week-end chez mes grands-parents, au cœur du vieux Port-au-Prince, au Bois Verna, en récompense d'avoir bien travaillé en classe. Une ancienne bâtisse de style gingerbread (pain d'épice) où le bois sculpté des balcons haut perchés me rappelait les fines broderies du centre Elie Dubois réputé pour ses travaux d'aiguille, la maison familiale avait vu naître, et mourir, plusieurs générations Deveaux. Moi aussi, je suis née entre ces murs, un soir de tempête.... Mon cordon ombilical a été enterré au fond de la cour, m'avait appris Marguerite.

Tous les ans, mes grands-parents faisaient venir les ouvriers qui maintenaient la fière allure de la maison, en dépit de son âge avancé. Le plancher des chambres et de l'escalier menant au second étage brillait toujours, grâce aux brosses et aux muscles d'André, fidèle serviteur de la maisonnée. Une galerie fleurie, à la mosaïque d'une brillance remarquable, encerclait la grande demeure. Deux dodines se tenaient compagnie, et ne se quittaient pas, comme leurs occupants, mes grands-parents.

Grand-père se vantait de ses ancêtres militaires qui avaient servi leur pays, avant la dictature. Un portrait de son père le Général Deveaux, fier et moustachu, trônait au salon. Cette grande salle austère et sombre, comme mon aïeul, n'ouvrait ses portes qu'aux jours de fête, où vaisselle de Limoges et argenterie Christofle clignaient de l'œil sous le lustre de cristal, qui perdait son manteau de poussière en prévision des festivités.

J'aimais fouiner parmi les livres à reliure de cuir rouge et noir, dans l'étroit bureau de Grand-père. Je ne lisais pas encore, mais prenais un immense plaisir à caresser le cuir, à promener les doigts sur les lettres dorées et tourner les pages de ces trésors du savoir. Les visiteurs coutumiers étaient reçus sur la véranda fleurie, que la brise fraîche d'après-midi balayait de sa caresse légère, aux senteurs de jasmin. Charles Deveaux, plongé dans la lecture du quotidien Le Nouvelliste, répondait par monosyllabes au babillage de Leilah.

Fidèle à ses racines libanaises, Grand-mère dégustait tous les jours son café de quatre heures, en dépit des ordres de son médecin traitant, se plaisait-elle à nous rappeler, humant le breuvage chaud avec un plaisir évident, avant d'en avaler la première gorgée. Les grains de café avaient été grillés dans une grande chaudière et pulvérisés dans un long pilon de bois, au fond de la cour, pour préserver l'arôme et la fraîcheur de cette riche poudre noire. Le café de Leilah faisait les délices des visiteurs et jouissait d'une solide réputation dans le voisinage.

Ce rituel de mes grands-parents sur leur galerie était aussi important pour eux que pour moi : Il signifiait la continuité des choses, et de la vie... Leurs dodines se touchaient presque. Je devinais le grand amour qui devait les unir mais qui ne s'extériorisait pas, selon les règles de la bienséance régissant les mœurs de leur génération. Chez mes grands-parents Deveaux, « les enfants ne parlent pas à table », et sont ordonnés d'« aller jouer dehors ! »

Levée à l'aube le samedi, j'ouvrais les hautes persiennes qui, du second étage, m'offraient une vue panoramique de la ville et un coup d'œil sur la baie de Port-au-Prince. J'entendais le cri familier des marchands ambulants, le vacarme des véhicules pressés. Le cycle de la vie recommençait, au son du coq. Déjà, l'arôme du café et du pain grillé flottait, de la cuisine...

~ * ~

L'odeur du charbon qui brûle, je l'associe invariablement au Bois Verna, où un réchaud à charbon était perpétuellement allumé au fond de la grande cour chez mes grands-parents. J'observais, curieuse, Dieudonne préparer des chaudières énormes de riz et pois rouges destinés à nourrir la maisonnée sans oublier André, le jardinier et Célia, le bras droit de Grand- mère.

Dieudonne, parée de l'aura que lui conférait son rôle important de cuisinière, régnait sur l'arrière-cour en souveraine respectée. Nul n'oserait contrecarrer ses ordres. Sa fille Ti Sò, splendide adolescente à la peau cuivrée très prisée par les hommes, venait aider sa mère au sortir de l'école. Par un hasard heureux, ou peut-être parfaitement orchestré, les éternels visiteurs de Dieudonne, prétendants assidus de Ti Sò, arrivaient toujours dans la cour à l'heure des repas et, politesse exige, acceptaient de bonne grâce le plat de riz et pois, agrémenté du toufé de légumes et du soupçon de viande, qui leur était offert.

Ti Sò, seize ans, partageait, avec sa mère, le bungalow niché au fond de la cour, à l'ombre du vieux manguier. Je luis filais mes revues, qu'elle s'amusait à découper puis tapissait les murs de leur chambre de photos de vedettes internationales et de paysages de calendriers. Les neiges du Mont Blanc faisaient bon voisinage avec les lacs-miroirs de la Suisse, sous l'œil surpris de Johnny Hallyday et d'Elvis Presley. Ce collage hétéroclite, minutieusement exécuté, relevait de l'œuvre d'art.

Chaque samedi, Dieudonne faisait cadeau à sa fille de deux œufs frais au retour de ses emplettes au Marché en Fer qui érigeait ses hautes tourelles en plein centre-ville, créant un embouteillage monstre de piétons et de voitures. Cette structure de métal avec ses minarets était, dit-on, destinée à l'Égypte musulmane avant d'aboutir en Haïti. Le marché grouillait toujours de monde : vendeurs de légumes, de cabris, de poulets, d'épices et d'artisanat qui se disputaient le droit à la survie. Les acheteurs devenaient ces proies humaines qu'il fallait, à tout prix, amadouer et séduire par les prix les plus alléchants.

Ti Sò gobait le jaune d'œuf battu avec du sucre, de la cannelle et de la pelure de citron. Mais sa grande joie provenait du blanc d'œuf, qu'elle versait avec précaution dans un large bocal de verre, rempli d'eau, pour l'exposer au soleil ensuite. Le blanc d'œuf se solidifiait dans l'eau, à l'aide des chauds rayons de soleil, et prenait des formes bizarres, de stalagmites et de stalactites.

Avec la sagesse que lui conférait son âge, Ti Sò repérait les clochers d'une église, présage qu'elle se marierait. Parfois, le blanc d'œuf formait des bandes horizontales, symbole qu'un bateau l'emporterait, un jour, loin de notre terre d'Haïti ! J'observais, fascinée, ce bocal de verre, convaincue d'avoir sous les yeux la silhouette d'un majestueux paquebot ou la reproduction d'une cathédrale miniature. J'ai demandé à Ti Sò, si elle pouvait choisir, un jour, quel destin suivrait-elle ?

« Le voyage à l'étranger ! »

Ce fut le cri du cœur ! Des années plus tard, un grand oiseau d'acier emporterait Ti Sò vers les gratte-ciels de Montréal....

~ 15 ~

Ishtar qui, d'ordinaire, garde sous silence les détails de sa vie privée hors du cadre de Saint Joseph, m'invite à séjourner chez ses correspondants cette fin de semaine. La Direction a été contactée. Sœur Marie Laurence, bien que surprise, signe la feuille d'autorisation. Un chauffeur à képi et large moustache noire vient nous chercher à la station de car et ouvre la portière arrière du véhicule aux vitres teintées. Un luxueux immeuble m'accueille en plein cœur de Paris. Les correspondants d'Ishtar, un couple âgé doté d'un fort accent étranger, viennent saluer puis disparaitre.

Une belle femme brune, vêtue d'un tailleur bleu marin de coupe élégante, me tend la main, souriante : « Je suis Najlah, la mère d'Ishtar. Ma fille m'a tant parlé de vous ! »

Elle porte de splendides bijoux en or, aux poignets et au cou.

Mon amie contemple béatement sa mère, venue à Paris en voyage-éclair, assister à une conférence internationale sur les Droits de l'Homme. À table, nous nous régalons de mouton en brochettes et de couscous servis par un jeune homme en chemise blanche. Il ne dit pas un mot de français. Najlah nous quitte pour un rendez-vous d'affaires au Musée du Louvre. Je ne l'ai plus revue, jusqu'à notre départ.

Je m'étais achetée, en solde, une jolie robe turquoise qui conviendra pour la soirée entre copines, au restaurant La Coupe d'Or. Ivres de liberté après notre semaine d'internat, nous sommes deux adolescentes heureuses de jouer aux grandes dames, et de nous maquiller devant le miroir. Trois invitées, compatriotes d'Ishtar, nous rejoignent à l'entrée du restaurant. Visages et noms exotiques. Chevelure sombre, en cascade sur leurs épaules. Gourmettes et boucles d'oreilles étincelantes. Je regrette, une fraction de seconde, mes bijoux fantaisie. Des serviteurs en livrée s'affairent autour de nous. Ishtar, grande et svelte, vêtue de rouge accentuant son teint mat, est resplendissante, ce soir. Nul ne devinerait notre jeune âge ! Ma camarade passe des ordres avec désinvolture au maître d'hôtel qui, de toute évidence, reconnait en Ishtar une habituée de la maison. J'apprends qu'entre deux avions, Najlah aime retrouver sa fille dans ce cadre luxueux, propice aux retrouvailles et au plaisir de la gastronomie.

La conduite d'Ishtar frise l'extravagance, dans le choix des mets commandés : aux hors d'œuvre figurent crustacés variés et cœur d'artichaut, suivis de la spécialité de la maison, le Chateaubriand, viande si tendre qu'elle semble fondre dans la bouche. Une gamme alléchante de fromages, fruits et desserts complète ce festin princier arrosé de vins légers. Notre amie, sans sourciller, pose une signature hâtive au bas de la note que lui présente le maître d'hôtel. Large sourire et légère courbette de ce dernier avant de s'éloigner. J'imagine que le pourboire reçu est généreux.

Qui es-tu donc, Ishtar ? Je n'ose formuler cette pensée, observant un silence prudent aux cotés de mon amie, sur le coussin arrière de la voiture capitonnée qui fend les rues illuminées de Paris, conduite par le moustachu en képi. J'aurais tant de questions à poser !

Ma camarade semble lire dans mon cœur, comme dans un livre ouvert : « Tu es ma meilleure amie à Saint Joseph. Un jour, tu sauras tout ! Car toi, tu es spéciale. »

Dimanche soir, je quitte avec regret l'opulence des lieux pour replonger dans la réalité de notre vie de pensionnaires. Nous arrivons les premières à la station pour prendre place à l'arrière de l'autocar. Le chauffeur et la belle voiture aux vitres teintées disparaissent à l'horizon. Ishtar, tenue négligée sous un manteau trop grand, m'intrigue : jeans délavé, baskets, chemisier ordinaire contrastent, de façon criarde, avec le train de vie mené chez ses correspondants. Séjourne-t-elle, incognito, à Saint Joseph ?

~ * ~

« Votre conduite frise la démence, l'enfantillage à outrance ! »

Sœur Marie Laurence arpente nerveusement l'espace restreint entre sa table de travail et nos chaises qui se frôlent. Son regard lance des éclairs. Les coupables, prises en flagrant délit affrontent leur juge. Mâchoires serrées, l'œil brillant d'un reflet métallique, la religieuse projette une allure de guerrière altière. Mon penchant pour l'extraordinaire, lié à l'affection vouée à ma camarade musulmane, m'ont entrainée dans une incroyable aventure aux conséquences désastreuses.

Le film des derniers événements se déroule dans mon cerveau : on avait éteint au dortoir. Une agréable torpeur, prélude au sommeil, m'envahissait. Soudain, une présence dans l'obscurité de ma chambrette me fait sursauter : Ishtar !

« Myriam, je vais rejoindre mon frère Saïd qui combat pour la sauvegarde de notre pays. S'il lui arrivait quelque chose, j'en mourrais ! Je dois le revoir ! Il est de passage à Paris pour la nuit. Mustapha m'attend, à l'entrée du sous-bois. »

Craignant de donner l'alerte, je n'ose allumer la veilleuse. Mais la folie d'un tel projet m'effraye pour ma camarade. L'image d'un Saïd gisant dans son sang, martyr politique de son pays, Ishtar à ses côtés, m'affole. En un éclair, j'imagine Ishtar traversant, seule, l'immensité du parc de Saint Joseph dans la noirceur terrifiante de la nuit. Tiraillée entre le cœur et la raison, je murmure deux petits mots que je regrette la seconde d'après : « Je t'accompagne ! »

Mais, il est trop tard… C'est ce geste qu'attendait l'amie, touchée. Elle conseille, fébrile : « N'oublions pas nos lampes de poche. »

Séduite par l'extraordinaire aventure qui s'offre, je rejoins les héroïnes des romans d'aventure de mon enfance. Le *Club des Cinq* et le *Clan des Sept* prennent vie ! Nos édredons sont repliés pour imiter une forme humaine qui repose dans nos lits étroits. Je l'avais vu faire au cinéma, aux séances de trois heures du Rex Théâtre à Port-au-Prince. Chaussures en main pour éviter tout craquement du plancher et le réveil de Sœur Angèle, nous longeons, à pas de loup, l'immense dortoir glacé, puis l'escalier en colimaçon qui conduira aux couloirs et balcons menant au parloir. Une lourde porte en bois massif nous sépare de la terrasse qui débouche sur le grand escalier de briques de l'entrée. Une fois dehors, l'air glacial de la nuit nous frappera de plein fouet. Instinctivement, nous ajustons nos longues écharpes de laine. Une seconde d'hésitation, avant le dernier pas à franchir…

« Je vous ordonne d'arrêter ! Avez-vous perdu la raison ? »

Ishtar, affolée, voit une forme surgir de l'obscurité et lui agripper violemment le poignet. La peur consume mon être tout entier. Je vais m'évanouir ! Il émane, de la silhouette fragile de l'agresseur, une force herculéenne. Sœur Marie Laurence, qui veille souvent tard, attelée à sa table de travail en face de la fenêtre, a suivi, de ce point stratégique, la trajectoire de nos lampes de poche, depuis la traversée du balcon. Intriguée, elle a quitté son bureau pour attendre les coupables au parloir et les cueillir en flagrant délit.

Je grelote sous mon pull de laine enfilé à l'envers dans la fièvre de nos préparatifs nocturnes, déchirée entre mon affection pour ma camarade et la crainte des représailles qui vont suivre. Mes larmes coulent sans pudeur. Ishtar, dans sa hâte, a chaussé un mocassin noir et un autre, brun et garde, prostrée, l'œil braqué sur ses chaussures mal assorties. Le ridicule de notre tenue vestimentaire serait cocasse si l'heure n'était point aussi grave. Notre maîtresse de discipline annonce, laconique, qu'elle préviendra Révérende Mère, qui décidera de notre sort.

Ishtar, en larmes, avoue alors son projet de rejoindre Saïd, chef du mouvement de résistance de son pays, à Paris ce soir. Ma camarade désespère de ne pouvoir lui dire au revoir. « Myriam n'est pas coupable ! J'ai planifié cette fugue et suis la seule à être punie. »

Sœur Marie Laurence, remuée, lui offre une épaule consolatrice : « Ishtar, je comprends votre peine ma petite, mais dans l'égarement de la souffrance, vous avez perdu le sens de l'objectivité ! »

Se tournant vers moi, elle ajoute d'un ton plus maternel qu'accusateur : « Myriam, c'est beau d'être fidèle en amitié. Mais votre manque de maturité vous a entrainée au cœur d'un drame aux conséquences graves ! »

Clémente, elle offre à Ishtar la joie d'un appel à Saïd, au parloir solitaire, avant de rejoindre le dortoir endormi.

Révérende Mère opte contre le renvoi, le lendemain, à la requête de Sœur Marie Laurence, devenue avocat de la défense. Mais, tout acte posé entraîne des conséquences. Privées de sortie au week-end, Ishtar et moi avons pour tâche la rédaction d'une longue dissertation sur l'importance de l'obéissance au Code disciplinaire. Il nous est interdit d'échanger la moindre parole jusqu'au retour des pensionnaires, le dimanche soir.

Mais notre secret sera préservé. Je conclus, lors du weekend le plus long de ma vie, que le vœu de silence doit être l'exercice en stoïcisme le plus difficile pour l'être humain !

~ 16 ~

Comment choisir le bon moment pour expliquer à une petite fille sensible que Maman est en fait sa tante Yvette, et tante Claire, morte si jeune, sa mère ? Ce moment où tout chavira, où le monde s'écroula sous mes pas, je m'en souviens comme d'hier ! La saison des fêtes approchait déjà, en ce beau mois de décembre où des millions d'étoiles tapissent, le soir, le ciel de diamants scintillants. Je repérais la plus brillante, celle des Rois Mages, signe que Noël ne tarderait pas ! Le bonheur flottait autour de moi.

J'avais fêté, trois mois plus tôt, mes sept ans, l'âge proverbial de raison. Septembre était niché au cœur de la saison des averses tropicales, des éclairs fulgurants et des cyclones destructeurs. Ma première dent de lait était tombée et mon sourire édenté me conférait un air de supériorité auprès de mes jeunes frères. J'acceptais, complaisante, la bouche ouverte, l'inspection minutieuse de Bobby, qui ne cachait point son impatience à perdre, lui aussi, une dent. Secouant sa petite incisive cent fois par jour, il était parvenu à me faire croire qu'elle bougeait effectivement. Cathy et quelques compagnes de classe étaient venues partager avec moi la tranche de gâteau et le verre de Cola Couronne, comme l'exigeait la tradition. Nos mamans avaient papoté sur la véranda et, les bougies soufflées, nos invitées, prudentes, avaient pris congé avant la tombée de la nuit et de ses pluies torrentielles.

À la rentrée scolaire d'octobre, les classes de catéchisme à Sainte Thérèse symboliseraient aussi les cours préparatoires à la Première Communion. Une année décisive s'annonçait à l'horizon, pour moi. J'avais hâte d'accompagner maman chez les marchands de tissus du Bord-de-Mer. Yvette, aidée de Grand-mère, choisirait le plus beau tissu, du blanc le plus pur, pour la confection de ma robe de communiante. Il me faudrait aussi la couronne de fleurs blanches et les chaussures assorties. La fillette consciencieuse que j'étais réfléchissait déjà au sacrement de Confession, et à la rencontre intimidante avec le curé, qui allait m'absoudre de tout péché, dans l'ombre rassurante du confessionnal.

Décembre était à nos portes, avec ses brises fraîches et ses nuits étoilées et ramenait dans son sillage la tradition des petits déjeuners au jardin de mes grands-parents, le dimanche après la messe. La chaleur accablante de l'été n'invitait pas ces repas au grand air dont je raffolais. Portant leurs habits de circonstance, Grand-mère et Grand-père, bras dessus-bras dessous, revenaient à pied du Sacré-Cœur. Ce geste trop rare, de tendre complicité, me ravissait. Leur fille se faisait un devoir de leur rendre visite au sortir de l'église, armée d'un grand sachet de pâtés et de croissants chauds. Papa se soumettait de bonne grâce aux rituels hebdomadaires, sachant qu'en épousant Yvette, il épousait aussi la famille et les traditions Deveaux.

Chaque détail me reste gravé à la mémoire : les larges tâches de graisse, sur le sachet brun qui serait vidé de son contenu et les pâtés rangés dans un plat d'argent sculpté du même motif que la cafetière fumante ; l'histoire, tant de fois répétée, de l'argenterie centenaire, qui un jour appartiendrait à Yvette et par la suite me serait léguée ; l'arôme du chocolat onctueux, servi, fumant, dans nos tasses de porcelaine. À sept ans, j'avais enfin droit à une vraie tasse, mes petits frères devant se contenter de leurs gobelets respectifs. Briser une de ces tasses fines décorées de délicates roses rouges était inconcevable. Je m'imaginais, dans un rêve éveillé, « petite fille modèle », portant ombrelle et crinoline, ma tasse de porcelaine délicatement posée à mes lèvres. L'heure de vérité sonna pour moi, en ce matin frais de décembre où trois générations, liées par le sang, partageaient un repas. Contrairement à mes habitudes d'enfant polie et silencieuse à la table de mes grands-parents, l'octroi de la tasse de porcelaine me rendait loquace. Animée d'une innocente curiosité, je demandai à haute voix pourquoi tante Claire était morte.

Ce sujet, trop longtemps tabou, m'intriguait. Grand-père sortit de ses gongs et déposa, d'un geste sec, sa tasse, au risque de la briser. M'ordonnant sévèrement de me taire au sujet de Claire, l'aïeul me traita de « petite curieuse bavarde ». Grand-mère, clouée par la surprise, resta bouche bée. Yvette ouvrit de grands yeux, n'osant rien dire à son père, l'autorité suprême, le chef de famille. Elle serrait très fort Freddy, un an, dans ses bras. Il s'était mis à hurler, terrifié par ce tapage soudain.

Immobile sur ma chaise, le visage en feu, je crus, l'espace d'un éclair, m'évanouir. James, offusqué, foudroya Charles du regard. Se levant prestement de table, papa, avec douceur, saisit ma petite paume tremblante et la garda dans la sienne. Je le suivis au salon et pris refuge dans les bras paternels. Un torrent de larmes coulait sur mes joues, et lui mouillait le col de la chemise. Les veines de son cou battaient la chamade. Inconsolable, abasourdie, je m'agrippais, la tête enfouie au creux de son épaule, à la large carrure de papa, à son odeur discrète d'after-shave.

Claire, la belle jeune femme en robe de soirée rouge, nous souriait de son encadrement sur le piano. À l'aide de la photo, Papa avait trouvé les mots simples qui éclaircirent finalement un mystère trop longtemps tenu dans l'ombre… Ce fut un rare moment d'intimité, que nul autre ne partagerait jamais : cette rencontre cosmique entre trois êtres, qui transcendait les frontières de la vie, et de la mort… Je n'ai jamais oublié ce jour. Il a marqué la découverte et en même temps la perte de celle qui me donna la vie… Il créa, dans mon cœur, ce vide qui jamais ne sera comblé !

Ce jour-là je conclus aussi que je perdais la seule mère que je connaissais : Yvette ! Mesurant douloureusement les différentes circonstances de notre venue au monde, entre mes frères et moi, je compris, avec la sagesse de mes sept ans, qu'Yvette était leur « vraie » maman… Avec moi, elle faisait semblant, m'offrant l'aumône de sa maternité. Finalement je perdais un grand-père, dont le regard foudroyant et le ton accusateur me rappelleraient toujours ma faute impardonnable : Claire mourut une nuit de septembre, un soir de cyclone, pour me donner la vie.

Ce Noël fut le seul passé loin de Leilah, ma mamie chérie. Papa refusa, au grand désespoir d'Yvette, l'invitation traditionnelle de mes grands-parents. Au Nouvel An, Charles Deveaux, homme fier et intransigeant, vint faire, auprès de son gendre, amende honorable... Les deux hommes échangèrent, soulagés, la poignée de main symbolique de la paix retrouvée. Le temps guérit les plaies, dit-on... Je crois plutôt qu'il les met en veilleuse. La vie sembla reprendre son cours normal, et je fis semblant d'oublier !

~ * ~

Celle que j'appelais maman est devenue, depuis ce jour, Yvette pour moi... Inconsciemment peut-être, j'en voulais à ma tante d'être en vie, quand maman n'avait pas eu cette chance. La petite fille butée que j'étais devenue restait aveugle à sa peine silencieuse. Yvette intervint pourtant auprès de mon père, qui prenait ombrage de cet état de chose, et supplia : « James, il ne faut surtout pas la brusquer. Il faudra du temps à Myriam pour se remettre d'une telle révélation au sujet de sa naissance ! »

La quête inassouvie d'une impossible présence dominait mon cœur d'enfant... Je cherchais partout l'image, l'illusion de Claire, souhaitant palper, effleurer le visage de celle qui m'avait donné la vie. Yvette, la seule mère que j'avais connue, conservait son calme et sa mesure, face à mes sautes d'humeur envers mes petits frères qui m'agaçaient de plus en plus. Sans vouloir ouvertement l'admettre, je les enviais d'avoir leur vraie maman dans leur vie alors que moi, j'aurais à me contenter des miettes qu'elle m'offrirait.

Yvette n'affichait jamais de préférence envers ses propres enfants. J'aurais souhaité parfois qu'elle le fasse, et justifier ainsi la rancœur sourde qu'elle m'inspirait ! Pour taire ma mauvaise conscience,

j'arrivais à me convaincre qu'en privant Yvette du titre de « maman »,
j'honorais la mémoire de Claire ! Auprès de mes amies, je donnais le
change pourtant, évoquant « Maman et Papa » quand nous causions,
à bâtons rompus à la récréation de midi. En public, je m'arrangeais
toujours pour faire face à Yvette et n'avoir pas à prononcer son nom
quand je lui adressais la parole.

La famille s'habitua, à la longue, à cet état de chose qui devenait le
statu quo… Yvette s'était résignée, ma grand-mère n'osait protester
et Papa, fuyant toute confrontation, ne disait rien non plus. Je
devine que Charles, mon grand-père, appréciait en silence ce bizarre
hommage à sa fille disparue. Mes petits frères, trop jeunes pour
s'étonner ou questionner, demeuraient indifférents. Marguerite fut
la seule à me gronder, son rôle privilégié au sein de la famille lui
conférant tous les droits. Je fus traitée d'ingrate par elle, mais fis la
sourde oreille. De guerre lasse, elle finit par abandonner, elle aussi, la
partie. Lorsqu'à douze ans, je sus la vérité à propos de l'acte conjugal,
ma rancœur redoubla envers celle qui avait usurpé la place de ma
mère auprès de mon père.

J'en voulus aussi à James de remplacer Claire dans son lit… D'avoir
des relations conjugales avec, tour à tour, deux sœurs qui avaient
grandi ensemble sous un même toit ! Cette pensée me troublait outre
mesure ! Plus d'une fois, j'avais pleuré de rage, dans la noirceur
complice de ma chambre, à Bourdon.

Après une remontrance de mon père à propos d'une bagatelle, je fis mes
valises, l'année de mes treize ans, pour partir vivre auprès de Grand-
mère. Mes parents jouèrent le jeu, jusqu'au bout. James et Yvette
prirent place les premiers, dans la Peugeot. Ils m'accompagnaient,
laissant mes petits frères sous la garde vigilante de Marguerite. Au
moment d'ouvrir la portière arrière du véhicule, me ravisant, je
repris, tête basse, le chemin de la maison, furieuse contre moi-même
de m'être mise dans un tel embarras !

Comment avais-je pu concevoir quitter les êtres et les choses qui façonnaient mon quotidien ? James et Yvette demeuraient ma ferme assurance, en dépit de moi-même, en dépit des circonstances particulières de ma naissance, en dépit de ce qui aurait pu être mais ne serait jamais ! En dépit, surtout, des desiderata d'une petite fille qui, devenue adolescente, continuait de rêver à la visite d'un ange en plein cœur de la nuit...

« *Claire, me disait Grand-mère, est devenue cet ange qui veillera toujours sur toi !* »

~ 17 ~

Avec la permission de l'école, j'ai pris le car pour Paris cette fin de semaine. Madame Levesque m'attend à l'hôtel-pension où nous avions séjourné à notre arrivée en France, Yvette et moi. J'aime ce quartier tranquille aux édifices anciens, à l'élégance sobre. Tout respire le bon goût chez la propriétaire. Elle avait pris en belle passion les étrangères que nous étions et conseillé ma mère dans l'achat de mon trousseau. Son invitation à déjeuner serait une agréable diversion à ma routine de pensionnaire.

En pénétrant dans la spacieuse salle à manger aux coquettes tables individuelles, je suis surprise de retrouver Roméo assis à sa place habituelle, comme si les mois étaient restés figés dans le temps. Il me sourit. Il le faisait aussi en septembre, ses grands yeux sombres au beau fixe… Aujourd'hui, je n'ai pas rougi ! La petite Haïtienne fraîchement débarquée des Antilles a appris à s'habiller à la manière élégante des jeunes Parisiennes.

J'ai quitté Madame Levesque après quinze heures, en direction de la station de métro qui me conduirait au car de Val-de-Seine. Roméo a surgi devant moi et pose une main assurée sur mon bras : « J'espère, cette fois, avoir plus de chance ! »

Madame Levesque avait fait des présentations en bonne et due forme au mois de septembre. Yvette avait été polie, sans plus. Elle avait une mission à accomplir, et peu de temps à accorder aux propos légers d'un jeune homme qui, de toute évidence, s'intéressait un peu trop aux allées et venues de l'adolescente timide qui préparait son entrée en pension. Quel démon me pousse à accepter l'invitation de Roméo aujourd'hui ?

Celui de la curiosité, je crois. Balayant tout scrupule, j'accepte de m'engouffrer avec lui dans un taxi. Il m'entoure de son bras et me vente les courses de Longchamp. Tiraillée entre la douceur de ces yeux caressants, la chaleur de ce bras autour de l'épaule et ce remords sourd qui nait au fond du cœur, je demeure silencieuse…

Lorsqu'il rapproche ses lèvres pour m'embrasser, je sors de mon engourdissement dangereux pour me réfugier contre la portière de l'automobile. Le chauffeur de taxi indifférent prétend n'avoir rien suivi du manège. Roméo, contrarié au début, finit par sourire et m'aide à sortir de la voiture. Guide assuré, il se fraye, de sa haute taille, un passage au milieu d'une foule bruyante. Sa main n'a pas quitté la mienne.

J'assiste, pour la première fois de ma vie, au spectacle incroyable de chevaux déchainés sur une piste de course. Je m'imagine, l'espace d'un éclair, transportée aux jeux olympiques de Grèce, où devait régner la même atmosphère explosive. Mon compagnon me présente à ses amis, des hommes aux traits durs, qui me dévisagent curieusement. Faces contractées, ils discutent de numéros gagnants et perdants.

La lumière, tout à coup, m'aveugle : Roméo est un joueur, en relation avec des individus louches et il profitera sans doute de ma naïveté pour m'entraîner dans les eaux troubles. Comment faire pour fuir une situation précaire où je suis, par ma faute, plongée ? Sa taille imposante ne fera qu'une bouchée de moi s'il désire m'attaquer. À ce stade de mes réflexions, un vent de panique me secoue. Que savais-je de lui, à part ce prénom désuet de Roméo, et l'adresse de la pension où il logeait ? J'implore : « Partons ! »

Nous avons quitté les lieux sous le regard moqueur de ses amis. Roméo hèle un taxi et je réclame la station de métro la plus proche. Installés sur le coussin arrière, il m'emprisonne l'épaule de son bras. Roméo ne sourit plus, cette fois ! Il prend mes lèvres avec autorité, sans m'offrir la chance de m'échapper vers la portière. Ses doigts se promènent sur moi de façon indiscrète…

Vaincue par sa force physique, paupières closes, embuées de larmes, je subis en silence son martyr, gênée par le chauffeur de taxi imperturbable. Lorsque sa main force la mienne vers ce point dur, frémissant, qui clame la vie sous son vêtement, un cri rauque part de mes lèvres : « Non ! »

À l'entrée du métro, Roméo, l'œil moqueur, me laisse partir. J'arrête le premier taxi en vue pour me conduire à Val de seine. Je n'ai qu'une hâte : retrouver le refuge de mon box à Saint Joseph ! Mais, au montant astronomique réclamé par le chauffeur, j'ouvre de grands yeux ! Mes économies s'avèrent insuffisantes. Mon seul recours : le compte de mes parents, destinés aux imprévus. La responsable de l'Économat s'amène. J'ai dérangé un personnage important, ce dimanche ! Il y a présage de drame.

La titulaire de la Seconde arrive aussi et m'ordonne, d'un ton glacial, de la suivre à son bureau. Aucun détail ne m'échappe : les dimensions modestes de la pièce, la pile monumentale d'ouvrages de sciences et de religion, les copies d'élèves, la collection de plumes et crayons amassés dans une timbale d'argent. L'aspect fatigué d'un livre de prières relié de cuir noir, en révèle l'usage fréquent. Sur le mur, une photo du Christ trône au-dessus d'une étagère en bois sur laquelle repose un appareil radiocassette, unique touche moderne dans ce décor sans âge.

Un espace austère, dépouillé, qui habite une vie d'abnégation obscure. Seule note féminine sur la table de travail : un soliflore en cristal, orné d'une rose de soie rouge, si belle qu'on la penserait fraîchement coupée de la serre ! Sur le coin de table, une bouteille d'aspirine cligne de l'œil. Elle rappelle, silencieuse, que Sœur Marie Laurence est sujette, elle aussi, à la migraine et aux ennuis du mois.

Je passe aux aveux, d'un trait, pour libérer ma conscience d'une lourde charge. Cette rencontre avec l'instinct sexuel d'un homme plus âgé m'a bouleversée. Sœur Marie Laurence, la mine sévère, qualifie ma conduite d'imprudente et naïve. Soulagée par ma confession volontaire, elle révèle qu'après mon départ, Madame Levesque avait appelé pour s'enquérir de ma bonne arrivée. Mon professeur plaida en ma faveur.

La Supérieure accepta d'attendre le car de vingt heures, qui ramenait les internes de Paris, avant de prendre aucune mesure à mon sujet. En m'accordant cette permission de sortie, Saint Joseph avait endossé une grande responsabilité. Si l'aveu n'était venu de moi-même, j'aurais peut-être été passible de renvoi ! Dieu veillait sur moi, je conclus tout bas…

~ 18 ~

« *Nous sommes descendants des Phéniciens* », *répétait parfois Leilah,
évoquant ce peuple marchand des temps antiques qui, sillonnant la
Méditerranée, domina le commerce maritime, s'établit sur les terres
devenues aujourd›hui le Liban, y fonda Tyr et Byblos, et légua au
monde son alphabet.*

*Au seizième siècle, Le Liban et la Syrie, comme tant d'autres régions,
tombèrent sous le joug de l'empire turc Ottoman. Ils auraient à
attendre des siècles avant d'avoir le statut officiel de pays autonomes.
La France, dont l'influence devenait marquante dans la région au
dix-neuvième siècle, aurait à jouer un rôle primordial, à l'avenir,
dans leur histoire de peuple. Au Liban Nord, dans les hauteurs de
Bcharre, se trouvent les vastes forêts de cèdres, ces majestueux arbres
millénaires célébrés dans la Bible par le Roi Salomon, et qui scintillent
de mille feux les mois d'hiver, sous leur manteau de neige.*

*À l'entrée de Tripoli, grande ville portuaire du Liban Nord, qui s'étale
sur les rives de la Méditerranée, se niche Minieh, village tranquille
situé au nord de la métropole libanaise, avec sa verdure, ses sources
d'eau et ses champs fleuris.*

*Vers la fin du dix-neuvième siècle, un jeune couple originaire de
Minieh y avait construit son nid, à l'ombre de leurs deux familles :
Zahiyé Khalil, seize ans, avait accepté le choix de ses parents et épousé
Kimbram Habdoul, son cousin éloigné. Ils vieilliraient comme leurs
parents, dans leur ville natale, entourés de leurs enfants et des enfants
de leurs enfants.*

*Mais la vie réserve toujours des surprises... Le vingtième siècle
était à leurs portes lorsque Kimbram et Zahiyé quittèrent, comme
tant d'autres émigrants de l'époque, la terre de leurs ancêtres. Ils
abandonnaient maison et possessions, n'emportant que bijoux,
argent et quelques vêtements. Chrétiens de la dénomination grecque*

orthodoxe, ils fuyaient les persécutions de l'Empire islamique turc. La situation économique difficile qui sévissait, vers la fin d'un règne dont le joug pesant avait duré des siècles, contribua aussi à cet exode massif d'un peuple en quête d'une qualité de vie meilleure.

Mes ancêtres mirent le cap vers le Nouveau Monde et ses promesses d'espoir. La longue traversée en haute mer s'avérait néfaste pour mon aïeule qui n'arrivait pas à garder la moindre nourriture. Farid et Leilah, deux et trois ans, s'accrochaient, terrifiés, aux jupes de leur mère, et assistaient, impuissants, à ses affres de souffrance. Ils accostèrent finalement à Cuba, où Zahiyé donna naissance à un garçon mort-né.

Pour des raisons que Leilah, ma grand-mère, ignore, ses parents traversèrent par la suite en République Dominicaine où, après un bref séjour, ils firent à nouveau leurs valises. Haïti, la partie occidentale de l'île d'Hispaniola, devint leur pays d'accueil, et le lieu où grandirent leurs enfants. Kimbram et Zahiyé avaient quitté le Liban, pour s'installer en Haïti, pays francophone. Ils moururent, ne parlant que l'arabe et un créole à l'accent lourd.

~ * ~

Mes souvenirs demeurent vagues, d'un patriarche à l'épaisse crinière blanche, le verbe impossible à comprendre, qui m'observait en souriant derrière le verre opaque de ses épaisses lunettes et m'appelait Habibi. Yvette s'approchait de Jiddi (grand-père) pour déposer un léger baiser sur le front de l'aïeul, lors de nos visites à la Grand-rue. Il fumait comme une cheminée, le visage auréolé d'un éternel nuage blanc et vaporeux. Jiddi mangeait peu, mais avalait tasse sur tasse d'un café très noir, qu'il m'invita une fois à partager, le sourire espiègle. Leilah, ma grand-mère, m'arracha des mains la minuscule tasse bleue, et foudroya son père du regard, lui grommelant un reproche épicé en arabe.

Jiddi aimait compter ses fluus, *les billets fatigués et crasseux que lui tendaient ses clientes, les revendeuses souvent sorties de leurs lointaines provinces, et qui cachaient leur pécule dans un petit sac de toile enfoui entre leurs seins lourds, pour le voyage. La chaise providentielle et la boisson fraîche qui les accueillaient, rappelaient que chez Habdoul, le client est roi.*

Sa caisse de recettes journalières remplie en fin d'après-midi, Jiddi classait méthodiquement l'argent en petits paquets ficelés pour le ranger ensuite dans un coffre-fort de métal, caché au fond d'un grand buffet en bois dont il tenait précieusement la clef.

Me voilà transportée, en pensée, au magasin de mes ancêtres Habdoul, à la Grand-rue... Épices exotiques embaument le store... L'odeur pénétrante de l'ail frais flotte dans l'air, suspendue à jamais dans l'espace du souvenir. La cannelle au parfum suave, le girofle amer se voient mis en sachet pour la revente en détail vers les lointains marchés. Je garde, fascinée, l'anis étoilé au creux de la main, imaginant qu'une étoile odorante à texture de bois sommeille entre mes doigts d'enfant.

Une dame âgée, de taille modeste, coiffée d'une longue tresse blanche, surgit des brumes du passé, elle aussi... Leilah est la version rajeunie de cette vision brumeuse. Yvette entoure la vielle femme de ses bras, d'un geste empreint de tendresse. Elle dépasse sa grand-mère, qu'elle appelle Sitte, *d'une bonne tête. Ma tante est Deveaux, par la sveltesse de sa taille, par son port distingué.*

Mais sa lourde chevelure sombre est son héritage maternel. Assise sur une petite chaise de paille, Zahiyé négocie une délicate transaction avec la vendeuse de fruits : tomates « Ti Jocelyne », avocats mûrs et mandarine à pelure dorée changent de propriétaire. La mandarine est ensuite pelée par les mains plissées de l'aïeule et m'est offerte, posée sur une assiette du même ton bleu que la tasse de café de mon arrière-grand-père.

C'était à la Grand-rue, il y a longtemps de cela. Je devais avoir cinq ans à l'époque mais ce cliché me reste gravé à la mémoire : quatre générations de femmes Habdoul, unies par le sang, dans la grande halle sombre aux odeurs d'épices et à la fraîcheur d'oasis, partagent en silence, un moment privilégié à la saveur d'éternité.

Je comprenais déjà, dans mon cœur d'enfant, l'importance des racines ancestrales. Le destin me liait à ce couple plissé par l'âge, qui ne parlait pas ma langue. Mais leur sang coulait dans mes veines et leur pays représentait une terre ancestrale... Connaîtrais-je, un jour, le Liban ?

~ * ~

« Keefek ? » demandait toujours Monsieur Fahoul, le sourire large et avenant, quand il voyait arriver Grand-mère, flanquée de sa fille et de sa petite-fille. Sa halle était voisine de la nôtre à la Grand-rue. Comme mes ancêtres Habdoul, ses parents avaient quitté leur Liban natal pour émigrer en Haïti et établir un petit commerce au Bord-de-Mer.

Fahoul Fils avait pris la relève de ses parents et leur commerce en tissus florissait. L'homme à la moustache blanche se dépêchait de faire servir à ma grand-mère le café de l'accueil et lui offrait le meilleur siège du magasin. Fidèles à la tradition d'hospitalité proverbiale du Moyen Orient, les rapports de bon voisinage entre les Habdoul et les Fahoul demeuraient sacrés.

Yvette caressait les tissus, en soupesait le poids, admirait les couleurs, l'œil songeur, avant la sélection finale. Sa couturière aurait pour tâche de lui confectionner des chefs-d'œuvre. Enfant curieuse, je prenais un plaisir évident à tout absorber autour de moi : les revendeuses, marchandes ambulantes de tissus, qui se voyaient offrir le traitement royal, la confortable chaise, la fraîche caresse du ventilateur, le grand verre d'eau glacée. Cette halte symbolisait l'oasis, après la *randonnée dans le désert qu'était le parcours du centre-ville, en pleine chaleur de midi.*

Le commerce était un art dont je découvrais les nuances, assise en première loge, au Bord-de-Mer. Dans les rues poussiéreuses du centre-ville, les marchands défilaient, l'allure pressée, leur marchandise en équilibre sur la tête. Les trottoirs congestionnés aux étalages variés des revendeuses encombraient l'entrée des halles, au grand désespoir de leurs propriétaires. Parfois, une bagarre éclatait, les protagonistes se disputant quelques centimètres carrés d'un emplacement qui était propriété de l'État haïtien, détail que l'instinct de survie faisait oublier.

J'aurais souhaité être peintre, alors, et capter cette vie qui grouille, sur le canevas... Je n'ai jamais compris d'où provenait la force herculéenne des brouettiers, ces journaliers au dos nu, brillant de sueur, muscles prêts à éclater qui sillonnaient les rues du Bord-de-mer. Ils poussaient, pour quelques gourdes, leurs brouettes -de fabrication sommaire, en planches souvent usagées et pneus recyclés- qui grinçaient sous le poids de lourds sacs de charbon, ou de victuailles.

Un conducteur de brouette accepta un jour, sous mes yeux, le transport de blocs de construction. Incrédule, je vis cet homme courbé sous le poids du ciment, qui, pouce par pouce, se frayait un chemin entre les piétons indisciplinés et les véhicules impatients. Avec chaque pas, l'homme luttait contre la matière pesante, contre les revers du quotidien... Une force extraordinaire, désespérée, semblait l'animer... Il faisait face au défi de l'existence !

Les commerçants de la place disent « Nan Bòdmè », quand ils font référence au Bord-de-Mer. Le centre-ville, c'était aussi le centre de vie, à Port-au-Prince : là où les fortunes se gagnent et se perdent, où bourses riches et modestes se côtoient dans un coude à coude journalier, une association symbiotique indispensable à leur survie respective.

Mes ancêtres Habdoul, qui habitaient l'étage de leur magasin, gérèrent leur fonds de commerce jusqu'à leur décès. Avec Leilah mariée, et Farid établi aux États-Unis, ils n'eurent pas d'enfant à les succéder dans la gérance de leur commerce. La vente de leur halle à la Grand-rue mit fin à une page de notre histoire familiale. Heureusement, je me souviens....

~ 19 ~

Arrivée en France sans correspondant officiel, je suis aujourd'hui l'invitée de mes camarades de pension les fins de semaine. Loin du regard scrutateur des Macoutes et du climat politique tendu d'Haïti, un goût enivrant de liberté s'offre à ma soif de découvertes. Paris, la Ville-Lumière, me fascine. Gisèle m'invite à l'exposition de Toutankhamon. Son père, médecin, collectionneur d'antiquités, nous apprend à renifler la bonne affaire parmi des tas de vieilleries poussiéreuses au Marché aux Puces. Il y a eu la glace au Drug Store des Champs Élysées et la visite du château de Versailles avec Annabelle. Les fins de semaines chez Agnès se déroulent toujours dans la paix et la tranquillité : messe du dimanche, et déjeuners dans leur petite cour, quand il fait beau.

Sœur Marie Laurence ne fait jamais d'objection à mes séjours chez les Renaud mais fronce les sourcils aux requêtes des autres camarades. Mes parents, dans une missive à la Direction, avaient, à mon insu, écrit : « Myriam fait étalage, avec un peu trop d'enthousiasme, de ses sorties entre copines. Elle est avant tout en France pour ses études. » Je séjournerai, désormais, un weekend- end sur deux en pension. Saint Joseph devient alors cette cage dorée que je prends en grippe les jours de cafard.

L'oiseau mis en cage n'a qu'une idée fixe, j'imagine : s'échapper ! À défaut de fuite, un désir sourd de révolte germe. Tel un papillon écervelé qui se brûle les ailes en s'approchant trop près de la lumière, j'entreprends de graviter autour d›Astrid, la blonde dégingandée qui a baptisé notre professeur « Marie, toujours vierge », et qui fume, au fond du parc, à l'heure du goûter. Inconsciemment peut-être, je cherche à provoquer celle qui fait montre de trop de sévérité envers moi.

Astrid a pris place sur un tronc d'arbre et tire de sa poche une gitane, l'allume, en tire une profonde bouffée qu'elle exhale en petits cercles nuageux. Elle me tend une gauloise, amusée :

« Myriam, puisque tu es novice, tu prendras la blonde. »

Quinte de toux violente ! Je suis traitée de gourde et d'idiote par ma camarade. Ishtar, qui m'avoue fumer chez ses correspondants, l'odorat exercé, n'est pas dupe, à l'étude… Nos bureaux sont contigus. « Prends garde, » chuchote-t-elle, quand sonne la cloche du souper. Léa, de la Guadeloupe, me file en secret des romans-photos, attentive à nous protéger de la raillerie des autres élèves, si elles découvraient le pot-au-rose. La nouvelle de la tentative de suicide de Dalida nous avait rapprochées. Léa aussi voue un culte à la chanteuse italo-égypto- française. Un amour blessé, dit-on, a inspiré ce geste de désespoir d'une si grande dame de la chanson. L'idée m'attriste. L'amour ne devrait pas faire mal ! J'écris avec fièvre, les week-ends où je demeure cloîtrée à la pension. La solitude de Saint Joseph a réveillé une muse capricieuse. Je m'imagine, écrivain en herbe enfermé dans sa tour d'ivoire.

Enrico Macias a, pour moi, le visage et la voix de l'Amour. La beauté physique me remue profondément, comme la majesté des soleils couchants. Mon tourne-disque portatif ne cesse de diffuser la voix chaude d'Enrico, les week-ends où je suis seule à la pension. Aujourd'hui, Ishtar me tient compagnie. Ses correspondants sont en voyage-éclair dans leur pays. Nous passons la soirée du samedi à déguster des nougats et à gratter de la guitare, en fredonnant : « Adieu, mon Pays. » Sœur Angèle, amusée, se joint à nous avant de regagner sa chambrette de surveillante. Après la messe et le chocolat du dimanche, Sœur Marie Laurence nous invite à une promenade au parc. Les grands arbres nus s'habilleront bientôt du feuillage de la résurrection.

Le printemps ne tardera pas. La religieuse nous parle de Dieu, et nous écoutons en silence ses propos sages : « Mes filles, ne perdez jamais la quête du *beau* et des *hautes cimes*, que vous couvez toutes les deux au fond du cœur ! Vous êtes appelées à retourner dans vos pays, un jour. Partagez généreusement ce que la France, et Saint Joseph vous offrent, aujourd'hui. »

~ * ~

Papa m'a écrit : « Maman confronte une grossesse difficile. »

L'idée de savoir Yvette enceinte encore, me parait ridicule. Alors qu'à Port-au-Prince les dames font de la maternité une carrière à plein temps, aucune de mes camarades en France ne vit une telle situation familiale. Elles vont me prendre pour une provinciale à peine dégrossie, je pense, gênée…

~ * ~

Complice de ma récente entorse au règlement de Saint Joseph, Astrid décide, avec son impulsivité coutumière, de m'inviter chez elle au week-end prochain. Je répugne à l'idée d'une nouvelle colère de Sœur Marie Laurence au sujet de mes sorties. Prise entre l'enclume et le marteau, je ne sais qui craindre le plus : ma gardienne légale, victime des sarcasmes de ma camarade, ou Astrid elle-même, la langue fourchue de notre classe !

« Myriam, si tu me laisses tomber, je raconterai à notre sainte-nitouche Marie Laurence, et à tes sœurs jumelles Agnès et Ishtar, que tu m'as suppliée de t'apprendre à fumer. »

Le mauvais génie d'Astrid, tel un poison destructeur, lui inspire ce chantage. Ses parents ont contacté Révérende Mère, amie de longue date de leur famille, pour ma permission de sortie. Sœur Marie Laurence se plie, contrariée mais résignée, à la hiérarchie communautaire et signe la feuille de sortie qui symbolise la liberté pour son élève.

~ 20 ~

Leilah Habdoul avait été promise, dès sa naissance au Liban, en mariage à son cousin sous-germain Foaz. Cette coutume permettait aux familles de rester unies. Le même sang coulait dans leurs veines. Il n'y aurait aucune mauvaise surprise dans un chemin déjà tracé par les ainés. Les enfants se soumettaient docilement aux décisions parentales. Ces mariages arrangés semblaient marcher. Les unions duraient et se cimentaient par l'arrivée de nombreux enfants. Les fortunes, modestes ou amples, ne se disséminaient pas chez des étrangers mais se conservaient et se multipliaient au sein d'une même famille.

Zahiyé offrirait à sa fille le pendentif de diamant et or travaillé qui avait appartenu à sa mère, qu'elle avait hérité à son tour le jour de son mariage et que Leilah porterait aussi lors de ses noces. Déjà, Kimbram avait placé, chez le meilleur orfèvre de Minieh, la commande des nombreux cercles d'or qui orneraient les poignets de la jeune mariée. Farid, le frère cadet, l'héritier mâle, prendrait la succession du négoce familial, épices exotiques et tissus importés. Leilah deviendrait une fée du logis pour le mari qui lui était promis.

Mais la route du destin réserve des surprises à chacun de ses tournants ! Kimbram et Zahiyé, forcés de quitter le Liban pour fuir l'oppression religieuse qui sévissait à l'époque contre les chrétiens, émigrèrent à l'autre bout du monde, en Haïti. Zahiyé sacrifia ses beaux bijoux pour offrir, à ses enfants, une nouvelle chance à la vie. Mais elle garda un trésor : le pendentif de diamant, que sa mère avait porté le soir de ses noces, et que Leilah, sa fille, étrennerait aussi, un jour... Cette tradition, qui se perpétuait de mère en fille, demeurait sacrée pour la femme qui avait quitté son pays, sa culture et sa famille, pour suivre son mari dans la grande aventure de l'exil. Kimbram et Zahiyé se réveillaient à l'aube et travaillaient avec acharnement jusqu'à la nuit tombée. Leurs enfants grandissaient.

Sur le petit balcon qui surplombe la vie grouillante de la Grand-rue, Leilah jouait à la poupée, et Farid, aux billes. Ces jeunes orthodoxes découvraient, à Saint Louis de Gonzague et Sainte Rose de Lima le catholicisme et le français, notions étrangères à leurs parents qui, pour leur survie, apprenaient le créole de leurs clientes. Leur fonds de commerce prospérait. Le couple tenait boutique au rez-de-chaussée et habitait l'étage de leur halle.

À l'époque, ces immigrants du Moyen Orient étaient traités avec condescendance par la bourgeoisie haïtienne. Le public les affublait du titre péjoratif d' « Arab bwèt nan do » et colportait qu'ils étaient arrivés au pays avec leurs maigres possessions, ne parlaient pas français, et portaient leur commerce ambulant sur le dos. Installés au bas de la ville, au Bord-de-Mer, ces familles d'immigrants vécurent à l'étage de leur magasin, apprirent le créole et se taillèrent une solide clientèle avec les marchandes ambulantes qui venaient s'approvisionner en épices, tissus et articles de quincaillerie, qu'elles partaient revendre dans leurs villages.

Ces immigrants réussissaient dans leurs entreprises commerciales. Leurs enfants fréquentaient les meilleures écoles et la nouvelle génération s'exprimait en français aussi bien qu'en arabe et créole. Séduite par les prix alléchants qu'offraient les « Syriens », appellation qui englobait à l'époque Libanais, Palestiniens et Syriens indistinctement, la clientèle du Bord de Mer s'étendit aussi à la bourgeoisie haïtienne.

Les samedis matins, en première loge au comptoir de vente « chez Habdoul », Leilah et Farid apprirent, dès l'enfance, les rouages du métier et les secrets de l'entreprise familiale : se retrousser les manches, de l'aube au crépuscule, savoir compter l'argent et offrir, à chaque client, un accueil hors pair.

Farid, ses études terminées à Saint Louis de Gonzague, partit tenter sa chance à New York. La lettre d'invitation d'un cousin, émigré aux

États-Unis, lui facilita l'octroi d'un visa au consulat américain. Ses parents tombèrent des nues ! L'ordre immuable de la succession était bouleversé ! L'avenir reposait sur les épaules des fils, dans leur culture. Que deviendrait leur halle, au Bord-de-Mer, lorsque Kimbram et Zahiyé seraient trop vieux pour travailler ?

~ * ~

Charles Deveaux acheva de brillantes études de Droit à Paris pour revenir au bercail, dans la demeure ancestrale des Deveaux, au Bois Verna. Son amour profond pour sa famille et le pays qui l'avait vu naître, l'avait ramené, en dépit du charme envoûtant de Paris et des Parisiennes, à ses racines haïtiennes. Benjamin de trois sœurs célibataires, le seul fils du Général décédé Bertrand Deveaux tenait à la perfection son rôle de chef de famille et de fils dévoué pour Océanie, sa mère adorée.

L'image imposante du bel officier noir, à l'épaisse moustache blanche, qui l'accueillait tous les jours au salon, lui rappelait ses devoirs envers les quatre femmes qui dépendaient de lui pour leur survie. Le Général Deveaux avait servi son pays avec patriotisme, à la fin du dix-neuvième siècle, sous le règne du Président Sam. Mais un arrêt du cœur l'enleva prématurément à sa famille et à sa veuve éplorée, Océanie. Pâtissière chevronnée, celle qui acceptait parfois des commandes et créait, à tous les coups, des chefs-d'œuvre pour ses clients, cessa, avec son veuvage, toute activité lucrative. Veuve Deveaux s'accrocha au seul fils que lui avait donné son époux.

Joséphine, leur fille aînée, Fifine pour les siens, jolie Griffonne comme sa mère, boitait depuis l'enfance, victime d'une impardonnable polio. Aigrie par ce revers injuste de la vie, elle s'était écartée du monde. La lecture constituait son univers, et ses leçons de chant et de piano, le seul luxe qu'elle s'octroyait. Elle vocalisait à longueur de journée dans sa chambre, qu'elle ne quittait que pour ses gammes au piano *et aux heures de repas, pris cérémonieusement en famille dans leur spacieuse salle à manger aux vitrines de bois précieux.*

Eugénie, ou Nini pour ses proches, modiste, confectionnait d'élégants chapeaux très prisés par les bourgeoises de son époque. Amie de la Première Dame, elle avait ses entrées au Palais National. La mort d'un fiancé, victime d'un accident de route lors d'un voyage à l'étranger, la laissa abasourdie, aux portes de l'Amour, sans jamais y pénétrer... Son cœur n'appartiendrait qu'à un seul homme ! Elle vivait, depuis, du souvenir de ce qui aurait pu être, mais ne serait jamais !

Angèle cousait mais n'avait jamais su tirer de profit lucratif de son talent. Elle faisait acheter des retay, *petits bouts de tissus multicolores en ville, et confectionnait des robes* maldyòk *(en patchwork) qu'elle confiait à la servante de la maison qui les revendait à prix coûtant au Marché en Fer pour sa patronne.*

Leur seul frère ne disait rien, heureux de les voir se créer une occupation qui leur permettait de combattre l'ennui. Charles avait compris, la mort dans l'âme, que le mariage ne croiserait pas le chemin de ses sœurs. Elles avaient, toutes les trois, coiffées Sainte Catherine depuis belle lurette. Philosophe, il conclut qu'il lui incomberait seul la gérance financière de leur demeure et de ses occupants au Bois Verna.

Charles se rendit à Jérémie, mit en vente les terres familiales, et la grande bâtisse en bois qui pourrissait au fil des ans au centre- ville, abandonnée par ses maîtres. Il tournait, avec nostalgie, une page d'histoire, celle d'une famille originaire de la « ville des poètes. » Il comprenait que l'avenir, désormais, n'aurait pour lui qu'un nom : Port-au-Prince. Son agence d'assurances, sise à la Rue Pavée, florissait, offrant à Charles la stabilité financière qu'il espérait tant. Sa mère et ses sœurs ne manqueraient de rien !

~ * ~

L'union de Charles Deveaux et de Leilah Habdoul relève du roman. L'été, durant les soirées fraîches de Kenscoff, je ne me lassais point d'entendre l'histoire d'amour qui unit deux êtres de cultures si différentes. Leilah, son brevet décroché à Sainte Rose de Lima, devint le bras droit de ses parents au magasin, pour combler l'absence de Farid. Les plans de mariage avec cousin Foaz furent mis en veilleuse. D'ailleurs Leilah ne semblait guère pressée de contracter une union avec un fiancé rencontré en photo !

Affable, parlant couramment l'arabe, le français et le créole, Leilah était vite devenue la mascotte d'une clientèle variée qui l'adorait. Suivant l'exemple de ses parents, qui avaient le sens inné du commerce, la jeune fille un peu replète, à la longue tresse noire, offrait le traitement royal à tous ses clients. Les revendeuses ambulantes l'appelaient affectueusement « chérie », ou « doudou ». Leilah leur servait le café de l'accueil, mettait la meilleure chaise à leur disposition, près du ventilateur, et s'enquerrait de leurs enfants.

Un jour, un jeune homme aux habits distingués, accompagné d'une femme d'âge mûr, tirée à quatre épingles, franchirent les portes du magasin. L'homme semblait plein d'attentions pour sa compagne. Leilah se surprit à contempler la fine moustache qui dessinait la forme des lèvres masculines. Il avait de belles mains : longues, aux ongles bien taillés. La chemise blanche, impeccable, achevait de lui conférer cet air de distinction qui émanait de sa personne. Son teint bronzé, sa chevelure frisée l'apparenterait à ceux que l'on catalogue en Haïti de Griffes.

Dans tout autre pays, il serait tout simplement un Noir. Leilah, visiblement troublée, eut du mal à servir ce client qui parlait un français à l'accent parisien. Pour la première fois de sa vie, un homme faisait battre son cœur. Elle avait vingt ans.

~ * ~

Charles eut le coup de foudre pour Leilah. La jeune fille aux longs cheveux noirs hantait ses nuits. Tous les prétextes étaient bons pour le ramener au magasin des Habdoul. Mes aïeuls ne vendaient plus de tissus, la compétition devenue difficile. Mais chez Habdoul, l'on trouvait les épices les plus exotiques. D'ailleurs ils avaient le monopole de l'ail le meilleur au Bord-de-Mer.

Une aubaine inespérée offrit à Charles l'occasion d'avouer sa flamme à Leilah : ses parents, partis à leur rendez-vous chez le médecin, avaient confié à leur fille le soin d'ouvrir le magasin et gérer seule la clientèle, ce jour-là. J'aurais tant voulu savoir quand avaient-ils échangé leur premier baiser d'amour ? Mais comment formuler une telle question en dépit de ma relation privilégiée avec ma grand-mère ? Leilah omettait mille détails potentiellement fascinants de son histoire, et laissait ma curiosité d'adolescente sur sa faim :

« Nos familles respectives ne voulurent pas de cette union. À cette époque, les Haïtiens n'épousaient pas les Arabes. Alors, faisant fi des convenances de l'époque, nous sommes partis nous marier à l'église Saint Gérard, où un prêtre accepta de nous unir en présence de deux témoins, amis de ton grand-père. La naissance de nos enfants rapprocha deux familles qui, au départ, ne partageaient aucun point commun. Même pas la langue ! Deveaux et Habdoul sont ainsi devenus alliés ! »

Il n'y eut ni cortège pour le couple, ni robe et voile blanc pour Leilah. Les cloches de Saint Gérard ont-elles carillonné ce jour-là ? Qu'importe ! L'Amour qui dure et conquiert tous les défis, avait triomphé des préjugés sociaux de l'époque. Leilah, devenue silencieuse, sécha une larme. J'ai compris ce jour-là que chaque ride, chaque cheveu blanc, cachait l'histoire d'une belle vie, le souvenir d'un beau roman d'amour... Et toute histoire mérite d'être contée !

Mes arrière-grands-parents Habdoul moururent, un demi-siècle plus tard. Terrassée par une mauvaise grippe, Zahiyé partit la première, suivie de près par Kimbram, le compagnon qu'on lui avait choisi à l'âge de seize ans. Ils avaient traversé la vie côte à côte, par-delà les continents. Ils reposent ensemble aujourd'hui, au Grand Cimetière de Port-au-Prince.

~ 21 ~

J'ai bouclé ma valise, heureuse à l'idée de découvrir Paris avec les yeux de la noblesse. Mes hôtes possèdent de vastes plantations de café au Kenya et en dirigent les bureaux parisiens, m'apprend Astrid. Trop occupés à gérer leur fortune, ils donnent carte blanche à leurs enfants pour leurs sorties en fin de semaine : Christian, dix-huit ans, élève de Terminale et sa sœur cadette dont la philosophie de la vie se résume à deux mots latins : *carpe diem*.

Soirée au théâtre avec Florent et Claude de Panière et leurs enfants, suivi d'un souper tardif aux Champs Élysées. Haïti et la dictature fascinent toujours et j'avoue prendre plaisir à être un élément de curiosité. Couple aimable et séduisant : le père, tempes grisonnantes, petit creuset au menton, mains longues et nerveuses. Sa femme, svelte, élégante, cheveux très courts comme ma camarade, passerait facilement pour la sœur ainée de ses enfants. Encadrée d'Astrid et de Christian dont la beauté physique m'a littéralement bouleversée, je déguste, avec une lenteur calculée pour masquer mon trouble, mon soufflé aux asperges.

Astrid, le regard gris, mobile, semble capter les ondes silencieuses qui se propagent de mon cœur à celui de son frère. Je surprends son sourire de connivence. De toute évidence, ma camarade se régale follement du spectacle silencieux de nos émotions naissantes. Au réveil dimanche matin, Astrid refuse de me conduire à l'église pour la messe. Elle gémit, de son lit douillet : « La barbe, Myriam ! Nous ne sommes pas à Saint Joseph, et je n'ai aucune intention d'entrer au couvent. Demande à Christian de t'accompagner. »

Réveillé de bonne heure pour faire du sport, Christian se change promptement et nous nous rendons à pied à l'église du quartier. Ma piété religieuse semble l'attendrir. Il me prend silencieusement la main. Clouée par la surprise, je le laisse faire. Nos corps se frôlent pudiquement sur le banc de l'église. Je ne comprends rien au sermon du prêtre, trop ému par la présence de mon chevalier servant. Au retour, il s'arrête à une boulangerie. L'arôme du pain frais me donne creux à l'estomac. Il s'amuse à me faire croquer de sa brioche, mordant, taquin, à mon croissant. Cette complicité spontanée me ravit.

Nous parlons de nos études, et d'Haïti. Christian a déjà son avenir tout tracé devant lui : après le Bac, l'université. Sa place l'attendra, bien sûr, dans les entreprises familiales. Il voyagera peut-être au Kenya. Je l'imagine, bottes luisantes et casque beige, parcourant à cheval les plantations de café de leur domaine.

« Et toi, Myriam, quels sont tes projets d'avenir ? »

Toute occupée à ma rêverie, je quitte, à regret, mon beau cavalier sur ses terres au Kenya pour replonger dans la réalité du moment présent. J'embrasserai une carrière médicale, selon le vœu de mes parents, je lui confie... Tel un péché dont on a honte, je garde sous silence mes aspirations secrètes d'écrivain.

Au déjeuner du dimanche, une bonne portugaise en tablier blanc nous sert un festin : tournedos à la sauce madère et marquise au chocolat. Je me réjouis, tout bas, d'être dispensée de la corvée de vaisselle, mon tempérament un brin langoureux d'antillaise s'accommodant vite au plaisir d'être servie. Christian met un point d'honneur, durant le repas, à capter mon regard ému. Astrid semble se délecter de notre trouble. Christian annonce, après le déjeuner : « Papa a accepté de me prêter sa voiture ! »

Il brandit, tel un trophée, la clef de l'automobile, un sourire de triomphe sur les lèvres. Le frère d'Astrid nous emmène danser ce soir au Tabou, une « boite » en vogue au Quartier Latin. Saint Joseph, en prévision d'une réunion sur l'Orientation a permis aux internes de séjourner dans leurs foyers ce dimanche et regagner l'école lundi, par un car spécial mis à la disposition des élèves.

Préparatifs fébriles : Astrid m'aide à choisir la paire de boucles d'oreilles qui siéra mieux à mes vêtements. Pour une Antillaise, cette parure est aussi indispensable que l'habit et les chaussures. Après une éternité, nous émergeons enfin de sa chambre. Nous nous sommes faites belles. Christian demeure une seconde sur le palier, le regard fixé sur mon visage. Galant, il m'ouvre la portière et je prends place à ses côtés. Ma camarade s'est engouffrée sur le siège arrière de la voiture en murmurant : « Ma parole ! Tu as complètement ensorcelé mon frère ! »

Gênée, je n'ose répondre.

~ * ~

Dans l'atmosphère enfumée du Tabou, Christian de Panière fend, avec une élégante désinvolture, la foule bigarrée des jeunes danseurs, à la recherche d'une table libre. Il m'a pris la main avec une douce autorité. Astrid espère, l'œil inquiet, l'arrivée de Jacques, son « petit ami ». Je porte une mini-jupe noire pour l'occasion, des bottes en daim très en vogue aujourd'hui, et une blouse de soie couleur flamme, qui met en valeur ma chevelure noire libre sur mes épaules. Mes boucles créoles pendent à mes oreilles, reflétant, sans aucun doute, l'éclairage psychédélique qui part d'un immense globe de métal suspendu au plafond.

Mon regard, fasciné, enveloppe les êtres et l'étrange décor qui m'entoure. Je pénètre pour la première fois au cœur du monde, inconnu pour moi, des discothèques de Paris. Une musique assourdissante part des innombrables haut-parleurs, rendant toute conversation difficile. Je me contente de siroter le tonic que nous fait servir Christian, les yeux rivés sur lui, bouleversée par la grâce de son visage. Astrid semble nerveuse, dans l'expectative, et consulte son bracelet-montre. Cheveux coupés ras, elle porte, comme son frère, un pull à col roulé noir, qui rehausse leur extrême blondeur. Christian fixe ses prunelles grises sur mon visage, qui prend feu comme mon corsage, j'imagine ! C'est bête de ne pouvoir masquer son trouble ! « Comme il est beau ! », je rêve.

L'arrivée de Jacques au Tabou, vient rompre la magie silencieuse du moment. Ce dernier entraîne Astrid, d'un geste brusque de propriétaire, sur la piste de danse. Demeurés seuls autour de la petite table ronde, Christian se rapproche, et je réponds timidement à son sourire. Je lui en suis gré de ne pas m'inviter à danser, craignant, par mon ignorance des derniers rythmes parisiens à la mode, de me rendre ridicule. Nostalgique, mes pensées se tournent vers Haïti, et les soirées de jeunes du samedi soir au Rond-Point, où l'on dansait aussi sous le globe de métal au son d'une meringue de l'orchestre Shleu-Shleu.

Le trajet vers les toilettes pour vérifier mon maquillage s'avère difficile dans la pénombre, au sein d'une foule dense et bruyante. Au retour, je me frappe de plein fouet à un grand jeune homme qui, dans la collision, fait chavirer son verre. Sourire et excuses réciproques. Présentations. Accent révélateur : nous venons tous deux d'Haïti ! Par une extraordinaire coïncidence, Le Tabou se met à vibrer au son d'une meringue antillaise qui fait fureur à Paris ces dernières semaines, m'apprend Gérard, le compatriote qui, avec galanterie, m'invite à danser.

~ 22 ~

Il me suffisait de fermer les yeux, les jours de cafard à Saint Joseph, pour me sentir transportée en plein cœur d'Haïti et retrouver le berceau de l'enfance. Seule en France, je réalisais qu'on n'échappe pas à son passé, on l'emporte avec soi dans son cœur. Même quand la terre d'accueil m'ouvrait les bras, l'étrangère que j'étais se créait souvent une sorte d'exil personnel, empreint de nostalgie...

Les sons, les couleurs et les odeurs de Port-au-Prince devenaient les points de repère, et de consolation, de ma mémoire : les vendeurs de fresko, *entourés d'un vrombissement d'abeilles qui menaient une danse autour des bouteilles de sirop de grenadine, et du bloc de glace recouvert d'un grand sac de sucre vide ; les marchands ambulants aux éternels pâtés chauds, dans leur panier d'osier ; les cireurs de chaussures, qui signalaient leur passage par le carillon d'une petite cloche ; le cri des pharmaciens de fortune qui vendaient pilules antibiotiques ou cachets antidouleurs à un public expert dans l'art de l'auto-traitement.*

Les taptaps, *véhicules de transport public bondés de passagers et de poules vivantes parfois, sillonnaient les rues de la capitale, écartant les piétons par leur avertisseur bruyant. Leur carrosserie était souvent le canevas d'un artiste à l'imagination débridée, exhibant une jungle florissante peuplée de lions et de tigres, ou d'un peintre empreint de ferveur religieuse et mystique, qui avait dessiné de grandes Vierges miraculeuses, ou des symboles vaudou. Parfois, c'était une déclaration d'amour, écrite en grandes lettres sur la vitre avant, par le chauffeur : « Rita chérie », ou l'affirmation de sa foi : « Dieu si bon ».*

« Men bèl twal, bèl dantèl », offraient les marchandes de tissus qui avaient été s'approvisionner chez les Arabes du Bord-de-Mer et promenaient leurs marchandises aux couleurs chatoyantes, pour la

revente. « Men bèl mango, bèl zaboka, bèl fig », *répondaient, en écho, les vendeuses de fruits anxieuses d'écouler leurs denrées périssables.*

Un panier d'osier regorgeant de légumes sur la tête, les campagnardes des villages de Kenscoff et de Furcy se réveillaient avant le lever du jour. À la lumière d'une tèt gridap, *petite lampe à kérosène en fer-blanc et à mèche de coton, elles se préparaient pour le trajet à pied jusqu'à la capitale, où elles espéraient vendre les produits de leurs jardins. Leur courage, dans la lutte quotidienne pour la survie, était sublime.*

Vierge, jambes musclées et torse bombé, vêtue d'une robe gros-bleu entourée à la taille par une ceinture de toile rouge, sandales en bandoulière sur ses épaules pour ne pas les salir, demeurait la fournisseuse attitrée de Grand-mère, au fil des ans. Elle nous retrouvait tous les étés à notre chalet de Kenscoff. Vierge nous livrait aussi ses légumes les mardis et vendredis au Bois Verna, nous offrant, le reste de l'année, la fraîcheur et la santé de Kenscoff.

Leilah lui payait toujours deux lots, le sien et celui d'Yvette, qui profitait pour venir embrasser sa mère, ces jours-là, et remonter à Bourdon avec son sac de légumes frais. La manière dont Vierge portait sa charge, son énorme panier d'osier en équilibre sur sa tête, me fascinait toujours : il reposait sur une trokèt, *tissu enroulé en forme de serpent, posé sur son foulard de tête.*

~ * ~

Tous les ans, le 2 novembre, Yvette et Marguerite se disputaient. Leur divergence de vues sur la célébration de la Fête des Morts devenait une guerre d'usure, où il n'y aurait ni gagnant ni perdant. Mes petits frères, trop jeunes, ne prêtaient que peu d'attention à la scène théâtrale qui se jouait à la cuisine, entre le four à gaz et le réfrigérateur. D'ailleurs, tout rentrerait dans l'ordre le lendemain, et la routine reprendrait ses droits : Yvette ferait semblant d'oublier et Marguerite retrouverait ses vieilles habitudes de gouvernante dévouée, choyée par la famille.

Fidèle aux traditions ancestrales de sa mère Charité, Marguerite qui ne ratait jamais ses messes dominicales, se rendait à l'aube de ce jour consacré à la mémoire des défunts, au cimetière de Port-au-Prince, munie d'une énorme cafetière recouverte d'un tissu blanc, repassé et amidonné. Le café serait généreusement versé à chaque kafou *du cimetière, coins stratégiques aux quatre points cardinaux, pour plaire aux chers disparus et à Baron Samedi, le dieu vaudou gardien des lieux.*

Dévote catholique, Yvette attribuait cette pratique au culte des lwa *ou dieux vaudou, incompatible avec ses croyances chrétiennes. Mais Marguerite alliait allègrement les deux cultures religieuses sans l'ombre d'une gêne. Ce jour-là, elle tiendrait tête à Madame Jim, qu'elle avait vue naître et qui resterait toujours, pour elle, la petite Vivi du Bois Verna.*

Marguerite se paierait une course en camionnette jusqu'au cimetière, puisqu'Yvette, furieuse, ne l'inviterait pas à se joindre à elle, en voiture. Vaincue, cette dernière déposait les armes, face à la vieille femme qui l'avait bercée, et partait rejoindre ses parents, les bras chargés de fleurs, pour leur visite annuelle au mausolée familial.

Papa préférait se recueillir seul, sur la tombe de Claire… L'agitation des lieux le 2 novembre le dérangeait. J'avais fêté mes dix ans, quand la famille décida que j'étais d'âge à me recueillir sur la tombe de ma mère.

Rien de plus puissant que de voir deux dates suivre un nom… Le début et la fin d'une vie … « Un temps pour naître, et un temps pour mourir, rappelle l'Ecclésiaste. » Le sentiment de finalité qui vous prend à la gorge… La preuve gravée, sur la pierre, que l'être cher ne reviendra pas… Mais, il y a aussi ce sentiment de réconfort, de savoir que ma mère n'est pas seulement cette image souriante, figée dans le cadre photo sur le piano… Claire a existé, elle était de chair et d'os, elle savait rire, et pleurer et elle repose, aujourd'hui, sous le marbre, du sommeil éternel... Je la reverrai un jour, m'affirme ma foi chrétienne !

Nous faisions aussi une prière pour mes ancêtres Deveaux, le Général Bertrand et son épouse Océanie, que je ne connaîtrai jamais, et leurs trois filles, mes grand-tantes : Fifine, Nini et Angèle. Sous la colonne tronquée, ils font tous bon ménage, j'espère, avec Robert, et ma chère maman, sa sœur...

Mes grands-parents Habdoul, à qui nous rendions visite après, ont aussi leur caveau : plus modeste, en ciment peint, mais entourée d'une clôture en fer forgé près de l'allée principale, mieux accessible que le grand mausolée de marbre de la famille Deveaux. J'aidais grand-mère à étaler les fleurs, sur les tombes. Une question me troublait l'esprit, enfant : qu'adviendra-t-il aux morts, quand le cimetière, surpeuplé, ne pourrait plus accueillir de nouveaux occupants ?

~ * ~

Au Bel Air, quartier le plus ancien de la ville de Port-au-Prince, trône la statue de Madan Colo, au haut d'une rue en pente, d'où l'on domine, au loin, la rade de Port-au-Prince. Je ne puis affirmer l'origine de cette statue qui hanta mes années d'enfance : certains disent qu'elle fut érigée, il y a des siècles, pour symboliser une des premières femmes de l'époque coloniale, connue pour son amour protecteur des enfants. Est-ce vrai ? Si mes connaissances historiques faisaient défaut, Madan Colo tenait, selon la légende familiale, une grande place dans mon cœur de petite fille.

Leilah, friande de promenades en voiture, devenait une coquette ingénue les samedis après-midi et Charles ne résistait jamais aux charmes de son épouse, quand elle s'approchait de lui, souriante, à son retour du bureau : « Chéri, un petit tour ? »

Je m'installais sur la banquette arrière, gloussant de plaisir à l'idée de sillonner, en compagnie de mes grands-parents, la ville qui m'avait vue naître. La Ford roulait autour du Champ de Mars, où les statues de nos héros de l'Indépendance veillaient, dans l'azur. Nous ralentissions devant le Palais National, les Ministères, descendions la Rue Pavée pour atteindre la Grand-Rue et payer une courte visite à mes arrière-grands-parents Habdoul.

Le Bord-de-Mer devenait calme, après la fermeture du samedi après-midi. Nous passions par la cour intérieure de la halle, afin de gravir les marches de ciment jusqu'à leur appartement, au second étage. Leilah leur apportait toujours un présent : petits gâteaux secs, cigarettes pour Kimbram, eau de Cologne pour Zahiye. Je m'asseyais sur les genoux de Charles, le rare souvenir d'un contact physique avec mon grand-père, et nous écoutions Leilah parler l'arabe à ses parents.

Au Bicentenaire de l'Exposition, nous longions le wharf de Port- au- Prince, où accostaient parfois les bateaux de croisière. Peintres et sculpteurs avaient étalé leurs œuvres d'art à même la chaussée, Haïti devenue cette vaste tapisserie sur laquelle l'art éclaboussait partout ! Parfois, quittant le Champ de Mars, avant l'arrivée au centre-ville, nous faisions un détour pour atteindre le quartier du Bel Air. La petite fille de quatre ans, médusée, avait battu des mains la première fois, à l'apparition de la statue qui avait surgi devant elle, sans qu'elle ne s'y attende. Ce pèlerinage à Madan Colo était devenu par la suite un rituel, les week-ends où je séjournais chez mes grands-parents.

~ * ~

Un cousin de Grand-père invitait tous les ans, à l'époque du carnaval, la famille à le joindre à sa clinique surplombant le Champ de Mars. Nous étions alors en première loge pour le défilé carnavalesque des trois jours gras. Yvette prenait plaisir à déguiser la bande : j'ai été, tour à tour indienne, avec mes longues nattes sombres, chinoise en kimono de soie, danseuse espagnole avec fleur aux cheveux. Mes petits frères devenaient, par la magie du déguisement, cowboys

et pirates, ou héros de légendes mythologiques et de l'Antiquité :
Hercule, Spartacus.

Le cortège débutait par la danse des Indiens, le défilé des bœufs et
des grosses têtes en papier mâché, les jambes de bois, sans oublier la
légendaire Choucoune, qui paradait fièrement son généreux arrière-
train. Les chars capitonnés de soie logeaient le roi du Carnaval, et ses
reines qui envoyaient des baisers au public. La musique partait des
chars d'orchestre carnavalesques, qui rivalisaient d'entrain.

Le Mercredi des Cendres, nous recevions, sur le front, la marque grise
qui rappelait que nous sommes poussières…

~ 23 ~

Poussée par une force magnétique, je plonge avec délices dans la musique antillaise, accordant mes pas à ceux de Gérard, dans une cadence unique aux gens des îles. Toute au plaisir de la danse, je ne réalise pas tout de suite qu'un cercle s'est formé autour de nous, et que Gérard et moi sommes devenus les points de mire d'une assistance électrifiée. Une seconde meringue succède à la première, nous offrant, à mon cavalier et moi, l'occasion d'évoluer sur la piste de danse sous la lumière des projecteurs braqués sur nous.

Que diraient mes parents s'ils me voyaient m'exhibant avec un inconnu ? J'y pense, une fraction de seconde… Mais je suis à Paris, libre comme l'air et la vie me fait un grand sourire ! Astrid et Jacques, gagnés par contagion du rythme, nous ont rejoints sur la piste. Les autres danseurs, dans l'hilarité générale, se rapprochent et tentent d'accorder leurs pas aux nôtres.

Lorsqu'un slow s'ensuit, je reviens à la réalité, pour prendre congé de Gérard et regagner ma table. Mais, mon compatriote me retient prisonnière de ses bras ! Gérard avait comblé l'appel du sang, dans le partage du rythme antillais. Mais, passé ce moment d'euphorie, je réalise que je n'ai aucune intention de lui accorder ma soirée entière. Christian, qui n'avait pas quitté des yeux la piste de danse, devine-t-il mon message de détresse ? Se levant prestement de notre table où, verre en main, il avait suivi notre numéro de danse, il invite Gérard à se retirer et lui céder la place. Sa haute taille mince, sa calme assurance imposent ! Mon compatriote, abasourdi, s'exécute, persuadé sans doute que Christian est mon amoureux.

Médusée, je contemple mon prince charmant, qui, avec une infinie douceur, m'enveloppe de ses bras pour se perdre avec moi dans la magie du slow… Nos regards se soudent, puis se noient l'un dans l'autre. Mes genoux tremblent furieusement. Mon cœur vibre au rythme du sien, que je sens vaciller sous son pull. Avec une infinie tendresse, il attire mon visage sur son épaule et perd ses doigts dans mes cheveux.

Il murmure au creux de l'oreille : « Je suis fou de toi ! » et je sens alors des décharges électriques dans tout le corps ! Que m'arrive-t-il ? Jamais je n'ai connu un tel trouble ! Bouleversée, je ferme les yeux, perdant toute faculté ! Christian n'a pas quitté la piste de danse ce soir-là… Au cœur des rythmes disco les plus endiablés, nous demeurons vissés l'un à l'autre, transcendant l'espace et le temps, seuls au monde dans cette foule bigarrée, sourds au vacarme assourdissant de la discothèque, à l'écoute d'une symphonie amoureuse qui se joue seulement pour deux.

Et ce que je redoutais et souhaitais tout à la fois arrive : il prend, d'un geste bouleversant de douceur, mon visage entre ses mains, et lentement, inexorablement, rapproche ses lèvres… La terre s'arrête de tourner. Les yeux fermés, le cœur en branle, je réponds passionnément à son baiser. Sa caresse profonde m'emporte vers des horizons nouveaux, là où personne, avant lui, ne m'avait conduit. Nous sommes seuls au monde sur une île déserte… Christian resserre son étreinte, son corps tendu soudé au mien, pour l'éternité !

Je suis perdue ! Les paroles immortelles de Ruth, la Moabite de l'Ancien Testament, viennent s'imposer capricieusement à mon esprit : « Là où tu iras, j'irai ! Ton peuple sera mon peuple… »

D'un sursaut désespéré, je parviens à ouvrir les yeux. Le retour brutal à la réalité du Tabou me frappe de plein fouet, Effrayée par la tempête de mes sens écorchés vifs, j'implore, pour me sauver contre moi-même : « Rentrons ! »

Silence pesant, sur le chemin du retour… Astrid ne dit rien, se contentant de sourire malicieusement. Assis sur la banquette arrière, elle et Jacques s'embrassent sans retenue. Je n'ose point me retourner, plus gênée qu'eux. Christian, silencieux au volant, emprisonne de ses doigts libres ma pauvre main qui tremble. Le véhicule s'arrête enfin à l'entrée de l'immeuble cossu où vivent mes hôtes. Jacques et Astrid, enlacés sous le portique, échangent un dernier baiser qui dure une éternité.

D'un geste ferme, Christian me retient à ses côtés. Mon cœur bat la chamade ! Je cherche contre la portière un refuge au trouble grandissant qui m'envahit. Déjà, mon compagnon s'approche et prend, une nouvelle fois, possession de mes lèvres qui, sous son habile caresse s'entrouvrent, offrant un délicieux passage vers un ciel lumineux, aux myriades d'étoiles ! Sa bouche tendre s'aventure vers l'oreille, la nuque, et j'entends, du plus profond de la terre, aux confins de mon âme une douce plainte, qui s'élève en crescendo… Lorsque ses doigts nerveux s'attaquent, fébriles, aux boutonnières de mon corsage de soie, je reviens brusquement à la réalité, offusquée par ma propre conduite.

« Arrête, je t'en prie ! » Mon cri blessé n'est qu'un faible gémissement. Christian, tremblant, essoufflé, s'écarte en silence. Astrid n'est plus sous le portique. Honteuse de ma faiblesse, tourmentée par le remords, je boutonne fébrilement mon corsage. Je n'oserai plus jamais regarder Christian en face.

~ * ~

Emmitouflée sous l'édredon épais du lit voisin, Astrid chuchote, mielleuse, son appui total à l'idylle de son frère : « Je mettrai tout en œuvre pour aider Christian à te revoir. Maman t'écrira pour t'inviter chez nous au prochain week-end. »

Silence pudique. Tout arrive si vite ! Le monde sage de ma jeune adolescence a chaviré ce soir. Au petit matin, la famille de Panière se retrouve pour un petit déjeuner hâtif autour d'une table garnie. L'odeur du café noir me ramène à une vision plus calme et réaliste des choses : Christian beurre tranquillement sa tartine, Astrid sirote son chocolat chaud, les parents bâtissent les plans de leur journée au bureau. Ils nous conduiront à la station d'autocar pour le retour à Saint Joseph et Christian prendra le métro.

Ma camarade et moi, béret bleu et chaussettes longues, ressemblons sans aucun doute aux « petites filles modèles » de la Comtesse de Ségur. J'ai la désagréable sensation d'avoir profané, hier soir, l'uniforme de Saint Joseph. Christian embrasse sa sœur et s'avance, souriant, vers moi. Baiser fraternel sur la joue. Comment parvient-il à donner le change avec une telle aisance ? Le couple de Panière ne se doute de rien. Christian s'empare de ma valise et ferme le cortège qui s'engouffre déjà vers la porte de sortie. Là, il se risque à me serrer la main avec une force désespérée. Prise de court, mes prunelles s'accrochent aux siennes… Imploration muette au silence total ! Christian, avec une lenteur calculée, verrouille derrière lui la porte de leur logis.

« Je t'aime ! murmure, avec bravoure, mon prince charmant. »

Je ne réponds rien, détournant, gênée, le regard. Puis, il m'emboite le pas et je devine son souffle chaud derrière moi. Mon cœur s'amuse à faire des soubresauts dans ma poitrine.

~ 24 ~

Le jour de mon baptême, je suis devenue officiellement Marie Claire Myriam Tyler. Myriam signifie aussi Marie, en langue hébraïque. Par ces noms, la Vierge, mère entre toutes les mères, et celle qui m'a donné la vie, sont honorées… Il ne vint à personne l'idée de m'affubler d'un diminutif, contrairement à mes petits frères. J'étais Myriam, ni plus, ni moins… La première possession de tout être humain, dans la vie, est son nom. Sans un nom, la propre existence de l'individu est mise en doute !

L'usage abusif du « ti » m'a toujours amusée en Haïti… James Junior a failli devenir « ti Jim », n'était-ce l'intervention providentielle de sa maman qui le sauva d'une catastrophe cacophonique qui lui collerait, toute la vie, à la peau, si Marguerite avait eu le dernier mot. Je m'imaginais, m'esclaffant, « ti Jim » qui prendrait un « ti café » et ferait un « ti sòti » quand mon petit frère serait d'âge à essayer ses propres ailes.

~ * ~

Les fins de mois j'avais droit à un week-end chez mes grands- parents, en gage de récompense pour mes bonnes notes. La remise mensuelle des carnets se tenait, en grande pompe, à la salle d'études de Sainte Thérèse. La directrice, Mère Agathe, d'origine française, inspirait un mélange de crainte et d'admiration ! Sa sévérité encourageait le dépassement de soi et des centaines élèves comprenaient, sans l'ombre d'un doute, que le chemin invité à parcourir serait celui de l'excellence, de la droiture et du christianisme.

Regard fixe, visage tendu, mains moites et nerveuses, mon cœur battait la chamade à la salle d'études où le nom de la première de classe serait cité en dernier, amplifiant le suspense et ma grande nervosité. Je me forçais à l'excellence académique en veillant tard en semaine, penchée sur mes livres de classe. Mes succès à l'école devenaient cause de réjouissances à la maison. Papa, son discours de circonstance achevé dans un français à l'accent lourd, en présence de mes jeunes frères qu'il souhaitait inspirer, me conduisait dès le vendredi au Bois Verna, où Leilah me faisait fête depuis la barrière d'entrée. Un exemplaire de Tout l'Univers, ma revue préférée achetée par Grand-père chez le libraire de la Rue Pavée, m'attendait. Avare de mots, ce geste suffisait à exprimer la fierté de l'aïeul à mon égard. Passionnée de lecture, cette revue serait dévorée le lendemain !

Debout à l'aube le samedi, j'ouvrais toutes grandes les persiennes en bois pour inviter la clarté du jour dans ma chambre. Au loin, la rue du Petit Four, au Carrefour des Cinq Avenues, grouillait déjà de voitures. L'avertisseur bruyant des chauffeurs de taxi pressés invitait à la prudence les piétons audacieux. La vie reprenait ses droits, après les incertitudes de la nuit. Les marchands offraient leurs pâtés chauds, un panier d'osier en équilibre sur la tête. J'aimais sentir cette vie qui bouge, à mes pieds… J'ai capté, un jour, les bribes d'une conversation animée entre Dieudonne et André, à propos du Carrefour des Cinq Avenues.

« Les choses ne sont pas simples, ma commère ! rappelait André, dogmatique. »

Il entendait par là que des objets étranges faisaient mystérieusement leur apparition au carrefour, au cours de la nuit : une chandelle de cire brune, une chaussure lacée, une bouteille « montée », pleine d'écorces d'arbres et d'extraits de plantes… Les lwa, ou dieux vaudou, attribuaient un pouvoir mystique au Carrefour des Cinq Avenues et s'y manifestaient… Cette histoire, entendue en plein soleil près du bungalow de Dieudonne, ne m'effrayait pas. Le soir par contre, elle aurait une autre résonnance, avec le pouvoir de m'inspirer des cauchemars !

La nature saluait le réveil d'un jour nouveau, autour de moi. Les mornes avoisinants, qui veillaient sur Port-au-Prince étalée à leurs *pieds, troquaient leur manteau bleu de nuit pour s'habiller d'un voile vert tendre. Certains flancs de montagne exposaient, sans pudeur, leur triste nudité, les cicatrices profondes du labourage excessif de leur terre... Avec le plaisir tranquille que procurait la vue d'un paysage familier, je souriais au palmier de la cour voisine, raide et majestueux comme son propriétaire, Monsieur Lambert. Près de lui, le calebassier, énorme, touffu, courbait l'échine, ses gros fruits ronds pendant comme des anneaux trop lourds.*

~ * ~

Le cycle de la vie recommençait, au chant du coq, au fond de la cour aussi... Je partais parfois rejoindre Charité, la vieille blanchisseuse aux cheveux blancs et crépus comme des petites boules de coton sous son foulard de soie. Assise à ses côtés sur une pierre lisse et plate, appuyée au tronc du vieux manguier, j'observais, médusée, ce « personnage », comme on appelle chez nous les aînés d'âge avancé, tremper de ses doigts tordus par l'arthrite du pain dans sa tasse de café en émail.

Charité renversait la nuque pour avaler la dernière gorgée du liquide chaud et noir, qui lui donnerait la force d'attaquer la journée. Ensuite, méthodique, elle bourrait sa pipe en terre cuite, m'observant de son œil perçant. « Pitit mwen », commençait-elle, invariablement, se préparant à me conter une de ses merveilleuses histoires.

J'écoutais, fascinée, la vieille femme au sourire édenté dévoiler un autre chapitre de la grotte enchantée de Jacmel, et de Mèt Dlo, l'Esprit des lieux : une belle sirène aux cheveux longs, qui gardait farouchement l'entrée de la grotte. Ceux qui trouvaient grâce aux yeux de la sirène ne revenaient pas de la grotte mystérieuse et partaient vivre à jamais dans les profondeurs aquatiques avec Mèt Dlo. L'œil fatigué, le front plissé, les mains rugueuses de Charité reflétaient les luttes d'une vie bien remplie.

Dès l'âge de seize ans, elle avait entrepris de travailler à son propre compte, concept audacieux pour les jeunes filles de son époque. Charité partait tous les matins à la Rivière Froide, un énorme ballot de linge en équilibre sur sa tête, faire la lessive de ses clientes, ses pratik *comme elle se plaisait à les nommer. La semaine suivante, le linge, impeccablement plié, blanchi à l'indigo et amidonné à souhait, était livré à leurs propriétaires, moyennant rémunération financière.*

Mon arrière-grand-mère Océanie Deveaux, sa meilleure cliente, avait porté sur les fonds-baptismaux la fille aînée de Charité, Marguerite. Cette dernière entra plus tard au service de la famille, où elle finirait ses vieux jours, entourée et choyée par ceux qu'elle avait vue naître. Charité eut d'autres enfants. Les hommes de sa vie l'abandonnaient, à l'annonce de ses grossesses. Au prix d'énormes sacrifices, ses deux fils purent fréquenter l'école primaire. Ils seraient ses bâtons de vieillesse, avait espéré leur mère.

L'aîné des garçons, Joseph, apprit à conduire, devint chauffeur de TapTap, camionnettes de transport public à la capitale, et construisit pour sa mère une petite maison en blocs et tôles galvanisées à Carrefour. Elle parlait, avec une légitime fierté, de kay mwen... *Sa maison ! Le père de Jean, le fils cadet, possédait une* boutik, *petit négoce de quartier où se vendaient articles de première nécessité : produits alimentaires, ciment, boissons gazeuses, fournitures scolaires, bonbons et même comprimés d'aspirine tenus dans un grand bocal de verre.*

Ti Jean poursuivit des études secondaires, grâce à l'appui financier de cet homme qui, après des années d'indifférence, acceptait de jouer un rôle dans la vie de son fils. Devenu professeur à une école primaire de la capitale, Jean se fit appeler Maître, et coupa tout lien avec sa mère, dont le statut de blanchisseuse en service chez autrui l'embarrassait au plus haut point.

Dieudonne, furieuse d'une telle conduite, choquée par l'ingratitude d'un fils dont la mère avait fait tant de sacrifices, colportait le drame de sa vieille amie à toutes les oreilles indulgentes qui voulaient bien écouter. Sa fille Ti Sò et moi, étions évidemment de ces oreilles curieuses, et avides de détails !

Jean s'était marié, pour couronner sa réputation d'homme sérieux. Ses rêves seraient à la mesure de ses ambitions : un jour, ses fils deviendront médecins, ou avocats. Ils obtiendront une bourse d'études, pour la France ou le Canada. Si la chance leur sourit, ils prendront épouse, là-bas, et s'achèteront une belle voiture. Tous les ans désormais, Maître Jean recevra la visite de sa bru au teint pâle, et Charité apprendra, de la bouche de Ti Jo, son fils aîné, qu'elle est l'aïeule de petits mulâtres, par-delà l'océan...

Charité continua son mode de vie, malgré la modeste rente viagère que lui procurait fidèlement Joseph, son vrai bâton de vieillesse. Le fils plein d'attentions tenait à ce que la mère puisse enfin se reposer, après tant d'années de labeur et d'héroïsme silencieux pour élever ses enfants.

Ti Jo comprit, à la longue, que l'inactivité totale tuerait, à petits feux, la femme courageuse qu'il était fier d'appeler sa mère. Le cadeau précieux qu'il lui a offert, a été celui de la liberté d'esprit et de cœur, la sérénité de savoir qu'elle travaillait parce qu'elle le voulait et non parce qu'elle le devait.

Lorsque, criblée de rhumatisme, elle décida sagement de prendre sa retraite, Charité continua à trouver le gîte et le couvert au Bois Verna, quand il lui plaisait de quitter son logis pour une petite visite d'amitié, et partager la chambre de Dieudonne. Marguerite, prévenue, prenait une camionnette de Bourdon pour rejoindre sa mère au Bois Verna ces jours-là.

Les dates gravitaient autour des grands hommes et des grandes catastrophes du pays, dans l'esprit de la vieille femme, qui ne connaissait point son âge mais se rappelait tel événement à l'époque de tel cyclone ou sous le règne de tel président. Elle s'est éteinte doucement, de vieillesse, dans son lit, chez elle… Une grâce d'état, accordée aux chanceux de la terre ! À la mort de Charité, je perdis une grande conteuse, une historienne méconnue, un trait d'union entre deux mondes, et deux cultures, qui se côtoient souvent chez nous sans vraiment bien se connaître…

~ 25 ~

Les travaux pratiques de Chimie du jeudi ont pris fin. La manipulation de l'acide sulfurique n'avait rien pour me plaire ! Sœur Marie Laurence, l'œil des mauvais jours, achève l'inspection des paillasses. En s'approchant, elle murmure à mon adresse que je suis dispensée des cours de natation ce soir et qu'elle m'attend à son bureau. Mon sang ne fait qu'un tour, persuadée qu'elle a une mauvaise nouvelle à m'apprendre au sujet de ma famille. Yvette, peut-être ? Elle confronte une grossesse difficile, avait expliqué Papa. Les nageuses parties avec Sœur Jean, je frappe, anxieuse, au bureau de notre professeur.

Le regard clair a pris des reflets métalliques derrière les lunettes. On aurait dit une mer en furie, à l'approche de la tempête.

« Vous devinez la raison de votre convocation, n'est-ce-pas ? Je pensais bien vous connaître, Myriam : émotive, certes, mais dotée de profondeur et d'originalité. Exilée de votre famille, je mettais un point d'honneur à vous entourer, vous guider de mon expérience d'aînée. Je ne vous aurais jamais crue une hypocrite ! Je vais vous faire part d'une lettre arrivée pour vous. »

Mon professeur entame sa lecture d'une voix cassée : « Ma chère Myriam, depuis notre soirée au Tabou, ta pensée ne me quitte plus. Je revois nos corps enlacés, et moi ivre de ton parfum, de la douceur de ta peau, de ton souffle tremblant sur mon épaule… Nous avons vibré à l'unisson, et fait l'amour dimanche. À la semaine prochaine ! Astrid est notre alliée. Je t'aime ! Christian »

Je demeure bouche bée, clouée par l'émotion, persuadée que je me réveillerai d'un horrible cauchemar ! Rouge de confusion, je me prends à détester le frère d'Astrid de Panière qui me cause une telle humiliation. La religieuse tire une copie du code d'éthique, signée par Yvette, qui stipule : « La censure est autorisée pour le bien de l'étudiante soumise à notre garde. »

Mon professeur explique : « Hier, une lettre de Paris vous est parvenue, de Madame Claude de Panière. J'ai compris que la mère d'Astrid vous écrivait un mot gentil après votre séjour chez elle. Aujourd'hui une seconde lettre du même expéditeur est arrivée pour vous. Cet enthousiasme épistolaire en votre endroit m'a paru excessif. Mon devoir de maîtresse de discipline me commandait la vigilance. J'ai usé de mon droit de censure dans l'unique but de vous protéger. La lettre d' hier était sans aucun doute de Christian aussi. Votre stratagème a été découvert ! »

La chance de me défendre ne m'a pas été offerte ce soir-là. Je serai privé de sortie cette fin de semaine. L'occasion de me justifier me sera alors accordée. Christian avait, dans le feu de l'adolescence, étourdi par la sensualité de la danse qui avait rapproché nos corps, écrit cette lettre enflammée dont les mots à double sens me condamnaient ! Mon étrange naïveté avait précipité ma perte. Mes parents encaisseraient mal un renvoi ! Quelle excuse évoquerait Saint Joseph ? Cette pensée me rend malade. Je suis, ce soir, cet agneau immolé, à l'autel de l'incompréhension…

Samedi midi, les rires fusent de partout, telle une joyeuse contagion, écho des retrouvailles familiales en perspective. Les cars s'éloignent, bondés d'élèves. J'ai soufflé à Astrid, qui écarquillait de grands yeux : « Je t'expliquerai tout à ton retour, dimanche. Je ne pourrai accepter l'invitation de tes parents. Sœur Marie Laurence a intercepté une lettre d'amour compromettante écrite par ton frère Christian. »

Je regagne tristement le dortoir vide de la Seconde, troquant ma jupe bleue d'uniforme pour des jeans et un gros pull de laine rouge… Mais c'est mon cœur qui a froid, aujourd'hui ! J'ai suivi notre professeur au parc. Elle a opté pour le grand air, plutôt que l'espace restreint de son bureau. Je lui en suis gré. La lumière crue

efface les mystères et révèle les coins d'ombre. Dans ma poche :
la lettre d'invitation de Madame de Panière, qui va m'absoudre.
Je prouverai que je ne suis pas une hypocrite ! Une naïve ? Peut-
être… Sur le banc de Chateaubriand, par cette belle journée de fin
d'hiver, je me dépouillerai, sans fard ni artifice, d'un pesant fardeau.
L'ordre est simple : « Racontez-moi tout, de votre week-end chez de
Panière ! »

Grand et svelte dans sa veste de velours noir, Christian semblait
surgir des pages d'un conte de fée de mon enfance. Nous soupions
au restaurant, après une soirée de rêve au théâtre avec leurs parents.
Des épingles miniatures à bouts de verre brillaient, telles des étoiles,
dans la nuit sombre de ma chevelure. Le regard gris de Christian
s'accrochait au mien, et je baissais les yeux, bouleversée. Il devenait
prince de lumière et je ressentais d'étranges affiliations avec la
Sulamithe du Roi Salomon. Quelques strophes enflammées du
« Cantique des Cantiques », apprises par cœur, tel un fruit défendu,
s'imposaient à ma pensée vagabonde : « Je suis noire, mais je suis
belle, filles de Jérusalem. »

À l'évocation de ce texte religieux, un rire fuse. La glace, enfin,
semble rompue. Le parc de Chateaubriand nous enveloppe de sa
tranquille majesté. Il fait froid, mais le soleil luit. J'imagine, sur ce
banc lézardé, d'autres confidences, échangées sur la pierre antique.
Échos lointains de brûlants drames humains, ou de serments
d'amour, peut-être…

Avec courage, je vais jusqu'au bout de l'aveu : la soirée dansante
au Tabou ; mon trouble grandissant, dans les bras de Christian ;
les sensations étranges dans tout le corps ; les genoux en coton ;
la magie envoûtante de son regard caressant ; nos baisers, dans le
rapprochement de la danse ; la complicité de la voiture capitonnée,
et ma réserve qui s'émoussait ; l'admission franche de l'attirance
inexorable qui me poussait vers les rives inconnues et troublantes

de la sensualité. Mais, dans un sursaut de clairvoyance, j'avais prié mon prince charmant d'arrêter.

« Je regrette l'incident de la lettre ! J'ai honte de ce qui arrive. Mais, je jure qu'aucun acte coupable n'a eu lieu entre Christian et moi. Il faut me croire ! »

Mes larmes coulent librement. L'aveu m'a libérée. En ce moment précis, face à ce juge qui a droit d'autorité sur mon avenir de pensionnaire, il m'importe moins d'avoir à quitter Saint Joseph que d'être crue sur parole, et de soulager ma conscience. Je souhaite entendre trois petits mots, simples mais puissants... Je me vois offert ce cadeau précieux : « Je vous crois. »

Je tire alors de ma poche la lettre de Madame de Panière, qui confirmera mon innocence d'un trafic illicite de courrier. En me remettant le papier froissé, Sœur Marie Laurence prononce : « Nul ne devrait se sentir trop grand, ou trop puissant, pour demander pardon. Je m'excuse de mon assomption erronée à propos de la première lettre. »

Celle qui garde, symbole de son humanité, une bouteille d'aspirine sur son bureau, a quitté son estrade de juge. Elle s'excuse auprès de son élève, qui lui pardonne son accusation d'hypocrisie. Ce mot avait percé, d'une flèche brûlante, les recoins les plus profonds de mon âme et m'avait fait si mal ! Au cœur du parc de Saint Joseph, dans la pure clarté d'un jour de fin d'hiver, je réalise, avec une intensité nouvelle, la puissance des mots... Un mot peut détruire ! Il peut aussi amener joie et libération ! Cette leçon de vie, je ne l'oublierai pas. J'observe à la dérobée, la religieuse, dont le regard évoque un ciel d'été. Mes camarades et moi, romanesques incorrigibles, ne comprenions pas le gâchis de Sœur Marie Laurence, qui, en prenant le voile, renonçait pour toujours à l'amour d'un homme. « Une déception amoureuse, avait conclu Astrid, dogmatique. »

L'apogée de la vie signifiait pour nous la rencontre glorieuse avec le Prince Charmant, dans une apothéose de sons et de couleurs. À quinze ans, la courbe d'un front ou l'ovale d'un visage bouleversait. Le monde était cette vaste foire bigarrée, où se cherchaient, dans une valse éternelle, silhouettes sombres ou pâles, au fil des temps… Ses élèves avaient inventé, au gré de leur folle imagination, le drame d'amour du siècle, avec pour vedette Sœur Marie Laurence, qui devenait tour à tour héroïne de tragédie grecque ou midinette de roman-photo. L'option du célibat volontaire ne nous venait même pas à l'esprit !

Les grands arbres fiers nous observent, impassibles… Notre présence au parc semble insignifiante, et nos problèmes une infime particule dans ce vaste univers ! Avec une franchise et une simplicité surprenantes, mon professeur entame ce cours destiné à la classe de Seconde, que nous avions raté par la faute d'Astrid : « les jeunes et la sexualité ». Je deviendrai cet auditoire attentif qui a le privilège d'écouter parler le maître.

Tout débute par une question simple, mais qui englobe tout, dans le but d'exposer tout coin d'ombre, toute idée fausse nourrie en secret : « Que savez-vous, des choses de la vie ? »

~ 26 ~

Le recueil offert par Yvette le jour de mes premières règles, à onze ans, racontait le mécanisme de la reproduction par les illustrations d'une étrange créature à l'aspect d'un têtard, qui pénétrait l'ovule : le spermatozoïde. À ce récit passionnant manquait un léger détail... Les ouvrages dévorés en cachette n'aidaient pas non plus ! Quel était donc ce « geste d'amour » dont les livres faisaient discrètement allusion ? Cathy, à qui j'ouvris mon cœur, partagea sa théorie de la pénétration du spermatozoïde : l'homme dépose le ferment chez sa femme, par le truchement du baiser sur la bouche !

Voilà pourquoi notre professeur de Catéchisme nous exhortait à ne point embrasser les garçons ! Cette révélation nous conféra un halo de sagesse. Nous gravitions, aux heures de récréation, autour du cercle des filles « averties », riant sous cape, le regard entendu, lorsqu'on évoquait les choses de la vie... Nos camarades nageaient-elles aussi dans un océan d'erreurs et d'idées fausses ?

À l'approche de ses treize ans, Cathy devenait une ravissante jeune fille, grave, réfléchie, sérieuse. Elle manifestait une forte piété, qui m'intimidait... Mon aînée d'un an, nous n'avions jamais auparavant ressenti cette différence d'âge. La métamorphose de l'amie me surprit et je ne fis pas attention à la mienne, qui s'annonçait.

L'amitié d'enfance se transformait, au seuil de l'adolescence, en un sentiment plus complexe : la douceur de faire bande à part, de s'échanger des confidences. Les sujets qui excitaient notre curiosité, les mois précédents, nous n'en faisions même plus allusion, par une pudeur nouvelle. Cathy s'inscrivit à l'Association des Enfants de Marie et je l'imitai. Je créais, à mon insu, une image fictive de mon amie, qui devenait, pour moi, le symbole de la « sainte ». Lorsqu'elle m'avoua ses aspirations religieuses, elle m'affola. Je ne pourrais plus, désormais, dévoiler mon âme à ses chastes oreilles !

~ * ~

La nature, par le truchement d'un événement anodin, m'avait renseignée, à douze ans, à propos de l'ovule et du spermatozoïde. André, le jardinier de Leilah m'avait offert une petite chienne en cadeau, de race inconnue, que j'adorai au premier regard. Il accepta d'élever ma chienne au fond de la cour du Bois Verna, Yvette refusant d'accueillir Cookie à Bourdon. Nous l'avons surprise, un jour, avec le chien du voisin. André qui, comme moi, assistait aux ébats de Cookie, conclut, hochant la tête : « Mademoiselle Myriam, vous aurez des petits chiots dans quelques mois ! »

Comme c'était bête ! Bête à en pleurer ! Ma chienne m'apprit donc le plus profond mystère de la vie, en présence du vieux jardinier. Telle une idiote, je m'étais mise à pleurer, face à l'étalage cru, non censuré, de l'instinct animal. Ce jour-là, je pleurai le souvenir de mon innocence d'enfant, à jamais perdu... L'acte conjugal, depuis ce jour, me hantait en secret, me fascinant et me choquant à la fois : j'arrivais mal à imaginer Yvette, si réservée, se soumettre à de tels ébats avec James, mon père, dans la complicité nocturne de leur chambre à coucher !

~ * ~

Teint de pêche mûre, yeux couleur d'ambre clair, Sergo me faisait une cour discrète, mais flirtait aussi avec d'autres filles.

« Prends garde, soufflait Cathy avec sagesse. »

J'avoue qu'il m'attirait et m'intimidait à la fois. Au bal, mon corps éprouvait l'immense plaisir de s'accorder au sien, à la cadence des slows, ou des chaudes meringues haïtiennes. Nos mamans avaient été condisciples de classe mais se fréquentaient peu. Hors des pistes de danse, nous ne nous voyions qu'aux rares visites d'amitié de nos familles... Pas assez pour échanger des idées ou m'en faire un ami. Sergo jouait avec le feu de ma sensualité naissante. Transportés par la magie de la danse, il devinait mon trouble, dans ses bras... Lors d'une soirée de fête, il essaya de m'embrasser. Ses prunelles s'étaient faites caressantes, son cœur battait contre le mien. Effrayée par mon trouble grandissant, tourmentée par ma conscience, je repoussai les lèvres qui s'accrochaient aux miennes. Mon cavalier, déçu, avait boudé. Lassé de mes réticences, il se fit rare aux bals.

N'ayant que des petits frères et leurs jeunes amis dans mon entourage, les garçons de mon âge représentaient, pour l'élève de Sainte Thérèse que j'étais, une tribu mystérieuse et élusive que je frôlais sur les pistes de danse. J'ignorais le mécanisme des connexions surprenantes et complexes des cellules de leurs cerveaux... Mon cauchemar à l'époque était la crainte de faire tapisserie dans les bals privés ou les soirées disco du Rond-Point, lieu de rencontre des jeunes, en vacances : l'espace où les cœurs neufs s'embarquaient vers de nouvelles découvertes, et la musique caressait les ombres mouvantes sur une piste de danse comble...

Sergo devenu rare, Patrick sauta sur l'opportunité de devenir mon chevalier servant, Grand, costaud, le cousin de Cathy était au premier abord plus séduisant que mon cavalier habituel. Mais sa timidité venait tout gâcher. Patrick me piétinait en dansant. Je ne disais rien, tiraillée entre la pitié et la colère. Comment avouer à ma meilleure amie mon attirance pour l'exubérant Sergo ? L'été où il fêtait ses seize ans, Patrick m'invita à la soirée dansante offerte par ses parents en son honneur.

Le tendre garçon rayonnait. Il s'était avancé pour m'accueillir, et je me sentis rougir sous son regard admiratif : « Myriam, tu seras ma cavalière, ce soir ! Comme tu es jolie ! »

Des camarades d'école, plus âgées, vantaient les délices des baisers sur la bouche : certaines disaient sentir filer une myriade d'étoiles. D'autres avaient eu le vertige. Parfois, les jambes fléchissaient. À l'approche de mes quinze ans, la curiosité et l'odeur du jasmin triomphèrent de mes hésitations. Je portais une courte robe rouge, pour la soirée d'anniversaire de Patrick. Mes cheveux, libres sur les épaules, masquaient le léger décolleté du dos. Nous étions sortis un moment de l'atmosphère surchauffée de la party.

La nuit était fraîche, sur la terrasse. Du jardin, montait une odeur envoûtante de jasmin... Mon compagnon hasarda un bras timide autour de mes épaules. La surprise me cloua sur place. Prenant ma passivité pour un encouragement, Patrick posa ses lèvres tremblantes sur les miennes. Ses mains moites écartaient ma chevelure et pétrissaient le décolleté de ma robe. Le contact de ses mains humides sur mes épaules nues rompit le charme fragile qui se tissait.

Une force nouvelle en moi souhaitait la découverte du baiser, mais trop de sentiments contraires m'envahissaient. Patrick s'écarta enfin ! Il paraissait confus, mais heureux. Je venais donc de recevoir mon premier baiser d'amour ! J'ai eu du mal à me convaincre de la réalité d'une telle expérience, tant je fus surprise et déçue... Quelques semaines plus tard, je partais pour la France !

Baiser, où est ta victoire ?

~ 27 ~

Sœur Marie Laurence, loin de paraitre offusquée ou amusée par mes révélations, acquiesce à répondre à mes questions :

Q : « *Que pensez-vous du baiser ?* »

R : « Il devrait être cet acte posé chez un jeune couple qui se fréquente de façon exclusive, apprend à se connaitre et à s'aimer… Céder à la curiosité à un trop jeune âge et goûter, à la légère, à l'expérience du baiser, c'est passer à côté de sa signification profonde. »

Le baiser de Patrick avait été la conclusion décevante de ma curiosité ; celui de Roméo fut volé de force ; Christian enfin m'avait fait sentir des étoiles filantes au cerveau…

Q : « *L'adolescence est-elle toujours l'âge du tourment et de la confusion ?* »

R : « Je dirais plutôt l'âge des choix difficiles et des pensées contradictoires. Le moindre faux pas risque d'avoir de sérieuses conséquences. Les transformations physiques de l'adolescent le rendent apte à procréer mais il est loin de la maturité de l'adulte. Le tenir dans l'ignorance des métamorphoses de son corps et de ses émotions peut s'avérer dangereux. Les parents avisés devraient, avec ouverture et simplicité, discuter des choses de la vie avec leurs enfants. »

Q : « *L'attraction physique a-t-elle cette même force, ce même pouvoir pour tous ?* »

R : « Les décharges hormonales liées à l'adolescence exacerbent le désir : le rapprochement de deux corps sur une piste de danse, un regard échangé, une silhouette qui passe, peuvent mettre les sens en branle, surtout chez les garçons qui, à cet âge, se laissent souvent guider par le visuel. Une jeune fille pondérée cherchera à se garder.

Dans un moment d'intense émotion, il est facile de franchir l'étape du non-retour ! »

Avec Christian, j'avais découvert, éblouie, de nouvelles terres aux senteurs voluptueuses, un firmament immense aux millions d'étoiles...

Q : « *La maîtrise de soi est-elle un don ou un apprentissage ?* »

R : « Elle est un acte d'intelligence et de sagesse. Il est donné à tout être humain la liberté du choix. Il possède en lui une force supérieure à ses émotions et ses pulsions physiques : sa raison »

Q : « *La camaraderie entre jeunes de sexe opposé est-elle possible ?* »

R : « Elle est souhaitable. Ces jeunes dépassent alors le stade d'objets de convoitise mutuelle pour devenir des camarades aussi. Le jeune homme qui faisait battre nos cœurs dans l'ombre complice d'une piste de danse perdra de son aura et de son mystère, dans la clarté crue de midi. »

Q : « *Le mariage serait-il la voie unique du bonheur pour un couple qui s'aime ?* »

R : « L'union entre mari et femme est approuvée par Dieu, qui a élevé le mariage au rang de sacrement. Ces couples, qui se sont engagés publiquement envers Dieu et envers les hommes, mettent, de leur côté, de meilleures chances d'un bonheur durable ! »

Je souhaite vivre une union brûlante d'amour et de passion ! J'écrirai, pour mon mari, des poèmes qui feront rougir... Il partagera, avec moi, ces gestes qui se feront complices de nos nuits pleines d'étoiles...

Q : « *Le célibat est-il un sort que l'on subit ou peut-il être un choix délibéré ?* »

R : « Il est préférable qu'il soit un choix. L'essentiel, pour ceux qui cheminent seuls, est de ne point nier leur propre humanité, mais de le canaliser différemment des couples, qui puisent de leur association physique et affective avec leur partenaire, de grandes satisfactions. »

En Haïti, penchée sur le joli berceau, la mère rêve déjà de celui qui épousera sa fille. Rester vieille fille est le cauchemar des demoiselles. Le garçon devient objet de convoitise, une quête qui cessera à l'autel d'une belle église... Les religieux, nous les comparions, j'imagine, à de purs esprits qui volent dans une sphère éthérée...

Q : « *La beauté physique est-elle indispensable dans la quête du bonheur ?* »

R : « Dans le parterre du Créateur, l'on décèle des fleurs diverses, aux nuances variées. Le jeune s'arrête souvent à l'enveloppe charnelle, l'écorce physique. Mais la beauté de l'âme est la véritable fragrance de l'être humain, celle qui dure et ne flétrit point ! »

~ * ~

Sœur Marie Laurence a partagé, aujourd'hui, la richesse de sa sagesse d'aînée. Derrière la monture d'argent des lunettes, de fines rides se dessinent au coin des yeux, témoignage discret de sa condition de femme mûre, de ses quarante ans accomplis. Les rides sont le symbole de la fragilité humaine, les marques de la vie qui passe, au fil des ans...

Les soleils d'hiver se couchent tôt. L'ombre de la nuit enveloppera bientôt le banc de Chateaubriand. Les arbres nus nous regardent partir vers la douce lumière tamisée des tours de Saint Joseph ; là où m'attendent une bonne soupe chaude et la chaleur de mon édredon. J'écoute, sur le chemin du retour, celle qui me lègue un testament.

Elle me sourit avec indulgence, comme pour m'absoudre de mes faux pas :

« Les desseins de Dieu ont permis, qu'en l'absence de vos parents, nos chemins se croisent. Nous sommes des pèlerins sur terre, en route vers l'éternelle demeure. Durant notre bref passage ici-bas, aspirons à la perfection, quoique notre imparfaite humanité ne l'atteindra pas… Souvenez-vous que la vie est un don. Ne le souillez pas dans votre quête du bonheur. Vos désirs s'épanouiront un jour aux côtés de celui qui saura combler vos attentes les plus profondes. La pureté de votre cœur fera honneur au Seigneur et embellira votre mariage… Soyez attentive à l'appel de votre vie. Honorez les aspirations de votre être profond. Le secret de l'harmonie totale avec « l'autre » est de pouvoir l'atteindre d'abord avec soi-même. L'essentiel sera de vous accomplir pleinement ! »

Je pressens un adieu imminent, une séparation définitive à brève échéance. Un ange a fait halte dans ma jeune existence, pour reprendre ensuite la route étroite et solitaire du service total… Les moments privilégiés de l'existence ne durent pas. Ils atteignent le zénith, pour disparaitre ensuite de notre ciel avec la rapidité de l'éclair !

~ 28 ~

Pour raisons financières, Charité avait placé ses filles en service chez ses meilleures clientes à Port-au-Prince. Recueillie, adolescente, par « Ninninne », la veuve du Général Bertrand Deveaux, Marguerite avait toujours joui d'un statut privilégié. Elle fréquenta l'école du soir, apprit à lire et à écrire et s'exprimait impeccablement en français. Les joues creuses s'étaient remplies. Il n'y eut plus de soirées sombres, où elle cherchait, dans le sommeil, sur une natte à même le sol, le soulagement à la peine d'un ventre vide...

En dépit de son jeune âge, Marguerite préparait la liste du marché et dressait celle de la lessive, que sa mère livrerait la semaine suivante, lavée et repassé. La jeune fille s'assurait aussi du nettoyage de l'argenterie et des nappes brodées. Elle veillait au rituel du café du matin, servi au lit à sa patronne, et ressortait de sa chambre, avec les directives de la journée, qui seraient appliqués à la lettre. L'achat journalier du pain se faisait sous sa direction par André, jeune gaillard frais débarqué de Jérémie d'où étaient originaires le Général décédé et sa veuve Océanie. André remettait fidèlement le pain à Miss Marguerite pour inspection, et elle s'assurait, d'une légère pression des doigts, que la baguette était fraîche. Le jeune homme offrait alors un large sourire, heureux d'avoir accompli sa mission ! Il ne s'était pas laissé filer un pain rassis !

Ninninne, qui prenait de l'âge et s'appuyait de plus en plus sur sa filleule, lui révéla ses secrets culinaires qu'elle aurait, un jour à partager avec la jeune épouse de Monsieur Charles. Leilah, dont le répertoire dans ce domaine se limitait aux mets typiques de sa culture libanaise, apprit les rudiments de la gastronomie haïtienne et française, pour flatter le palais de son mari.

Marguerite devint vite son alliée, dans cette grande maison du Bois Verna où Madame Deveaux Mère lui faisait un peu peur, et ses belles-sœurs ne cachaient point leur hostilité pour « l'étrangère » qui leur volait leur frère unique.

Une gentille réception avait été offerte aux jeunes mariés, dans les salons d'Océanie Deveaux, quand Marguerite épousa Boss Etienne, le charpentier aux muscles de fer qui avait remis à neuf l'escalier menant au second étage. Madame Etienne, la bague au doigt, rayonnait de fierté. Sa marraine avait su bien faire les choses. Rien n'avait manqué : le portrait chez le photographe, la robe de mariée, le gâteau blanc aux petites boules d'argent, et même la bouteille de champagne ! Puis Marguerite partit, au bras de son mari, vivre sa vie d'épouse au Bel Air. Veuve Deveaux perdait sa filleule et l'intendante habile de sa maison. Leilah perdait une alliée, une confidente...

Trois ans plus tard, aux funérailles d'Océanie Deveaux, Marguerite éplorée, revenait au bercail. Boss Etienne s'était mis à boire, désespéré par les entrailles stériles de son épouse et les moqueries dont il était la cible, dans son entourage. Il tolèrerait presque tout, mais pas l'atteinte à sa virilité ! Sa femme était une mule, incapable de lui donner un enfant. Il en vint à détester leur grand lit conjugal, qui lui avait coûté si cher ! Etienne rentrait de plus en plus tard du travail, ramenait moins et moins d'argent, cherchant, dans d'autres bras féminins, l'affirmation de sa masculinité ébranlée.

Le jour où il leva la main sur Marguerite, dans un accès de rage, elle comprit que leur union était vouée à l'échec. Seule sa fierté arrêta les confidences de la filleule à sa marraine. Marguerite donna le change à tous, jusqu'aux obsèques de la femme qui l'avait arrachée des griffes de la misère et fait entrevoir qu'elle avait droit, elle aussi, à ses rêves et à sa page d'histoire...

Leilah comprit tout. Puisqu'elle aidait parfois ses parents à la Grand-rue, la jeune Madame Deveaux partit un jour accomplir une délicate mission. Charles pourvoyait largement à leur vie de couple, et l'enfant qui allait naître ne manquerait de rien. Il ne souhaiterait jamais que sa femme s'adresse à Kimbram et Zahiyé Habdoul pour un besoin financier. Mais Leilah pouvait, à ses heures, être têtue. Le fonds de commerce de la Grand-rue lui appartiendrait, un jour... À elle et à Farid, son frère cadet. Elle ne vit aucun mal à frapper, pour la première fois de sa vie d'épouse, à la porte de ses parents.

Océanie Deveaux mise en terre, Madame Charles était devenue la maîtresse incontestée de la grande bâtisse gingerbread du Bois Verna. Sans oser l'avouer tout haut, Leilah avait senti un grand poids quitter ses épaules. Mais, respectueuse du chagrin de son mari et attentive au qu'en dira-t-on, elle porta un an, tout de noir vêtue, le « grand deuil », en mémoire de sa belle-mère. Leilah avait échafaudé un plan génial : construire et meubler dans l'arrière-cour, un confortable bungalow pour Marguerite, avec les deniers Habdoul. C'était son projet et nul ne pourrait l'en dissuader, même son époux. Leilah avait besoin de son alliée à ses côtés, en prévision de ses couches. Elle dépendait de ses sages conseils, de son grain de bon sens de fille du peuple.

Cet arrangement avait plu à Marguerite, qui méritait, après ses déboires matrimoniaux, le confort d'une vie tranquille et sereine, à l'abri de tout souci financier. Leilah paya, en secret, les frais de divorce de Madame Etienne mais cette dernière conserva, aux yeux du personnel en service au Bois Verna, son titre de « Madame », et le respect qu'il évoquait.

« Je vous ai vues naître ! rappelait souvent Marguerite aux fillettes Deveaux. »

Yvette et Claire lui vouaient un attachement sans bornes et affichaient envers elle l'obéissance absolue à laquelle elle avait droit. Un drame, pourtant, avait assombri le tableau du bonheur, pour Leilah : la perte de son premier-né. Son grand regret a été de n'avoir pu donner un autre fils à son mari. Charles disait, de ses filles : « Elles sont les prunelles de mes yeux ! »

Par amour pour Claire, Marguerite accepta, des années plus tard, de quitter le confort de son bungalow pour une chambre à Bourdon... Sa « petite » avait besoin d'elle, à l'aube de sa vie de jeune épouse. Leilah se sacrifiait pour sa fille cadette, en se privant de son alliée. Dieudonne et sa fille Ti Sò devinrent, ainsi, les nouveaux occupants du bungalow de Marguerite.

~ * ~

« Il faut penser à Myriam ! »

Yvette, devenue madame Tyler à son tour, supplia, elle aussi, Marguerite de rester à ses côtés à Bourdon. Cette dernière comprit que sa place était là où la vie fleurissait, là où naissaient les enfants. Et la fille de Charité, au ventre stérile, connut la joie indescriptible de sentir, jour après jour, les battements d'un tout petit cœur, endormi contre le sien... Marguerite devint ma Nounou officielle, puis celle des bébés qu'Yvette, chaque trois ans, mettait au monde.

Baptisée Vivi à sa naissance, par Marguerite, puis mademoiselle Vivi à dix-huit ans, Yvette se vit octroyée par elle le titre de Madame Jim, le jour de son mariage. Madame Etienne soulignait ce respect auquel avait droit la femme mariée, dans l'esprit et la culture de celle dont la mère, comme tant d'autres au pays, avait été une épouse de droit coutumier. À chaque circonstance de la vie ou chaque étape de la journée, Marguerite préparait une infusion appropriée : « rafraichi » de laitue pour le teint, thé de verveine pour les émotions fortes, d'hibiscus et citron pour la grippe, de corossol pour calmer les humeurs, ou de gingembre, à certaines dates du mois où Yvette gardait la chaise-longue... Le soir, une tasse fumante de thé de menthe, le thé ti bònm, envoyait la maisonnée au lit, l'esprit en paix, sachant que Marguerite veillait aux moindres rouages de leur vie.

« Krik ? disait Marguerite, quand j'étais enfant, en me bordant à l'heure du coucher.

–Krak ! *répondait la petite fille qui raffolait des contes créoles, et s'en gavait le soir.*

–Ti ron san fon ?

–Bag ! *criais-je, battant des mains, victorieuse.* »

Yvette, furieuse, surprit un soir ma vieille nounou dans ma chambre, racontant à une petite fille curieuse et terrifiée à la fois, une histoire effrayante de loup-garou, qui s'amusait à manger les enfants désobéissants. L'influence du vaudou, on n'y échappait pas, dans ma chère île où régnait la peur du surnaturel et de ses croyances mystiques autant que de la dictature qui, déjà, s'infiltrait dans le pays.

Les soirs de pleine lune, sur la véranda déserte, j'écoutais Marguerite scander un chant mélodieux, dédié à l'astre d'argent : « Belle lune, remplis mes poches ! » Gare à moi si j'oubliais de dire, au saut du lit chaque premier du mois : « Rat ! Rat ! Rat ! » Je serais grondée par ma nounou pour avoir raté ma chance d'un beau présent. Les ongles de la main étaient coupés les lundis, jeudis, et samedis. Pas les jours en « r », porteurs de présages de mauvais augure, lorsqu'on tenait en main une paire de ciseaux. Marguerite nous défendait d'évoquer l'avenir, ou parler du lendemain, sans ajouter : « Si Bondye vle »… Si Dieu le veut. La vie est si fragile, et son cours, incertain…

~ **29** ~

« Un jour, je t'expliquerai tout, avait dit Ishtar. Car toi, tu es spéciale. »

La semaine précédant les vacances tant attendues de Pâques, je suis convoquée au bureau de Sœur Marie Laurence. Plusieurs camarades désirent m'inviter pour les vacances, et, « comme Ulysse, je ferai un beau voyage ». Mon professeur arbore le sourire des beaux jours. Elle m'annonce, une note d'excitation dans la voix :

« Myriam, devinez qui vient de quitter mon bureau ? La princesse Najlah, sœur cadette du souverain Omar, et mère de votre amie Ishtar ! Sa Majesté sollicite de l'établissement la permission de vous inviter à leur palais d'Orient, aux frais de la princesse, c'est le cas de le dire, pour la trêve de Pâques. Ishtar a confié que vous partagiez une amitié spéciale. Désormais vous êtes la seule élève à Saint Joseph à connaitre un secret que l'établissement garde farouchement depuis la rentrée scolaire. »

La surprise m'a rendue muette. L'extraordinaire de la situation m'exalte et m'effraye à la fois. Me voilà propulsée au cœur d'un conte de fée. Les palais d'Orient, Aladin et la Lampe Merveilleuse, les contes de mille et une nuits de mon enfance entament un tourbillon effréné dans mon cerveau, peuplé d'hommes barbus en tunique, de femmes voilées, de tapis volants et de palais en or. Tout devient clair : l'extravagance d'Ishtar à La Coupe d'Or, la limousine noire aux vitres teintées, le chauffeur typé, à l'accent étranger. Ma camarade, ma complice à Saint Joseph est une princesse d'Orient ! Cette révélation fulgurante me transporte là où mes rêves les plus fous d'adolescente romanesque n'avaient pu me conduire : sur les rives inconnues de la royauté ! Ai-je bien entendu ?

Le timbre familier de Sœur Marie Laurence me tire de ma rêverie :
« Pour raisons de sécurité politique, il ne faudra révéler, sous aucun
prétexte, l'identité d'Ishtar à vos camarades. »

Ishtar, princesse d'Orient ! La nécessité de l'incognito, les jeans
délavés, l'imperméable trop grand, les gardes du corps qui suivent,
impassibles, la limousine. L'air soucieux d'Ishtar en pensant à
son frère qui frôle la mort, toujours présente, telle une épée de
Damoclès au-dessus de sa tête. Ishtar vit, prisonnière d'une cage
dorée, l'existence compliquée de la royauté… Je serai l'invitée de
ma camarade au palais de son oncle, le souverain ! Devrai-je faire
la révérence ? Quels vêtements porterai-je ? Exige-t-on le voile aux
femmes ? En quelle langue devrai-je communiquer ? À ce stade
de mes réflexions, j'atteins l'affolement total. Une lutte intérieure
s'engage entre mon côté romanesque qui désire vivre l'expérience
de la royauté, et ma nature timorée, face à ce défi exaltant. Je
crains qu'au palais d'Omar, je serai un poisson hors de l'eau. Ishtar
regrettera, j'en suis certaine, ma présence au palais !

Mon professeur, volubile, continue, ignorant le drame qui se joue
dans mon cerveau : « Des mesures de sécurité seront mises en place
et vous voyagerez aux côtés d'Ishtar, qui se déplace incognito. Le
séjour durera une semaine. Saint Joseph réclamera une autorisation
écrite de vos parents. Il vous faudra les contacter par téléphone,
dans les plus brefs délais. »

Je crois qu'au fond du cœur j'ai déjà refusé l'invitation incroyable
qui m'est offerte sur plateau d'or et d'argent… La peur de l'inconnu
triomphera, je le sens ! Papa, consulté, n'accepte pas l'idée d'envoyer
sa fille « à l'aventure dans les déserts de sable de l'Orient. » Soulagée,
j'obtiens le refus qu'au fond, je désirais. Mon père aurait dit oui, si
je l'avais voulu vraiment.

Sœur Marie Laurence m'invitait à saisir la chance qui passe mais
j'ai opté pour le confort des zones familières… Ce soir-là je fais

un rêve poignant : Ishtar, splendide dans sa robe du soir rouge, un diadème étincelant de pierres précieuses marche vers moi, l'œil triste, trainant, résignée, un boulet à la cheville. Au matin, tête basse, visage en feu, je me prépare à trahir une belle amitié.

« Ishtar, je n'en reviens pas des révélations de Sœur Marie Laurence à ton sujet, et de l'incroyable invitation de ta mère !

– Myriam, tu es ma meilleure amie à Saint Joseph. Je vais te faire découvrir mon beau pays !

– Je suis désolée Ishtar, mais Gisèle m'avait déjà proposé de séjourner en Auvergne, chez ses grands-parents à Pâques. »

Un remord sourd m'envahit… Ma camarade ne dit rien. Je crois lire, dans son regard de sombre velours, toute la douleur du monde. Son beau visage typé revêt le masque d'une grande tristesse. Je me mords les lèvres pour refouler mes larmes naissantes. Ishtar, fière et forte de caractère, ne prononce pas un mot. Elle fait montre d'une superbe maîtrise de soi, offrant, au soufflet de l'adversité un visage de marbre. Finalement, haussant les épaules, elle tourne les talons, silencieuse, et disparait de son pas élastique de fille dégingandé.

En renonçant à l'opportunité d'un voyage extraordinaire au pays des mille et une nuits, je refuse le cadeau d'une expérience hors du commun. Mais le plus grave est de décevoir Ishtar qui, dans la pureté de l'amitié, a dévoilé avec confiance le masque de sa condition princière. Je me jure alors de ramasser les éclats de verre de l'amitié rompue… L'on ne revient pas en arrière, rappelait Sr. Marie Laurence à ses élèves. Mais on peut pardonner ! Une faille s'est creusée entre Ishtar et moi, aujourd'hui… Mériterai-je un jour son pardon ?

~ 30 ~

Sur la cour de récréation à Sainte Thérèse, il y avait un arbre majestueux où bourgeonnaient, pour une brève période, de délicates fleurs roses aux centaines de petits tentacules. Les élèves les plus matinales, arrivées les premières, s'appropriaient les « mimis » qui jonchaient le sol et formaient un tapis rose sous leurs pas, sous le regard envieux des retardataires. Comme tout ce qui est précieux, la rareté de la fleur saisonnière faisait sa richesse ! Je devais connaitre, des années plus tard, le nom scientifique de l'arbre à mimis roses : Pseudobombax ellipticum. J'envie, à ce jour, ceux qui possèdent cet arbre dans leur cour !

~ * ~

À l'approche de l'été, les brusques averses d'après-midi redonnaient vie au gazon de Grand-mère, caché au fond de la grande cour. L'odeur des tiges vertes se mêlait, en vagues odorantes, à celle de la terre mouillée. Les gouttes de pluie scintillaient dans l'herbe humide, sous la caresse d'un soleil taquin, qui semblait jouer à cache-cache avec les nuages. La naissance d'une jolie fleur, la valse d'un papillon aux ailes multicolores, avaient le don de me ravir.

Au jardin de l'enfance, j'aimais me réfugier à l'ombre du vieux manguier, sur ce tapis de verdure, entre les grosses racines de l'arbre, pour faire la lecture. Je m'installais près du bungalow de Dieudonne, avec, pour compagnons : Sylvain et Sylvette, Les Aventures de Tintin, et Tout l'Univers. Plus tard, Le Club des cinq et Le Clan des sept surent faire flamber mon imagination. J'ai parcouru les Alpes de la Suisse aux cotés de Heidi, et cheminé, bouleversée, avec Anne Frank, aux portes de l'adolescence...

Les bougainvilliers mauves et jaunes faisaient bon voisinage avec les lauriers roses et blancs, taillés en forme de sphères et de cônes. Sécateur en main, André, coiffé d'un éternel chapeau de paille, sculptait des œuvres d'art. Grand-mère lui laissait carte blanche au jardin. Les tempes grisonnantes du jardinier trahissaient son âge, pas son torse musclé, qu'il aimait offrir au grand air, brillant de sueur. Les innombrables hibiscus rouges, qui fleurissaient à l'année, étaient pour moi le symbole d'une enfance heureuse, une note brillante et gaie dans l'album des souvenirs. Les pétales tendres, écrasés dans la paume de la main, faisaient briller le cuir le plus terne des chaussures les plus poussiéreuses. Le thé choublak, infusion sucrée chaude composé de fleurs d'hibiscus et de jus de citron, devenait cette potion vermeille qui guérissait les grippes les plus récalcitrantes et réchauffait l'âme.

Mais la fleur d'hibiscus a symbolisé surtout cet irrésistible cœur rouge sang où venaient butiner les papillons de la Saint Jean. Juin ramenait pour moi l'ouverture de la chasse aux papillons. Grand-père, né le 24 juin, jour de la Saint-Jean, soulignait qu'en son honneur, les papillons se paraient de leurs plus beaux atours, pour nous rendre visite au jardin. Des nuées multicolores gravitaient d'hibiscus en hibiscus, pour se poser délicatement au creux de la fleur rouge, aux pétales sensuellement ouverts. Papillons jaunes, tachetés de brun, ou saupoudrés d'une fine poudre turquoise, papillons orange, liserés de noir cherchaient refuge dans cette tendre corolle pour être cueillis, délicatement, par les ailes et emprisonnés dans un bocal.

Après un court séjour dans la cage de verre, la fillette aux longues nattes sombres offrait, au papillon abasourdi, le cadeau de la liberté, le plaisir siégeant dans la chasse plutôt que la possession. Reverrai-je, un jour, les papillons de la Saint Jean ?

~ 31 ~

Les examens du troisième trimestre approchent. À l'excitation de retrouver ma famille cet été, se mêle une touche de mélancolie. Ma première année scolaire en France ! Je me suis attachée aux êtres et aux choses qui façonnent mon quotidien. Agnès, Ishtar sont devenues mes complices, et Sœur Marie Laurence la boussole qui mène au droit chemin. Saint Joseph, niché au cœur du parc de Chateaubriand, a été le refuge, me couvant de son ombre protectrice. Un obscur pressentiment naît en moi : je ne reverrai peut-être plus ces murs lézardés, ces grands arbres centenaires...

Agnès murmure, perplexe : « Astrid n'est pas dans son assiette. Elle a cessé de tourmenter Sœur Marie Laurence. »

Astrid se tient à l'écart aux récréations ces jours-ci, s'affublant d'un livre d'étude comme on se pare d'un bouclier pour se protéger d'un ennemi. Je détecte un signal de détresse dans son étrange attitude. Ma loyauté flottera, tel un étendard vers l'être qui souffre. À la pause de midi, je m'éclipse à ses trousses. Astrid, le pas élastique, s'enfonce dans le sous-bois où avait eu lieu ma leçon sur l'art de fumer. Elle me toise, de la hauteur de ses dix-sept ans, le regard dur, la mine contrariée et ordonne, en réponse à ma sollicitude : « Fiche-moi la paix, Myriam ! Mes problèmes ne sont pas pour tes chastes oreilles. Retourne à Agnès, l'agneau sans tâche et à Marie Laurence, la sainte nitouche ! »

Tel un chien penaud, la queue entre les jambes, je quitte Astrid, impuissante à épauler ma camarade. Au réfectoire, elle glisse sa viande ou son poisson derrière le poêle, devenu poubelle improvisée. Le stratagème est démasqué mais, liées par le code tacite de la solidarité entre élèves, face au corps enseignant, la classe entière garde silence. Notre professeur, l'œil au reflet métallique des mauvais jours, exhorte l'élève coupable à passer aux aveux.

« Ayez le courage de vos actes ! En vous taisant, la classe de Seconde subira une punition collective. Une telle conduite dénote une honteuse lâcheté ! »

Sœur Marie Laurence semble prêcher dans le désert ce jour-là, face à notre mutisme collectif. Les événements se précipitent la semaine suivante : Astrid, qui s'éclipsait aux toilettes après les repas, est retrouvée, inconsciente, sur le parquet, le lavabo portant les traces nauséabondes de son indisposition. Notre camarade ne reparait pas en classe ce samedi. Le lundi, la classe de Seconde, médusée, apprend qu'Astrid a quitté Saint Joseph pour raisons de santé. Inflexible, Sœur Marie Laurence n'offre aucun détail susceptible de calmer notre inquiétude, ou satisfaire notre curiosité. Elle nous confie simplement : « La vie de votre camarade n'est pas en danger. Mais le médecin lui a prescrit un long repos. »

Je suis la seule à connaître la nature du drame d'Astrid. Après le départ des élèves dans leurs familles, ma camarade me rejoint au dortoir, désert à cette heure et propice aux confidences. L'aveu suit, tel un jet débordant : le retard dans sa menstruation ; les nausées ; la syncope finalement, qui alerte Sr. Marie Laurence, son souffre-douleur de prédilection, et précipite le Dr. Leroux à son chevet ; le refus de se faire examiner ; la menace de convoquer ses parents et finalement le tête-à-tête avec notre professeur, dont le calme et la sollicitude la bouleversent au point qu'elle passe aux aveux et révèle sa crainte d'être enceinte.

En dépit de ses airs de grande avertie, Astrid n'est qu'une adolescente vulnérable. Assise sur mon édredon, elle avoue : « Sœur Marie Laurence m'a pardonné mes méchancetés en son endroit. J'ai pleuré sur son épaule, tourmentée par le remords. Je la suppliais de cacher la vérité à mes parents, car j'allais me faire avorter. Avec sa franchise coutumière elle m'a rappelée qu'en détruisant un fœtus, on détruit une vie ! »

Le sujet tabou de l'avortement m'est jeté en plein visage. Ma camarade vient de briser ma naïveté d'adolescente. Le monde merveilleux de l'innocence et de l'amour noble et généreux s'écroule. L'avenir vient de prendre un tournant dramatique pour Astrid. L'être insolent, plein de superbe, est loin. Je réalise l'ampleur de la catastrophe qu'elle doit vivre.

« Mes parents ont dit que j'amenais la honte dans leur foyer. Où étaient-ils, quand je rentrais au petit matin ? Mon père a rugi : Que penseront nos amis ? Sœur Marie Laurence lui a répondu : Monsieur, songez d'abord à votre fille ! Révérende Mère m'a réservé une place au foyer d'accueil Espoir, pour mères célibataires. Sœur Marie Laurence me fera passer les examens de fin d'année là-bas. »

Notre professeur a offert une main secourable à celle qui lui infligeait, sans remords, de profondes blessures. Ses paroles prophétiques résonnent encore dans ma mémoire, depuis le jour fatidique de l'exposé raté sur la sexualité chez les jeunes : « J'espère pour vous, qu'à l'heure des grandes décisions il vous reste encore un choix. »

« Je ne l'aurais pas cru mais cette boite va me manquer ! »

Astrid, dans son heure grave, n'a plus le choix... Sa valise bouclée, elle jette un dernier regard sur la double rangée de chambrettes, tourne brusquement les talons puis disparait, emportant, pour toujours, son drame humain et sa valise. Ma camarade, je devine, est en train de pleurer...

~ 32 ~

Montinar, notre chalet de vacances, s'accrochait au flanc du morne de Kenscoff, entre l'Auberge Bon Repos et la ravine qui conduisait à la cascade. Ce petit village de montagne, perché à cinq mille pieds d'altitude, tirait son nom de l'époque coloniale. L'été, Kenscoff devenait un lieu de villégiature pour certains citadins qui fuyaient les fortes chaleurs de Port-au-Prince. Juillet ramenait l'ouverture officielle des vacances à Montinar, où mes parents et grands-parents partageraient le même toit, durant deux mois. Un vent d'excitation soufflait toujours, le jour du départ ! Mes sens en éveil absorbaient tout : la route en sillon, après Pétion-Ville ; la traversée du marché, grouillant de monde : villageois occupés au commerce des légumes ou des pourceaux et cabris destinés à la boucherie ; l'odeur de terre mouillée suspendue dans l'air ; la fraîcheur ambiante, qui faisait frissonner ; la boue rouge qui tapissait la route étroite.

Ti Kout, le gardien, attendait toujours l'arrivée des voyageurs, muni d'un panier de pêches et de prunes de son jardin, notre cadeau d'accueil. Un large sourire fendait le visage d'ordinaire sérieux de l'homme qui, coiffé d'un vieux bonnet de laine, le veston sombre trop long sur une carrure trapue, tenait les clefs de Montinar et en assurait la gérance depuis toujours. Un parfum de terre mouillée flottait, en sa présence. Sa maisonnette se cachait derrière une haie de « fleurs cloches » dont la corolle blanche, la tige penchée, était utilisée pour « zombifier » certaines victimes, dit-on. Ti Kout prenait plaisir à nous effrayer quand, à l'insu de nos parents, nous nous aventurions chez lui, attentifs à ne pas frôler la haie au pouvoir maléfique.

Tonton, son fils, affirmait avoir vu, une nuit, un zombie réveillé de son tombeau, qu'on conduisait, enchainé et vêtu d'un drap blanc, à sa vie de servitude perpétuelle. Gare à celui qui lui donnerait du sel à goûter ! Ses « esprits » reviendraient peut-être ! Notre attachement à Ti Kout combinait ce mélange d'affection pour le vieil homme qui veillait sur nous, l'été, et de crainte pour les mystères dont il aimait se parer.

La répartition des tâches était simple, à Montinar : Grand-mère avait charge des repas, et Yvette, du ménage. Marguerite et Célia leur prêtaient main-forte. Dieudonne, la cuisinière du Bois Verna, passait tous les ans l'été à Jérémie avec sa fille. Bobby et moi faisions nos lits au dortoir qui nous servait de chambre. Papa et Grand-père partaient ensemble vers Port-au-Prince au petit jour, pour économiser l'essence. Nous dînions tôt, dès leur retour. Grand-père avait pour tâche de ramener le pain frais de la ville. Les deux hommes présidaient, chacun à un bout de la longue table d'acajou, aux repas dont l'entrée traditionnelle était le délicieux potage aux légumes, spécialité de Grand-mère.

Les marchandes de légumes, les pratik de Leilah, lui rendaient visite sur la galerie. Elle échangeait toujours des confidences avec ses vendeuses habituelles. Vierge, sa préférée, lui réservait pour la soupe du soir, les plus belles carottes cultivées de son champ, d'énormes choux verts, de gros paquets d'épinards et de poireaux. La pomme de terre se mesurait dans une grande marmite de fer-blanc, qui avait sans doute vu des jours meilleurs. Vierge ajoutait toujours quelques pommes de terre de plus à la pyramide, délicatesse réservée à Leilah, la marraine de Ti Jacques, son fils.

Un peintre habitait, à l'année « Le Château », imposante bâtisse qui surplombait notre maison de campagne. Sa réputation d'ermite était connue. Il ne sortait jamais de sa tour d'ivoire, laissant le soin de ses emplettes à son personnel. On ne lui connaissait ni femme, ni enfant. Tout le monde l'appelait « blanc », appellation réservée aux étrangers, quelle que soit la couleur de leur peau. Le peintre puisait sa source d'inspiration des vives couleurs de la montagne, mais partait vendre ses œuvres à l'extérieur, pour être payé en dollars, plutôt qu'en gourdes. Mon cœur s'émouvait à l'idée qu'un artiste séjournait à nos portes. À dix ans, je tombai amoureuse de cet homme sans *l'avoir jamais vu, séduite par le romantisme de son art, et le nom de sa demeure. Un jour, la curiosité l'emportant, je grimpai seule le morne d'en face, quand la famille faisait la sieste. Je m'approchai à pas de loup de la seule baie vitrée qui n'était pas masquée par des rideaux : son atelier, peut-être ? Le peintre recherchait certainement la lumière du soleil, pour ses toiles.*

Le visage collé à la vitre, je me retrouvai nez à nez, c'est le cas de le dire, à un vieil homme à la barbe blanche de patriarche, l'œil foudroyant derrière le verre de ses lunettes, furieux de cette invasion de son intimité par une fillette curieuse. Terrifiée, je dégringolai le morne du voisin au risque de me briser les os, le cœur battant la chamade. Du coup, mon infatuation pour le peintre a fondu comme neige au soleil. Je n'ai jamais osé avouer cette escapade à quiconque... Seul mon journal l'a su !

Je connaissais chaque sentier, chaque monticule qui conduisait à la cascade, mon lieu d'excursion favori. Armée d'un simple roseau et d'un chandail, j'aimais me retrouver face à cette force de la nature, cette eau cristalline et froide, qui s'écrasait furieusement sur les rochers, les mois de pluie, et les rendait lisses. Bobby parfois m'accompagnait. Obéissant et sage, l'aîné de mes petits frères suivait à la lettre mes conseils de prudence, et acceptait de bonne grâce la main secourable tendue vers lui. Nous pique-niquions près de l'eau, du sandwich que Grand-mère avait prévu pour notre randonnée.

Freddy et Junior, turbulents, ne descendaient à la cascade qu'accompagnés de Ti Kout. Ce dernier organisait parfois des randonnées équestres où, pour quelques gourdes, nos parents acceptaient de nous louer le cheval docile du gardien. Nous enfourchions notre monture pour faire, à tour de rôle, la traversée de Montinar. Papa avait acheté une selle flambant neuve à la forte senteur de cuir, pour nos promenades. Non loin de la cascade, notre propriété s'arrêtait au pied d'un large rocher plat surplombant une vallée plantée de choux et de carottes, que le gardien de l'auberge voisine cultivait. Gare à ceux qui osaient s'aventurer trop près des carottes de « Pè Lucien » !

Respectueuse du territoire d'autrui, je venais souvent me réfugier sur ce rocher limitrophe, entre les deux propriétés, que je baptisai « mon fief », pour lire et rêver, loin du babillage incessant de mes petits frères. Couchée sur le dos pour accueillir la caresse d'un soleil timide, je faisais corps avec la pierre lisse et tiède, qui deviendrait glaciale au crépuscule. Les nuages exhibaient tour à tour d'effrayantes formes monstrueuses ou de jolis chérubins souriants, selon mon imagination. Mon œil, exercé, savait reconnaître les présages de pluie qui me précipitaient vers le chalet familial et la tasse de thé de menthe.

~ * ~

L'année de mes onze ans, plume et cahier en main, j'entrepris aux grandes vacances à Montinar, une ambitieuse tâche : écrire mon premier roman ! Je descendais tous les jours la pente raide qui me conduisait au rocher, et mes petits frères jouaient au foot avec le fils du gardien. Sur deux cents pages de cahier d'écolière, je fis courir une plume tour à tour exaltée et inquiète, pour raconter les déboires de Domino, jeune héroïne orpheline de mère, vivant, libre et pieds nus, avec son père sur une plage déserte, jusqu'au jour où l'arrivée d'une belle-mère vient tout remettre en question pour l'héroïne ! Trop jeune pour m'adonner à la psychanalyse, je n'ai pas saisi, à l'époque, l'influence de mon drame personnel comme source d'inspiration. Ces pages dormirent longtemps au fond d'un tiroir. Cathy, ma sœur d'âme, fut la seule à en lire certains passages, des années plus tard. Elle me promit aussi de m'aider à taper ce long brouillon plein de ratures... Projet qui ne devait point voir le jour !

~ * ~

Près de mon rocher, j'avais, un jour, fait une extraordinaire découverte : une pierre brillante et dure, claire comme le cristal, clignait de l'œil dans la terre grasse et rouge. J'ai cru, ce jour- là, *avoir découvert un diamant ! Souriant avec indulgence, Grand-père expliqua que mon diamant était, en fait, un beau spécimen de Quartz. Cette leçon de géologie n'eut aucun effet sur mon excitation qui demeura au beau fixe l'été de mes douze ans. Mes petits frères et moi, devenus géologues explorateurs, avons passé nos vacances à fouiller la terre, à la recherche de mines de diamants... Des quartz rose et blanc faisaient surface, et Ti Kout, que la fouille amusait, se chargeait de laver notre butin et le mettre en caisse pour nous. La joie que nous avons connue, cet été, n'a pas de prix. Nous assemblions, par la magie de l'enfance, un trésor !*

Assise dans l'herbe folle les soirs d'été où la pluie nous épargnait, j'aimais jouir, avec délices, de la tombée de la nuit autour de moi. Son voile léger enveloppait mon corps d'une fraîche caresse. L'odeur des eucalyptus se mêlait à celle de l'herbe humide qui s'incrustait à mes membres. Le parfum de la terre s'accrochait à moi, comme pour m'engloutir avec elle. L'herbe, la terre, les arbres célébraient la vie qui palpite, méconnue autour de nous, dans le feuillage qui chante avec le vent, les fleurs aux senteurs douces, les lucioles mystérieuses qui s'allument, avec les étoiles...

~ 33 ~

Les grands-parents de Gisèle sont des hôtes merveilleux, à Pâques. Je découvre les charmes de leur coin d'Auvergne, les routes en terre battue, la maison basse, le foyer noirci où cuit une soupe perpétuelle dans un énorme chaudron, l'aïeule joviale et rondelette, qui me rappelle Leilah, ma grand-mère. Le village de Collonges-la-Rouge repose à l'ombre des peintres et des poètes. L'écrivain André Maurois est l'un de ses protecteurs, m'apprend ma camarade. Je me plais à rêver : je transformerai Montinar en havre de paix pour les artistes qui viendront, du monde entier, chercher la Muse dans mon île. Je publierai des livres, aux côtés d'un époux sculpteur ou peintre. S'il s'avère être médecin, la poésie sera son violon d'Ingres.

Au mois de mai, les élèves du Secondaire sont chaperonnées aux Floralies Internationales d' Orléans. Le village gaulois d'Astérix et Obélix a été recrée de toutes pièces, grandeur nature. Mes petits frères auraient été si heureux de cette visite ! Au retour, je m'acharne à la préparation des examens de fin d'année, visant le prix d'excellence. L'imminence de l'été sème un vent d'excitation chez les internes, avec la perspective du retour en famille. Nous nous communiquons nos adresses, avec promesses formelles d'échanges épistolaires. Des liens ont été forgés. Nous avons écrit, ensemble, une page d'histoire, à la croisée de nos chemins…

Révérende Mère m'offre, à ma grande surprise, un cadeau de rêve : me faire passer en secret les examens du troisième trimestre une semaine avant la date prévue et accompagner les Terminales à leur voyage de fin d'études, escortées par Sœur Jean. Le Luxembourg, la Suisse, la Belgique et les villes- frontières d'Allemagne constitueront notre itinéraire.

L'Europe fait étalage de ses trésors. Conquise par le charme envoûtant du « vieux continent », je noircis les pages de mon journal, le soir… À Verdun, au nord de la France, où se déroula la bataille la plus longue de la première guerre mondiale, nous nous recueillons à l'Ossuaire de Douaumont. Au Luxembourg, le village pittoresque d'Esche-sur-Sûre, fait ma conquête. Le château de Beaufort expose sa fameuse salle de torture aux visiteuses. Ma nuit est peuplée de cauchemars : guerriers moyenâgeux menaçants, portant armure et javelot. À Trèves, en Allemagne, sur les rives de la Moselle, nous déjeunons de choucroute et saucisses et posons, pour un portrait de groupe, au pied de la Porta Nigra, construite au temps de César Auguste. En Suisse, je perds mes facultés, séduite par la beauté de ses paysages de cartes postales… J'épouserai un Suisse, un jour, pour vivre au cœur du plus merveilleux pays de la terre ! Les élèves de Terminale me comblent de leur sollicitude d'aînées et me gavent de chocolat.

Petite Antillaise éblouie, l'Europe m'a offert l'opulence de sa magnificence et la richesse de son histoire. Lorsque les murs de Saint Joseph surgissent à l'horizon, mon merveilleux conte de fée s'achève. Seule dans le grand dortoir vide, je comprends, ahurie, que les internes sont parties dans leurs foyers. Les vacances d'été ont officiellement débuté !

Agnès, Ishtar, Sophie et Gisèle m'ont laissé une touchante note d'adieu dans ma chambrette. Je devine qu'Agnès, la plus affectueuse de notre groupe, a rédigé la missive signée par mes amies de cœur. Elles expriment leur regret de n'avoir pu me dire au-revoir et pensent déjà à nos retrouvailles en septembre prochain : « Écris-nous d'Haïti ! conclut le message. »

Le silence des lieux me pèse ! L'absence brusque de mes camarades jette, sur mon cœur, un manteau de tristesse. Je pénètre, furtive, dans leurs chambrettes respectives, espérant m'imprégner de leur ombre fidèle, cherchant le moindre indice de leur présence. En partant avec les Terminales pour leur voyage d'Europe, j'ai opté, sans le savoir, pour une séparation brutale avec les camarades qui partageaient mon quotidien, ma vie d'interne. Nous étions devenues des amies, des complices ! Comment pourrai-je supporter leur absence ce soir, seule parmi cette double rangée de lits vides ? Nous reverrons-nous ? Qui sait, au fond ? La vie a le don de nous surprendre, toujours !

Des pas légers dans le couloir me tirent de ma rêverie. À mon grand soulagement, Sœur Marie Laurence arrive, souriante : « Je suis heureuse de vous revoir. Avez-vous fait bon voyage ? »

Elle s'approche et me saisit spontanément les mains. Une joie sincère se lit sur son visage. Je scrute, silencieuse, la silhouette familière dont j'avais presqu'oublié l'existence, dans l'euphorie de mon voyage d'Europe. Sœur Marie Laurence est un havre de paix. Je prie, tout bas, qu'elle ne me laisse à ma solitude angoissante ce soir.

« Je vous remercie, ma Sœur, d'avoir facilité ce voyage inoubliable pour moi. J'aimerais, avant mon départ pour Haïti, pouvoir exprimer ma gratitude à Révérende Mère aussi.

– Vous en aurez l'occasion demain soir. Vous êtes conviée à une petite réunion d'adieu où les Terminales prendront congé des religieuses, avant de repartir dans leurs familles. »

En gardienne légale avisée, mon professeur s'est occupé de mes formalités de voyage durant mon absence et me remet passeport et billet d'avion pour Haïti. Il ne restera plus qu'à boucler ma valise et faire, moi aussi, mes adieux. Sœur Angèle surgit au dortoir et propose que Saint Joseph store mes vêtements d'hiver jusqu'à mon retour en septembre… Je partirai avec ma guitare, et l'espoir qu'un jour, j'apprendrai à en tirer de vraies notes de musique ! Sœur Marie Laurence sera de garde ce soir-là. Je devine qu'elle se veut disponible, pour son élève. Elle me remet mon bulletin trimestriel. Je me suis surpassée, décrochant une moyenne au-delà de mes espérances. Mon professeur a écrit des propos élogieux à la colonne des commentaires et j'imagine déjà la fierté de mes parents quand ils recevront mon carnet de notes !

Le moment est propice à un dernier échange. Mais, l'imminence du départ et les sentiments contradictoires de joie et de tristesse qu'il provoque, paralyse toute expression de gratitude en moi ! Il est si difficile parfois de dire merci... En prenant congé ce soir, je me contente de dire :

« Bonne nuit, Sœur Marie Laurence.

– Bonne nuit Myriam, répond-elle, en écho. »

Puis elle s'en retourne, sereine, vers sa chambrette de surveillante au fond du couloir, habituée, depuis tant d'années, à donner plutôt qu'à recevoir, à semer le grain du service, pour récolter, en retour, le silence.

La soirée d'adieu du lendemain me permet de mesurer l'attachement des Terminales aux religieuses qui ont parcouru, à leurs côtés, la route difficile qui conduit à la maturité. Après les petits fours et les rafraîchissements, Béatrice, au timbre éloquent, remercie la communauté de Saint Joseph dans un discours improvisé qui fait verser des larmes discrètes. Révérende Mère, en leur remettant leur dernier bulletin, offre des conseils pleins de sagesse aux « grandes » de Saint Joseph, qui s'apprêtent à affronter la vie.

Attentive à ne point troubler l'émotion ambiante, je reste à l'écart, silencieuse. Dans deux ans, ce sera au tour de ma promotion de prendre congé. J'imagine déjà Agnès et Ishtar dans la fièvre de l'au-revoir. La vie est ainsi faite... Des liens se forment pour ensuite être brisés.

Le point culminant de la soirée est la bouleversante scène d'adieu entre élèves et professeurs qui s'étreignent longuement au son de sanglots étouffés. Par l'étalage de leurs émotions, les Terminales m'offrent une profonde leçon : La vie nous offre parfois, l'espace d'un éclair, la chance de laisser parler notre cœur. La page tournée ne nous appartient plus après !

Je me suis rapprochée timidement de Sœur Marie Laurence. Elle a compris. Ouvrant simplement les bras, elle m'accueille comme une « grande » qui part vers la vie, elle aussi. Je parviens enfin à murmurer : « Sœur Marie Laurence, merci. Merci pour tout ! »

Puis elle recueille, au creux de son épaule, les sanglots de son élève qui, étrangement, se rappelle sa première nuit à Saint Joseph. Le lendemain, je pars pour Haïti, emportant dans mon cœur les trésors reçus de France, l'année inoubliable de mes quinze ans !

~ * ~

DEUXIÈME PARTIE

Le Parcours

~ 34 ~

Paris : Notre-Dame – Septembre 1967

L'automne s'annonce frais, à mon retour d'Haïti. Déjà, les parisiens revêtent leurs imperméables. Notre-Dame offre un cadre splendide, niché à l'entrée de Paris, avec ses bâtiments modernes et ses grandes baies lumineuses. Une chambrette individuelle m'attend au dortoir. Je demeure extasiée de la visite au laboratoire, équipée d'instruments ultramodernes. La directrice, Révérende Mère Pascale, se charge de mon orientation. L'Ordre des Mariales ayant approuvé la modernisation de l'habit religieux, cet établissement parisien est le premier à l'adopter. Le court voile qui s'arrête à la hauteur de l'épaule devient le signe marquant de l'appartenance, à Dieu, des Sœurs congréganistes, désormais.

À seize ans aujourd'hui, je suis une « grande » qui affronte bravement sa nouvelle vie. Yvette n'est pas au rendez-vous pour cette rentrée scolaire en France. Saint Joseph a tout prévu pour mon transfert à Notre-Dame, en classe de Première D (Sciences). Je retrouve, soulagée, ma malle de vêtements d'hiver rangée sous mon lit. Sœur Angèle a tenu promesse. Une lettre d'Agnès, qui continue la branche littéraire à Saint Joseph, m'attend déjà dans ma chambrette. Elle m'apprend qu'Ishtar, enrôlée en section B (Sciences Politiques) a été transférée aux Colombes à l'autre bout de Paris. Mais j'ai opté de couper tout lien avec Saint Joseph et le passé que ce nom évoque. D'ailleurs l'édifice de nos relations s'était effrité depuis les vacances de Pâques… Le temps et le silence feront leur œuvre de tasser les souvenirs. Toute attache affective entrave, finalement, les études. J'appréhende déjà le Bac qu'il faudra décrocher et offrir, en trophée, à mes parents, à mon retour au pays natal.

Contrairement à mes prévisions, je m'adapte en un clin d'œil à ma nouvelle existence de pensionnaire à Notre-Dame. La peur de l'inconnu, qui me hantait, est démystifiée. Je n'ai eu d'autre choix que d'affronter cette peur seule, en brave. Mes craintes, amplifiées au départ, sont réduites à des proportions réalistes. La vie, à nouveau, me sourit. Karie, qui fera sa médecine plus tard, m'adopte spontanément. Ses parents, d'origine libanaise, m'invitent chez eux les fins de semaine. « Les liens de la race » rappellent Nassim et Yamilé Assam. Ils s'offrent à jouer le rôle de correspondants officiels et refusent toute rémunération financière à laquelle ont droit ceux qui acceptent d'accueillir l'étudiant étranger au sein de leur famille.

« Vous serez, en échange, les hôtes de Karie en Haïti cet été. »

Cet arrangement me comble d'aise. Leur luxueux appartement, au cœur de Paris, devient l'exutoire, le changement d'horizon bénéfique après nos semaines ardues de pensionnaires studieuses à Notre-Dame. L'influence de ma camarade m'est salutaire. Fille unique, elle fréquente peu les garçons et s'applique déjà à préparer son Bac, qu'elle espère décrocher avec mention, l'an prochain. Ses parents nourrissent pour elle de fortes ambitions et Karie ne les décevra pas. « Après ma médecine, je songerai au mariage, annonce-t-elle avec conviction. »

Pas une seconde je ne mets en doute sa parole, sa calme détermination revêtant force de loi. Karie, cheveux tirés et lunettes rondes, est un personnage réservé. Sa volonté, ses ambitions académiques et sa ténacité sont les atouts sûrs de sa réussite future. Sous ses vêtements trop amples, on devine une silhouette harmonieuse et souple. Ma camarade plait aux jeunes gens studieux qui fréquentent les musées, ou la bibliothèque municipale, les samedis après-midi. Mais Karie décourage toujours leurs timides avances : « Pas le temps, Myriam. Un amoureux attitré viendrait tout compliquer. Nous y songerons après le bac ! »

Mais je suis une fille des îles qui garde, au fond du cœur, la nostalgie de la danse. Évangeline, qui fréquente une « boite » antillaise, m'invite un jour. Ève est à Notre-Dame la version modérée d'Astrid de Panière. Elle a appris cependant à concilier études et sorties : « L'excès en tout nuit, ma chère Myriam, rappelle-t-elle avec sagesse. » Fait-elle allusion à notre studieuse Karie ? La permission de Notre-Dame obtenue, je sollicite aussi, par souci d'ouverture, l'approbation de mes hôtes pour la nuit du samedi chez Évangeline.

Karie refuse poliment de m'accompagner : « Vas-y, Myriam. Je ne danse pas. D'ailleurs, je préfère avancer mes révisions de sciences. »

Je quitte, l'âme coupable, mon amie ce soir-là. Ève, voiturée par sa mère, m'attend au rez-de-chaussée. Karie murmure : « sois sage » en refermant la porte sur mon passage. Je demeure la jeune amie pleine d'exotisme, que l'on épaule et comble de conseils. « Qui es-tu, Myriam ? », questionne, en sourdine, la petite voix de la raison… Mélange confus et disparate de Karie et d'Ève ! À quel âge assume-t-on pleinement sa propre personnalité ? Quand devient-on cet être que l'on était destiné, depuis toujours, à devenir ? Reçoit-on un jour une révélation fulgurante ? Ou alors discrètement, sans fanfare ni trompette, reconnaît-on enfin le chemin qui nous mènera à notre propre vérité ?

~ * ~

Je vis un moment historique : le retour de Dalida à l'Olympia en Octobre 1967, après son suicide raté d'il y a quelques mois. Ses fans, dans la salle comble, lancent des gerbes de fleurs aux pieds de leur idole. L'émotion se devine, dans sa voix. Karie, amusée de mon fanatisme, m'a accompagnée. Après deux heures d'attente, à la sortie des coulisses, la vedette pose sa signature sur ma pochette de disque. Elle me dévisage une seconde. Je crois que je vais défaillir.

« D'où venez-vous ? ».

Je réponds, émue : « d'Haïti. »

« Ah ! Les pays de soleil ! »… Puis la star disparait, laissant derrière elle un sillon lumineux !

~ * ~

La perspective des fins de semaine chez les Assam me donne des ailes le vendredi. La chambre d'amis est désormais ma chambre. Qu'ai-je fait pour mériter l'aubaine de ce foyer qui m'accueille à Paris après nos semaines studieuses à Notre-Dame ? Karie, ponctuelle comme une horloge, regagne toujours son lit après vingt et une heures, et je m'octroie alors le grand bonheur d'un tête-à-tête avec ma muse.

Mon calepin noir et ma Parker sont toujours au rendez-vous, discrets, au fond de ma valise. Je ne fais pas un pas sans eux. Ils sont les instruments fidèles de l'écrivain en herbe, qui marche au cœur de la vie, son rêve secret enfoui dans son cœur. Mes petits-enfants liront, un jour, les chroniques de mon passage en France ! Dans la solitude de ma chambre parisienne, une muse capricieuse m'emporte parfois vers les rives ensoleillées d'Haïti. Par la magie du mot écrit, je fais surgir, nostalgique, ma famille, mon pays… Lorsqu' un cafard sourd s'installe et refuse de me quitter, je donne alors le change à mes hôtes, pour ne pas les peiner. Ève passe me chercher parfois. Chaperonnées par son cousin et sa fiancée, nous nous adonnons, avec bonheur, au plaisir de la danse, au cœur d'une ambiance disco. Prudente, je rejette toujours toute promesse d'amitié durable avec mes cavaliers d'un soir : « Je suis pensionnaire d'un établissement religieux avec de rares permissions de sortie ! »

J'ai choisi de baigner, sans attache ou boulet à la cheville, dans la culture française, jouissant avec délices de cette enivrante liberté du cœur… Myriam, citoyenne du monde, s'ouvre à la vie et à ses merveilleuses surprises ! J'adore nos flâneries parisiennes, où Karie se moque gentiment des messieurs fougueux qui nous emboîtent

le pas. Mon type différent aiguillonne la curiosité des plus hardis :
« D'où venez-vous ? Égypte ? Grèce ? Italie ? »

Je me contente de sourire, laissant flotter le mystère. La ville- lumière
m'a envoutée ! Tout m'enchante : les immeubles anciens, qui cachent
pudiquement une tranche d'histoire, les petites rues de quartier, les
hommes pressés, baguette sous le bras, les étalages de vins et de
fromages. J'aime aussi les cafés sympathiques, sans prétention, où,
devant nos tasses fumantes, Karie et moi construisons des châteaux
d'Espagne.

J'imagine parfois, une touche d'envie, Jean Paul Sartre et Simone
de Beauvoir, écrivant ensemble des chefs-d'œuvre littéraires, à la
terrasse d'un café parisien…

~ 35 ~

Mark eut la délicatesse d'attendre mon retour en Haïti pour annoncer son arrivée. Papa et mes petits frères m'attendaient à la descente d'avion, à l'Aéroport François Duvalier. Grand- père, avec fierté, accueillait sa jeune « Parisienne ». Leilah chuchota qu'il fallait ménager Yvette. En m'approchant de la chaise-longue, je remarquai la mine fatiguée de celle qui attendait, dans l'anxiété, la délivrance... James et Leilah transportèrent Yvette, deux jours après mon retour, à la maternité où l'attendait le médecin, un soir torride de juin. L'accouchement serait difficile... Par chance, aucune tempête politique ne montrait de nuages sombres à l'horizon. Je gardais une réserve prudente, inquiète d'une répétition cruelle du drame qui m'avait laissée orpheline de mère... Je sus, au petit matin, qu'un quatrième petit frère était venu au monde par césarienne.

L'arrivée de Mark s'était soldée par des complications d'ordre médical qui avaient abouti à une ligature des trompes. Un air de mystère flottait dans l'air. Les dames qui rendaient visite à Yvette, portaient le masque de la désolation sur leur visage. Yvette se remettait difficilement de son opération. Je surpris ses larmes, un jour... Elle pleurait, cet été, l'arrêt de sa fécondité. Notre culture antillaise considérait une femme de quarante ans toujours à la « fleur de l'âge », dans l'ère de la procréation. Yvette souffrait dans sa chair, et dans son cœur...

Par un curieux rappel du sang, Mark ressemblait à un portrait miniature de Grand-père : brun, cheveux frisés, rappel éloquent de nos racines africaines. Je raffolais de ce petit frère qu'Yvette, épuisée, me confiait au petit matin. Ses yeux cernés reflétaient ses combats nocturnes. Mark et moi causions des heures, regards entremêlés, sur la dodine. Dans ce langage silencieux, près de ce petit cœur qui battait en unisson au mien, je frôlais le bonheur... Yvette m'avait avoué, avec simplicité, la nature de sa récente intervention chirurgicale, dans la solitude de sa chambre où je l'aidais à changer les couches de Mark : « Myriam, tu seras notre seule fille. »

Sa tristesse me fit mal. J'aurais voulu trouver les paroles qui réconfortent, et mettent du baume sur la plaie vive... Mais les mots se nouaient à ma gorge. Je trouvai la force de dire, en écho à ses paroles émouvantes : « Je serai toujours là pour toi ! » Elle me serra alors sur son cœur... Je devinai qu'elle pleurait. Mais son moment d'abandon serait bref : d'un tempérament discret, Yvette ne faisait pas, d'habitude, étalage de ses sentiments, par pudeur. Cet été qui suivit ma première année d'études en France, ne serait pas comme les autres. Je le pressentais !

Jamais auparavant je n'avais ressenti le mystère de la vie et sa fragilité dans son essence aussi profonde. Nous avions tous craint pour la santé d'Yvette ! Je redécouvrais la femme exceptionnelle qu'elle était. Ses entrailles fécondes avaient produit un quatrième garçon, et elle souffrait dans sa chair aujourd'hui, après un accouchement difficile. J'aurais tant voulu pouvoir m'abandonner en toute confiance et l'interroger sur ma tendre enfance : avais-je été un doux bébé, facile à élever, ou un petit être agité et gourmand, comme Mark ? Et, la grande question qui, aujourd'hui encore me hantait, laissant dans mon cœur une soif inassouvie de tendresse humaine : « M'as-tu aimée autant que tes propres enfants ? »

Hélas, en écho à cette question que je ne formulerai jamais, ma raison offrait la réponse logique : comment aimer, d'un même amour, l'enfant d'une autre, et la chair de sa chair ? Je resterai, pour toujours, la fille de Claire, partie trop tôt...

Cathy, ma grande amie, venait me voir parfois, à l'heure de la sieste. La lourde caresse du soleil nous surprenait doucement. Une lente paresse nous enveloppait. Yvette rattrapait un peu de sommeil, et nous profitions pour jouer avec Mark. Nous le bercions à tour de rôle, notre poupée vivante, rêvant déjà du jour où nous serions mamans.

Mais il faudrait d'abord rencontrer le prince charmant ! L'amie se lamentait : « Il ne reste plus de garçons intéressants à Port-au-Prince. Ils sont tous partis à l'étranger. »

Elle ne parlait plus d'entrer au couvent. Je regardais à la dérobée celle qui avait partagé mon enfance heureuse. Mon année à Saint Joseph m'avait changée. Par une pudeur nouvelle, je n'avais soufflé mot de Christian, ou de Roméo. Je racontai avec force de détails, par contre, ma vie d'interne en France ! J'avais revu Sergo et Patrick aux soirées dansantes où nous étions conviés. Comme d'habitude, ils cherchèrent à flirter dans le rapprochement de la danse. Je souhaitais m'adonner aux joies de la méringue sans arrière-pensée, heureuse d'être à nouveau une fille des îles !

Mes cavaliers, dépités de me voir repousser leurs avances, m'accusèrent d'avoir en France un petit ami ! Ce soir-là, nous avions boudé. Le garçon au teint de pêche mûre s'amusa à me narguer, serrant très fort sa nouvelle cavalière sur la piste de danse. Humiliée, je jouais à la grande dame indifférente mais mon orgueil féminin encaissait mal le coup. J'imaginai, furieuse contre moi-même, mes vacances d'été gâchées, lors de soirées dansantes sans mon cavalier favori ! Était-ce cela, la vie des jeunes, aux Antilles ? Une fête perpétuelle de la danse, à l'ombre sournoise de la dictature, jusqu'au mariage ?

~ 36 ~

Michel m'aborde, un samedi après-midi où nous fouinions, Karie et moi, dans les étalages poussiéreux des bouquinistes des quais de la Seine. Ce grand garçon maigre, au doux regard, touche à la corde sensible de mon cœur. Je devine qu'une amitié s'apprête à éclore. Michel m'indique quelques-unes de ses toiles, qu'un vieil ami essaie de vendre pour lui, près de son étalage de livres.

Je contemple, fascinée, l'auteur et ses créations. Mon tempérament d'artiste reconnait une âme-sœur. Nous avons déambulé parmi les bouquinistes endormis et les gravures de Notre-Dame de Paris, jonchées sur les trottoirs. Karie nous retrouve et jette un regard suspicieux à celui qui lui tend la main : « Michel Dalcourt, étudiant à la Sorbonne. »

Sur le chemin du retour, j'avoue à Karie que Michel m'attendra, samedi prochain, près de l'étalage de livres de son ami. Elle m'invite à la prudence. Je sais pouvoir compter sur ce caractère réservé, qui ne fait aucun commentaire, à notre arrivée chez ses parents. Nos flâneries hebdomadaires deviennent une douce routine qui se renouvelle avec la complicité tacite, sinon approbatrice de Karie.

Je retrouve Michel, et, main dans la main, nous parlons peinture, et littérature. Karie m'annonce sans préambule, un jour, qu'elle compte désormais espacer nos promenades du samedi. Je baisse la tête, respectueuse des désirs de mon hôte. Michel me serre longuement la main, en prenant congé. J'apprécie sa réserve, qui ne force rien, ne réclame rien, contrairement aux danseurs d'un soir, anxieux de nouer des liens. L'artiste peintre se contente des menus cadeaux qu'offre la vie à chaque nouvelle journée, chaque nouveau visage croisé au hasard d'une rencontre.

« Viens quand tu pourras, Myriam. Je serai là, à t'attendre. »

L'année scolaire s'écoule à une vitesse folle. Dépouillée de toute attache affective qui entrave parfois le parcours, j'apprends à concilier études et loisirs. Avec Karie, nous fréquentons musées et bibliothèques. Parfois, nous accompagnons ses parents à des conférences scientifiques où Monsieur Assam prend la parole. Sa femme occupe un poste de haute direction dans une firme étrangère. Ma camarade évolue dans un cercle où prime l'intellect, plutôt que l'affection.

Cette période de ma vie me convient parfaitement, m'offrant l'attrait du défi intellectuel. Agnès fut ma grande sœur attentive à Saint Joseph. Karie me force à pénétrer dans les recoins insoupçonnés de mon intelligence. L'adolescente timide en béret bleu fait partie d'un autre cadre, d'une autre époque… Influencée par Karie, dont l'avenir de médecin est déjà tracé, j'ai la ferme conviction de faire, un jour, carrière dans la recherche médicale. La salle de laboratoire de Notre-Dame offre le décor idéal à ces résolutions de l'esprit.

Mon journal connait alors une période creuse de silence…

~ 37 ~

Juillet touchait à sa fin quand le destin, d'un coup de théâtre imprévu, nous enleva Grand-père ! Il s'effondra à son bureau, foudroyé par une crise cardiaque, un mois après l'arrivée de ce petit-fils qui était sa reproduction miniature. Grand-mère, sa fidèle compagne depuis plus de quarante ans, plongea dans un état second. Prostrée, Leilah, à la verve d'ordinaire intarissable, s'emmurait dans un silence poignant. Yvette, qui se remettait difficilement de son opération, rassembla ses pauvres forces pour entourer sa mère. Dans la faiblesse de celle qui lui avait donné la vie, elle devenait forte !

Leilah, désemparée, obéissait docilement à sa fille, qui l'invita à venir vivre avec nous à Bourdon. Marguerite prépara la chambre d'amis, et mit en son honneur des draps brodés. Papa, avec philosophie, avec résignation, regardait s'écrouler l'édifice de sa vie tranquille, au sein du noyau familial. Le « Tout Port-au-Prince » avait défilé au Bois Verna : les notables de la ville, les amis éplorés, les fidèles employés. On faisait l'éloge de Charles Deveaux, cet homme de bien... Marguerite, infatigable, servait le café fort aux amis venus présenter leurs condoléances.

Yvette qui, en dépit de sa récente intervention chirurgicale s'était montrée forte depuis la mort de son père, procédant avec méthode aux multiples arrangements des funérailles, flancha le jour de l'enterrement. La vue du cadavre figé, étendu dans le cercueil de bois précieux capitonné de soie, mit ses nerfs à l'épreuve. Dans cette profusion de fleurs qui entourait l'être cher et meublerait plus tard sa dernière demeure, la silhouette mince, vêtue de noir, s'agenouilla. Secouée de sanglots convulsifs, Yvette répétait inlassablement, le front penché sur le cercueil : « Papa ! O ! Papa ! »

Un drame éclata : le visage soudain livide, Yvette eut un malaise et perdit l'équilibre. Mon père, d'un tour de bras vigoureux, l'emporta au dehors, où l'air frais l'aida à se remettre. Une sourde consternation régnait dans le salon mortuaire, où parents et amis arrivaient, pour soutenir notre famille éplorée. Un voile brumeux enveloppa, dans mon esprit, le souvenir de la cérémonie religieuse... Mais je me suis souvenue de l'odeur de l'encens... Grand-père a été mis en terre, à côté de Claire et de Robert, ses enfants.

~ * ~

« Je comprends... Je comprends ! »

Allongée sur le lit voisin du mien, Cathy répétait, avec l'affection d'une grande sœur, qu'elle comprenait mon état d'âme et non, je ne n'étais pas responsable de la mort de ma mère. J'abordais, pour la première fois, mon statut d'orpheline avec elle. Les parents de mon amie m'avaient conviée à passer la nuit chez eux, après les funérailles. La vue du cadavre figé de Grand-père m'avait remuée... Pour la première fois de ma vie, j'avais vu la Mort en face !

Cathy, mise au courant depuis des années par sa mère, à propos de Claire, joua le jeu de l'ignorance, par amour pour moi. Comme j'avais été naïve de croire qu'en Haïti, les secrets de famille étaient à l'abri ! Je m'aventurai à lui demander si Grand- père m'avait, selon elle, rendue responsable de la mort de Claire. Cathy garda un silence prudent... Je mis son amitié à dure épreuve ce soir-là, réclamant d'elle des réponses que son jeune âge et son inexpérience ne permettaient point d'offrir.

~ * ~

Grand-mère voyait s'écrouler, sans crier gare, son monde autour d'elle. Grand-père avait été le centre de sa vie, le chef, l'homme aux mains d'artiste qui avait modelé son cœur et son corps, et fait d'elle une femme heureuse. Plus de quarante ans de bonheur aux côtés de son mari ! Qu'allait-elle devenir ?

Leilah suggéra que notre famille vienne vivre avec elle dans la grande bâtisse de six chambres à coucher du Bois Verna, trop vide depuis le départ de Grand-père. Elle avait vécu sa vie de jeune épouse, entre ces murs. Ses enfants avaient grandi au Bois Verna. Elle en avait perdu deux, aussi. Comment abandonner une maison si riche en souvenirs, où la vie avait tissé le bonheur et le malheur, pour en faire la grande tapisserie de sa vie ?

Mes parents s'étaient disputés. James avait catégoriquement rejeté la proposition de Leilah qui, ayant perdu le centre de sa vie par son veuvage, tentait désespérément de s'accrocher à la seule fille qui lui restait. Leilah, vaincue, résignée, accepta la solution de Papa : mettre en location la maison du Bois Verna qui abrita les générations Deveaux. Elle occuperait, à Bourdon, la chambre d'amis. Le montant des loyers permettrait, à l'avenir, la construction d'un bungalow adjacent à notre maison, où Leilah jouirait d'une certaine indépendance, tout en bénéficiant de la proximité de sa fille, son gendre et ses petits-enfants.

Mon cœur saignait, en contemplant l'aïeule aux cheveux gris qui ressentait, dans un silence pénible, l'écroulement d'une tranche de sa vie. L'absence de Grand-père avait transformé nos existences et nous avait plongés dans le désarroi total ! Je souhaitais revenir à ce passé si proche, où la famille baignait dans un bonheur paisible… Tout changement à l'ordre immuable des choses me bouleversait toujours.

~ * ~

Je partais tous les matins avec Leilah et Yvette, portant, tel un colis précieux, mon petit frère que je berçais maternellement. Grand-mère et sa fille mettaient en caisse les souvenirs : photos, lettres, bibelots, ces témoins éloquents d'une époque qui ne reviendrait plus. Yvette, avec patience, prenait les décisions, offrait une épaule consolatrice aux larmes de sa mère, l'aidait à choisir les menus trésors à conserver et enveloppait chaque objet, précieux mais fragile aussi, comme la vie elle-même...

Mark aussi réclamait ses droits : Yvette s'arrêtait alors, se préparant discrètement à l'allaitement de son fils. Avec mille précautions, je lui offrais le petit être vagissant, qui s'emparait goulûment d'elle, puis, comme par magie, se calmait...

Leilah se résigna à l'invasion sacrilège d'étrangers chez elle. Un Organisme à but non lucratif prit logement entre nos murs, peu de temps après la mise en location officielle des lieux.

Ils acceptèrent les conditions de Grand-mère : Dieudonne et sa fille continueraient d'habiter le bungalow qui était devenu la demeure de mère et fille. Grand-père parti, Leilah prendrait en charge l'écolage de Ti Sò. André conserverait son poste : il prendrait soin de la grande cour, son fief depuis tant d'années, et garderait sa chambre, dans les dépendances. Apaisée, Leilah partit, sachant que « son monde fidèle » veillait pour elle...

~ 38 ~

Au mois d'août, la famille s'était retrouvée à Montinar pour les vacances annuelles à Kenscoff. Yvette décida de fermer l'agence de son père, pour remaniement du personnel. Mr. Landry, bras droit de Grand-père, se rendrait au bureau pour liquider les affaires pressantes. Le départ de Charles Deveaux alourdissait la charge que portait déjà sa fille sur ses pauvres épaules : Yvette, convalescente et nourrice, tenait les rênes d'une maison et la gérance d'un mari, de cinq enfants et d'une mère désemparée depuis son veuvage. Je m'étais juré de la seconder en lui prêtant main-forte avec Mark.

*Je jouissais, avec délices, de la fraîcheur aux senteurs de terre et de feuillages, loin des chaleurs torrides de la ville. Ce contact étroit avec la nature me ravissait, réveillant en moi la quête du Beau et de l'Absolu. Le changement d'air, après ce mois de juillet éprouvant, nous serait bénéfique à tous. Sur **mon** rocher, à l'ombre d'un grand pin, je tenais mon journal. Parfois je m'allongeais à même la pierre, pour contempler le ciel. Lorsqu'une brise légère caressait mon visage, je fermais les yeux, nageant dans un bonheur tout primitif, qui me procurait une joie indicible, incompatible avec notre deuil récent.*

À l'arôme de la soupe aux légumes, je regagnais la maison qui renfermait tant de bons souvenirs pour Grand-mère : sa lune de miel avec son époux... Ses fillettes, qui lui cueillaient des fleurs, au retour de leur promenade. Yvette reprenait ses couleurs, entre les murs de son enfance heureuse. Papa berçait Mark, qui disparaissait dans ses bras, sur la dodine d'acajou du salon. Mes petits frères, promus explorateurs, s'adonnaient à la passionnante découverte des collines et vallées avoisinantes, avec Tonton, le fils du gardien. Aucune ombre ne viendrait ternir la sérénité d'une famille endeuillée qui s'offrait le temps d'une halte, avant l'affrontement inévitable du quotidien, en septembre... Pourtant, une lettre en provenance de France, adressée à mes parents, amena le bouleversement dans le refuge tranquille de

Montinar. En termes clairs et précis, la direction de Saint Joseph nous prévenait de l'orientation littéraire que prendrait l'établissement en septembre, et la nécessité pour moi d'un transfert à l'Institution Notre-Dame, qui m'offrirait l'encadrement dans la branche scientifique que j'avais choisie.

Pourquoi ce changement à l'ordre immuable des choses ? Je revis ma première nuit au dortoir glacial de Saint Joseph, et Sœur Marie Laurence recueillant mes sanglots de jeune exilée. L'adaptation n'avait pas été sans peine, ni sans larmes... Des amitiés avaient germé aussi pour devenir, avec le temps, de belles fleurs épanouies... Mes pensées se tournèrent vers Agnès et Ishtar. Je ne souhaitais pas cultiver de nouvelles amitiés, ni m'adapter à une autre vie, un nouveau cadre ! Le parc de Saint Joseph, le banc de Chateaubriand qui défiait les siècles, étaient devenus mon fief... Prise de panique, je suppliai mon père de m'inscrire à la section littéraire à Saint Joseph. Il me répondit sèchement : « Les Lettres n'envoient pas au marché ! »

Yvette, qui m'avait accompagnée en France, comprenait, mieux que Papa, les affres émotionnelles de l'adaptation et se sentait prise entre l'enclume et le marteau. Ils se disputèrent. Mon père, d'un ton qui n'admettait point de réplique, trancha la question : Je suivrai la voie des sciences à laquelle il m'avait toujours destinée. Les dés étaient jetés, et mon sort décidé par autrui. Le message de la lettre était, d'ailleurs, clair comme l'eau de roche : « Notre-Dame offrira à Myriam le cadre idéal à la poursuite d'une branche scientifique. Les formalités sont en cours pour son transfert à notre établissement parisien. »

Mes vacances à Montinar étaient gâchées... Mark seul trouvait grâce à mes yeux, se contentant de m'observer béatement, comblé de trouver refuge dans mes bras. Je me surpris à envier mon petit frère, à souhaiter la simplicité de sa jeune vie, ses seules occupations se limitant à manger et dormir. Une lettre d'Agnès, qui continuait la branche littéraire à Saint Joseph, porta le dernier coup de grâce :

« *Sœur Marie Laurence a été mutée pour l'Afrique et part, dans les prochains jours, pour le Congo.* »

Le destin était à blâmer pour mon transfert à Notre-Dame. Mais en quittant la France sans souffler mot à son élève, Sœur Marie Laurence optait pour une coupure définitive avec tout ce que Saint Joseph avait représenté pour la jeune étrangère venue d'Haïti. J'ai compris, en ce jour décisif, que je ne pardonnerais pas l'abandon de notre professeur, partie sans crier gare ! La rancœur s'installa, tel un poison destructeur, rejoignant celle que m'inspirait Yvette autrefois, les nuits où je pleurais en silence l'absence de Claire.

Septembre : j'ai soufflé seize bougies et bouclé ma valise. En prenant l'avion pour Paris, j'avais séché mes larmes. Plus rien ne m'attacherait, désormais, à ce vieux château du dix-huitième siècle, qui avait décidé de me tourner le dos. L'image de l'étudiante timide, en blazer bleu et chaussettes longues, gravissant émue le grand escalier de briques aux côtés d'Yvette, s'imposa le temps d'un éclair, à la mémoire. Puis elle disparut, tel un petit point obscur à l'horizon... Aujourd'hui, Myriam Tyler, jupe droite et bas de nylon, partait seule, avec courage, vers cet avenir qui lui révèlerait enfin, au tournant de l'angoisse et des doutes, son vrai visage !

~ 39 ~

Michel est devenu l'ami dont mon cœur avait soif. Une connexion, un fluide se transmet de l'un à l'autre, dans un silence partagé, un sourire timide, une confidence pudique sur un banc public. Nous nous revoyons à intervalles intermittentes. Mais il est toujours là à m'attendre, adossé au parapet surplombant la Seine, l'œil brillant d'une joie sincère. Mon statut d'invitée de la famille Assam ne permet, de sa part, aucune tentative de rencontre. Je deviens l'initiatrice de nos retrouvailles, au poste de commande d'une relation affective qui émerge…

Nous avons glissé, sans nous en rendre compte, dans une zone de clair-obscur, une amitié amoureuse. Karie, discrète, se réfugie à la bibliothèque, et je retrouve le jeune peintre pour une promenade à deux. Main dans la main, nous échangeons nos rêves, et nos aspirations. Je me laisse aller à la douceur de cette amitié où tout nous sépare : nos êtres, si différents, notre mode de vie, notre condition sociale et nos cultures. Mais nos âmes vibrent à l'unisson et cela nous suffit. Michel devient mon doux secret qui s'épanouit dans l'ombre généreuse de Karie.

Un soir pourtant, elle vient me rejoindre dans la chambre que j'occupe chez ses parents, les fins de semaine. Karie nous a surpris, Michel et moi, enlacés sur un banc, seuls au monde dans la foulée parisienne. Notre retour en métro a été silencieux, le souper sans entrain. J'ai pris congé de mes hôtes, évoquant une migraine. J'observe le front soucieux de ma camarade.

« Myriam, j'espère que ton amitié avec Michel ne deviendra pas un attachement romantique. Nous ne savons rien de lui, au fond. Prends garde que ton cœur ne te joue un vilain tour ! »

Je sens mon visage prendre feu. Karie, pleine de tact, m'offre, en aînée, un rappel à la prudence. Je voudrais la rassurer, lui dire que ce sont les torses larges, capables de me protéger des peines de ce monde, qui font battre mon cœur. Mais l'image du jeune homme maigre, évoquée en pensée, me laisse songeuse... Que représente-t-il pour moi ? Et moi, pour lui ? Est-ce une pure amitié ? Un amour fragile, qui prend naissance ? Cette dernière pensée m'affole.

« Les études me prennent tout mon temps, Michel. Il nous faut espacer nos rencontres ! »

Mon compagnon, tête basse, se résigne aux miettes que je voudrai bien lui accorder, désormais. J'ai décliné son offre de poser pour un portrait, dans son modeste atelier. Il voulait capter, sur la toile, la candeur et la passion de l'adolescence. O, les belles paroles, qui bouleversent l'âme d'artiste tapie en moi ! Mais *prends garde* ! rappelle la voix de la sagesse.

La fin du printemps amène *Mai 68*, la paralysie totale de Paris et le bouleversement du monde estudiantin. C'est la révolution des étudiants ! Lycéens et universitaires, furieux, lancent des pierres, refusant l'ordre établi et rêvent de rebâtir un monde meilleur. Michel embrasse, corps et âme, la cause. Dans la foule des jeunes en furie, il crie sa peine, et chante ses espoirs !

Juin 68. Les aéroports fonctionnent à nouveau. Notre avion touche enfin le sol d'Haïti au grand soulagement de mes parents. Karie se prépare à découvrir les charmes de mon pays !

~ 40 ~

Nous avions débarqué en juin, sous un soleil de plomb en Haïti, Karie et moi, durant une trêve de la révolution des étudiants parisiens et l'ouverture providentielle de l'aéroport. Fille unique, étrangère aux démonstrations affectives de jeunes enfants, elle devint objet d'intense curiosité chez mes petits frères. Ils l'accaparaient sans remords, lui accordant peu de répit. Le visage sobre se déridait, face à la spontanéité de l'enfance. Mark et ma camarade française devenaient de grands amis. Je surpris plus d'une fois Karie, assise sur la galerie fleurie, berçant mon petit frère avec les gestes éternels de l'amour. En me voyant, elle avait rougi, comme pour s'excuser de son moment de faiblesse, de sa touche d'humanité.

J'observais, médusée, les pétales clos d'une fleur tendre qui, timidement, s'apprêtait à éclore. Karie recevait le traitement royal : mes parents lui faisaient fête, en gage de reconnaissance à l'accueil de sa famille, qui m'offrait en France un foyer, les fins de semaine. Journées à la plage succédaient aux promenades à Kenscoff. À l'heure du rituel de l'infusion du soir, mes petits frères réclamaient des anecdotes de ma vie en France. Karie berçait Mark. Junior, mon filleul, blotti contre moi, le pouce à la bouche, s'endormait toujours avant la fin de l'histoire, hypnotisé par le son de nos voix. Mes parents profitaient de la trêve, pour regagner leur chambre à coucher. Marguerite aurait pour tâche d'éteindre les lumières, et de border les petits, comme elle l'avait si souvent fait, pour moi...

Ces visages d'enfants qui nous frôlaient, ressemblaient au bonheur : le vrai, celui qui nous enveloppe, sans prétention, tous les jours, sans qu'on y prête attention ! Leur récit favori : mon séjour à Troyes, à la Toussaint, l'an dernier chez ma camarade Sophie de Maisonrouge. Troyes : ville au style ancien, aux petites rues pittoresques et sombres, aux innombrables bonneteries créant un contraste surprenant avec les bâtisses anciennes cachant une tranche d'histoire. Rien ne manquait pour offrir, à la demeure ancestrale de Maisonrouge, l'allure d'un petit château tout droit sorti des livres d'images de mon enfance : l'emblème et les armes du nom, incrustés dans la muraille ; les gargouilles à la face hideuse ; les vitraux aux motifs chevaleresques ; l'imposante armure de bronze, droite et fière, qui m'effraya à mon arrivée, à l'entrée du vestibule. Cette image provoquait toujours un fou rire chez mes frères.

Cathy nous invitait, escortée de son cousin Patrick, aux surprises-parties qui se succédaient à Port-au-Prince, avec l'arrivée de l'été et le retour des étudiants au bercail. Ma grande amie aurait bientôt dix-huit ans. Épouserait-elle Paul, dans un proche avenir, pour continuer la tradition antillaise d'une nombreuse progéniture à l'ombre des aînés ?... Karie prit goût à notre musique des Antilles, dansa avec Paul et Patrick, changea de coiffure et s'extasia de son bronzage !

Sergo et Patrick se disputèrent nos danses. L'été demeurait cette méringue éternelle, sous la caresse chaude des soirées antillaises. Patrick refusait de croire que mon cœur était libre. Ce grand jeune homme, avec qui j'avais échangé, un soir d'été parfumé de jasmin, mon premier baiser d'amour, m'attendrissait, sans plus. J'eus une pensée coupable pour Michel, le garçon doux qui partageait avec moi une émotion fragile...

Sergo, Patrick, étaient mes « frères » et nos vies trop semblables pour faire éclore une romance. J'avais soif de nouvelles terres, d'un monde aux senteurs inconnues, et riches !

~ 41 ~

Karie, bronzée par le soleil des Antilles, repère nos bagages. À l'aube de ma troisième année en France, il me semble revenir chez moi. L'accent trainant de l'Haïtienne a fait place à celui d'une Parisienne accomplie. Par un curieux revers de circonstance, ma camarade qui a pris goût à la *Méringue* d'Haïti, désire fréquenter les « boîtes » à présent. Mais c'est l'année du Bac, ce point culminant des études vers lequel nous tendons nos efforts, depuis l'enfance et je ferai abstraction de tout ce qui viendra entraver ma réussite. Karie éclate de rire, amusée que je lui rende, en la paraphrasant, la monnaie de sa pièce : « Pas le temps ! Nous y songerons après le Bac. »

Je revois pourtant Michel, à notre retour. L'automne frappe déjà à nos portes. Appuyé contre un parapet, la Seine en toile de fond, ses œuvres à ses pieds, l'ami porte un large pull rouge, trop grand pour ses frêles épaules. Il sourit… J'ai envie de courir dans ses bras, mais la présence de Karie retient mon élan. L'hiver, bientôt, réclamera ses droits ! Tout est éphémère dans la vie : les saisons, les êtres et les choses, je médite avec philosophie.

L'ami me confie : « Je me réveille tous les jours, anxieux de voir surgir, sous mes doigts, l'étincelle de la création. Mai 68 a fait renaître l'espoir pour nous, les jeunes. Je m'accrocherai à mes pinceaux, à mes rêves, même quand je serais le seul à y croire. Myriam poursuit ton rêve d'écriture, même quand tu serais la seule à y croire ! Contre vents et marées ! »

~ * ~

Les préparations du Bac me consument. J'abandonne Michel tout l'hiver, le froid et le stress des études incompatibles avec nos promenades du samedi. Cloîtrées dans nos chambres respectives, les fins de semaine, Karie et moi ne fermons nos livres qu'aux heures de repas, sous l'œil attendri de ses parents, témoins de notre totale dévotion à l'étude. Mais avec le printemps, la nature se réveille d'un long sommeil triste. Les bourgeons éclatent, et proclament une nouvelle naissance. Les oiseaux reviennent de voyage, le beau temps retrouvé.

Et je retourne aussi, auprès des bouquinistes des quais de la Seine, escortée de Karie dont le bronzage de l'été a fait place au teint blême de l'étudiante surmenée. Michel vient à ma rencontre, souriant, comme si nous nous étions quittés hier. Un châle lui entoure le cou et sa fragilité, une fois de plus, m'émeut. Je suis arrivée tôt, anxieuse de le revoir, mais peinée d'avoir à lui faire mes adieux. La chanson de Paul Mauriat : « L'Amour est bleu », que je ressasse sur mon tourne-disque depuis des mois, me hante le cœur… Les événements se précipiteront : le Bac, suivi du départ définitif de la France. À cette pensée, un nœud me serre la gorge. Karie m'attendra à la bibliothèque.

Michel me prend la main, et nous marchons, silencieux. Sa pression de main se fait plus forte. Comment lui annoncer mon prochain départ et lui faire mes adieux ? Je lis, dans son regard triste, la bouleversante résignation du plus faible, face à l'inévitable cours du destin… La France a été un passage, l'étape inoubliable d'un long chemin à parcourir encore ! J'ai rencontré des voyageurs, qui m'ont tendu la main, pour faire un bout de route ensemble, avant de nous séparer.

Michel a rompu son silence : « J'ai un cadeau pour toi. »

De notre banc, nous voyons l'immeuble fatigué qui loge, au sixième étage, son studio. Tiraillée entre ma conscience, qui m'exhorte à la prudence, et le désir de faire plaisir à l'ami, je pénètre, le cœur battant, dans son sanctuaire : un salon minuscule, où pénètre à flot la lumière ; d'innombrables toiles inachevées, jonchées à même le sol ; un chevalet, au coin de la fenêtre ; un divan qui a vu des jours meilleurs, sans aucun doute ; un petit coin cuisine, où trône une énorme cafetière. Je devine que Michel doit dormir sur le sofa, l'unique meuble évoquant un certain confort. Étranglée par l'émotion, je ménagerai pourtant l'orgueil de l'ami.

Je m'extasie de la vue de Paris ! Mais cette note de gaieté sonne faux. L'étalage silencieux de sa pauvreté me frappe de plein fouet. Michel n'est pas dupe. Je le comprends, dans la tristesse de son regard, qui m'enveloppe avec une éloquence poignante. Il apporte deux tasses de café que nous dégustons à petites doses, telle une liqueur précieuse. Je devine, d'un regard circulaire, qu'un repas chaud symbolise un luxe, pour lui. Un sentiment poignant d'impuissance m'écrase.

Celui qui m'exprimait sa tendresse à ciel ouvert, sur un banc, au cœur de Paris, se montre d'une réserve touchante dans l'intimité de son logis. Michel se lève enfin du sofa moelleux où nous avions pris refuge, chacun perdu dans ses pensées. Il s'approche et de ses mains tremblantes, me présente, timide, une de ses toiles qu'il déroule avec une lenteur calculée :

« Myriam, je ne t'oublierai jamais ! Tu représentes pour moi un beau rêve impossible, une terre lointaine à conquérir. J'ai peint, de mémoire, ce portrait de toi, que je désire t'offrir aujourd'hui. Pense à moi de temps en temps… Promis ? »

J'assiste, bouleversée, à la mise à nu d'un chef-d'œuvre : une île déserte, au cœur d'un immense océan ; un visage féminin, tel un soleil à l'horizon, qui reflète la passion et la candeur de l'adolescence. Je regarde, médusée, les yeux humides, ce reflet de moi-même, capté pour toujours sous le pinceau habile de l'artiste. Il garde longtemps, sur son épaule, le visage défait de la jeune femme qui vient de naître des cendres encore chaudes de l'adolescence. En ouvrant la porte du sombre palier qui conduit à l'escalier, mue par une impulsion subite, je dépose le précieux tableau à mes pieds.

Lentement, avec tendresse et certitude, je prends entre mes paumes le visage maigre de l'homme qui me frôle et l'attire vers le mien…

Fermant les yeux alors, mes lèvres cherchent les siennes, dans une caresse profonde et douce, un émouvant cadeau d'adieu qui signifie, en écho à ses bouleversantes paroles :

« Pense à moi de temps en temps, Michel… promis ? »

Je suis partie d'un pas pressé vers la *vie* où m'attendaient Karie et mes études, mon confort douillet, et la route droite de l'avenir !

~ * ~

La date fatidique du Bac approche. Je perds l'appétit et le sommeil, veillant tard à la lumière d'une lampe de poche cachée sous l'édredon, dans le silence du dortoir endormi. Une panique illogique s'empare de ma personne. La Supérieure a eu vent de mes absences aux cours de gymnastique et décide de stopper mes sorties hebdomadaires chez Assam. Karie aussi laisse transparaître les signes d'une folle inquiétude à l'approche de juin. Notre-Dame demeure l'autorité suprême en terre de France.

Les internes parties dans leurs foyers, je me retrouve à nouveau seule, dans un grand dortoir vide. Révérende Mère me rejoint dans ma chambrette : « Voyons Myriam, que se passe-t-il, ma fille ? »

J'avoue ma crainte grandissante de l'échec, la peur absurde d'oublier les acquis de l'année scolaire et surtout la catastrophe d'une potentielle déception pour mes parents. À bout de nerfs, j'éclate en sanglots. Révérende Mère, d'un ton rassurant, rappelle que le trac est un phénomène courant à l'approche des examens, mais qu'il est parfaitement injustifié pour l'élève studieuse que je suis. La directrice relève, d'un ton ferme, qu'il est impératif de retrouver mon équilibre physique.

Docteur Michaud prescrit, au terme d'un examen, des ampoules de vitamines et un extrait de phosphore pour la mémoire. Un calmant à faible dose me sera dispensé à l'infirmerie. Le diagnostic : surmenage, couplé d'un organisme nerveux. Le traitement : repos !

Ma lampe de poche, et le café en poudre qui fond mal dans l'eau tiède du robinet, sont confisqués. La supérieure exige ma participation aux cours de gymnastique, « même à l'époque de la menstruation », rappelle-elle, balayant ainsi mon prétexte favori. Sur ses ordres, je séjourne, au mois de mai, à Notre-Dame les fins de semaine. Révérende Mère encourage les longues promenades au jardin, « pour faire provision d'air frais », se plait-elle à dire. De bons petits plats me sont servis au réfectoire désert, et font revenir mes couleurs. Je goûte, dans le grand dortoir vide, au bienfait régénérateur du sommeil.

Équilibre et sérénité retrouvés, je séjourne une dernière fois chez les parents de Karie, qui ont été un peu les miens aussi, à Paris. Séjour empreint de tristesse, avec l'angoisse qui précède une imminente séparation. Comme pour Agnès à Saint Joseph, je perdrai une fois de plus une sœur d'adoption. Les départs ont souvent un goût d'amertume… Pourtant, au cœur du chagrin, le sentiment obscur d'une maturité nouvelle prend corps. Nos chemins se sont croisés mais vont se séparer. Ainsi va la vie… Je décroche, avec mention, mon Bac Section D –Math et Sciences de la Nature. La France, et l'Ordre des Mariales, se sont bien acquittés de leur mission envers moi.

Trois ans après avoir quitté l'île de mon enfance, je vais tourner une nouvelle page de ma vie en bouclant mes lourdes valises. J'emporterai avec moi, pour toujours, l'empreinte de la France... Révérende Mère me serre longtemps sur son cœur. Nassim, Yamilé et Karie Assam me font de grands signes d'adieu quand, séchant une dernière larme, je me retourne pour l'ultime au- revoir. J'ai suivi, en brave, le long couloir grouillant de voyageurs, anxieux de regagner leur siège d'avion pour la longue traversée au-dessus de l'Atlantique… **Adieu, Europe !** Je ressens, au creux de l'âme, toute la portée du fameux vers d'Edmond Haraucourt : « Partir, c'est mourir un peu ! »

~ * ~

~ 42 ~

New York, USA - Juin 1969

L'auréole de la victoire sur le front, je débarque, une belle journée de la fin-juin à New York, où ma famille au grand complet me fait fête chez l'oncle Habdoul : James, Yvette, Leilah, Bobby, Freddy, Junior et Mark, qui ne tient pas en place. Grand-mère ne se lasse pas de contempler Farid, ce frère unique qui, rompant avec les traditions ancestrales, est parti seul faire son chemin dans la grande métropole des émigrés. Ma tante Doris, New Yorkaise de naissance, nous accueille avec chaleur et nous offre son cœur, et son appartement.

Riant et pleurant à la fois, je me laisse balloter dans la vague mouvante des embrassades. Coincés comme des sardines au septième étage de leur immeuble à Queens, je conclus, songeuse : voilà le sens véritable de la vie : la famille ! Pensée spéciale pour Grand-père : il aurait été si fier de sa jeune Parisienne, lui qui, par coquetterie, n'avait jamais perdu son accent depuis ses années de Droit à Paris. Yvette observe avec émotion cette réplique masculine de sa mère : le même nez fort, généreux, issu du même moule, l'épaisse crinière plus sel que poivre, les grands yeux sombres, mystérieux comme l'Orient de leurs ancêtres. Une minuscule tasse de café entre les doigts, ils chuchotent en arabe, ce langage des mille et une nuits qui fera surgir, j'imagine, Kimbram et Zahiyé de la brume des souvenirs.

Papa, heureux de retrouver sa langue maternelle, cause à bâtons rompus avec Doris, qui ne parle qu'anglais. Nous échangeons un de ces clins d'œil dont lui seul tient le secret : ce pacte silencieux, entre père et fille, qui nous liera éternellement, avec Claire. Mes petits frères, immobiles devant la télévision et sirotant du Coca-Cola, oublient de se chamailler. Un fin duvet dessine le contour des lèvres de Bobby. L'ainé de mes petits frères a quinze ans. Une petite amie attend peut-être son retour en Haïti ? Freddy change de voix à intervalles intermittents. Junior se moque royalement de lui, au grand désespoir de maman, qui craint une bagarre sur la moquette beige du salon de l'oncle.

Je berce Mark silencieusement. Il a consenti à quitter les bras d'Yvette pour se nicher dans les miens. Il vient de fêter ses deux ans. Sa mère sourit, surprise. Rares sont ceux qui trouvent grâce, aux yeux de Mark. Sur le visage d'ordinaire immuable de celle qui m'a élevée, j'ai appris à capter, au fil des ans, l'émotion fugitive, qui passe discrètement, avec pudeur. J'ai vu pleurer Yvette, accablée devant le cercueil de Grand-père. Ses larmes m'avaient bouleversée, autant que le cadavre de mon grand-père, étendu dans la rigidité éternelle de la mort.

Oncle Farid, parti très jeune à la conquête de l'Amérique, épousa Doris qui fit de lui un citoyen américain et le père de deux beaux enfants. Connaîtrons-nous nos cousins, un jour ?... Le magasin de tissus de l'oncle, niché dans une rue commerciale du quartier de Queens, avait payé l'université pour cousine Diane et son frère Dennis. Grâce à l'héritier mâle, le nom Habdoul vivra ! Ces cousins vivent aujourd'hui loin du bercail, avec leurs conjoints et leur progéniture. Doris, avec une légitime fierté, ouvre l'album de photos : une famille heureuse, réunie autour de la dinde traditionnelle et de la tarte au potiron, sourit au flash du photographe. Elle célèbre la Thanksgiving, cette fête où l'Amérique rend grâce à Dieu pour sa nouvelle patrie et qui réunit les familles, même des points les plus opposés du pays !

Mon oncle, qui avait assisté aux obsèques de Claire, Kimbram et Zahiyé, évoque sa seule visite en Haïti qui n'avait pas abouti autour d'un cercueil. La vie et son cortège de responsabilités étaient les grands coupables : le magasin ; les enfants, encore trop jeunes pour l'aventure du voyage ! Et le temps a passé... Farid a peine à y croire !

Grand-mère pardonne au seul frère qu'elle possède. D'ailleurs elle n'a jamais voulu voyager non plus, n'osant avouer officiellement sa crainte de l'avion, qui se devine par ses paraboles : « Je ne me sens bien que les pieds sur la terre ferme ! »

L'oncle fait des réminiscences : « Yvette et Claire, nattes sombres jusqu'à la taille, se tiennent la main, intimidées par ce monsieur à l'accent étranger. Yvette plante un regard droit et grave sur cet oncle tombé du ciel. Déjà, à l'âge tendre de l'enfance, la fillette de dix ans affiche ce caractère sérieux, un grain mélancolique, de la femme de devoir d'aujourd'hui. Claire, huit ans, ne lâche point la main de sa grande sœur, mais offre un timide sourire à l'oncle Farid. Puis elle s'approche du sosie masculin de sa mère, et lui tend ses petits bras. L'instant d'après, soulevée du sol, elle ose caresser l'épaisse crinière noire de son oncle. »

Farid quitte Haïti, conquis par ses nièces. Il ne devait point connaître la belle femme brune, en robe du soir rouge, qui bouleversa le cœur d'un géant blond en costume sombre, un jour... La petite fille peureuse, évoquée, l'espace d'un éclair, serrant la main de sa sœur aînée, est la seule image que garde Farid de Claire... Je m'empare, avec avidité, de ce tableau surgi de la brume des souvenirs de l'oncle, et le range, mélancolique, au fond du cœur... Je conclus ce jour-là que je traînerai, toute la vie, cette soif brûlante de sentir, palper ou simplement frôler, ne fut-ce qu'un bref instant dans un rêve éveillé, l'ombre fugitive de celle qui perdit sa vie pour me donner la mienne.

Mais Yvette, Leilah et Farid, personnages de chair et d'os, affirment, par leur présence à mes côtés, que les liens du sang survivent à la mort. Ils transcendent l'éternité. L'amour aussi a vaincu la mort ! James me le rappelle, dans son clin d'œil complice. L'esprit de Claire flotte, tel un parfum léger, parmi nous...

~ * ~

Le 21 juillet 1969 à 2:56, Temps Universel Coordonné : L'Homme foule le sol lunaire ! Nous sommes tous vissés devant le petit écran : l'astronaute Neil Armstrong d'Apollo 11 a fait son premier pas sur la lune. Son message : « Un petit pas pour un homme ; un grand pas pour l'humanité ! »

Nous vivons, en famille, une tranche inoubliable d'Histoire.

~ * ~

Grand-mère, que l'arthrite fatigue, a opté pour le confort douillet de l'appartement de l'oncle et les plaisirs de la télévision. Nous sommes partis, en touristes méticuleux, gravir les marches étroites jusqu'à la torche de Lady Liberty, trônant en reine à Liberty Island. La gigantesque statue de bronze, cadeau de la France à la jeune Amérique, couverte de vert-de-gris, semble défier l'éternité. Elle symbolise la liberté, les promesses de la terre promise moderne : l'affirmation que tout est possible dans ce pays neuf !

Deux jours plus tard, au cœur de Manhattan, c'est la trajectoire au cent-deuxième étage de l'Empire State Building. Emprisonnée dans la cage volante, je suis persuadée que mes tympans vont éclater. Bobby, Freddy et Junior contrôlent difficilement l'excitation qui les anime. Nous observons, fascinés, du haut de notre perchoir, les véhicules pressés, qui ressemblent à des fourmis agitées. Mark, volubile, juché sur les larges épaules de notre père, tente de saisir un nuage. Yvette, prudente, l'enveloppe dans les bras maternels et s'éloigne du parapet. Je contemple, attendrie, mon petit frère. Mark a niché la tête contre la poitrine d'Yvette, qui lui murmure des mots doux. Ils me font penser au tableau de « La Vierge et l'Enfant »… Contre le cœur de sa mère, un calme serein a fait place au trépignement dangereux de l'enfant sur les épaules paternelles. Son type, si différent du nôtre, attire l'attention de certains… Une adoption, pensent, j'imagine, les curieux.

Oncle Farid se rend tous les jours au magasin avec Doris. Ils nous déposent au métro le plus proche, et nous partons faire du tourisme dans cette vaste métropole américaine. Nous déjeunons sur le pouce le midi, de hamburgers et de hot-dogs, qui font les délices de mes petits frères. Le soir, tante Doris nous accueille avec du roast-beef ou le meat-loaf qui lui a valu la réputation d'excellente cuisinière. Yvette et moi nous nous chargeons de la vaisselle, et elle me confie, dans l'intimité de la petite cuisine, qu'il faudra m'y mettre, aux tâches ménagères. La fille gâtée des îles s'apprête à écrire une nouvelle page, dans l'aventure personnelle de sa vie.

Le soir, le salon se transforme en dortoir pour mes petits frères. Mark, qui partageait au début la chambre à coucher de ses parents, décorée des trophées de Dennis, consent à venir nous rejoindre, Grand-mère et moi, dans la chambre de cousine Diana. Papa n'a jamais semblé si amoureux, loin du cadre de leur vie haïtienne. Il passe souvent un bras autour d'Yvette, ou lui caresse les cheveux silencieusement. Je reste médusée, au spectacle discret de leur affection. Ma tante, rougissante, le laisse faire. Il a fallu ce dépaysement, pour qu'ils se découvrent, à nouveau.

~ * ~

Après le souper, encadrée de mon père et de Doris, je remplis les arides formulaires d'application aux différentes universités du pays. Les États-Unis sont mieux équipés pour la branche scientifique, déclare papa. Il a toujours décidé de la voie que je suivrai et, docile, je me laisse faire. Je décrocherai une licence dans le domaine de la santé. Je l'ai toujours su… À force d'entendre parler mon père, ses désirs ont revêtu force de loi.

Comme mon héros Albert Schweitzer, je me tournerai vers l'humanité souffrante… Nous sommes tous appelés à laisser notre sillon sur terre, je médite avec philosophie. Penchée sur mon microscope, dans un laboratoire médical, j'offrirai une preuve concrète de mon passage dans ce monde, par mon combat contre la maladie. Et les patients qui s'en retournent au bercail, leur santé retrouvée, ne sauront pas que, dans l'ombre, derrière mes éprouvettes, je veillais à leur guérison... Me voilà partie sur les ailes du rêve plein d'altruisme !

J'ai dévoilé mon âme, dans ma lettre d'intention annexée aux formulaires d'application : mes aspirations les plus profondes et l'inébranlable détermination qui me conduira au but final. Doris corrige quelques fautes d'orthographe et note, en me tendant la lettre : « Bien dit ! Cette lettre et tes bulletins d'Haïti et de France t'ouvriront toutes les portes. »

Au seuil de mes années universitaires, James et Yvette m'entourent. Je mesure leur amour par l'acte concret de leur présence à mes côtés, non l'étalage bruyant de leurs sentiments. Le but premier de leur voyage a été mon encadrement physique et émotionnel à cette nouvelle phase de mon existence. La jeune écolière d'Haïti, la Bachelière de France, s'apprête à affronter un nouveau défi : l'entrée à l'université américaine, l'adaptation à une nouvelle langue d'études. Oncle Farid et tante Doris offrent de m'héberger jusqu'à la rentrée universitaire de janvier.

Il est trop tard pour les formalités de septembre. Ma tante rappelle, avec justesse : « Elle perfectionnera son anglais. »

Mes parents acceptent « à condition », note ma mère, « que je participe financièrement aux frais de la maisonnée. » Malgré les vives protestations de l'oncle, Yvette insiste, avec la fierté de caractère héritée de Charles Deveaux. Un débat d'usure s'en suit, où mes parents en ressortent victorieux. J'admire en silence leur sens de l'honneur... À leur départ, au seuil de mes dix-huit ans, la violence de mon bouleversement me surprend.

~ * ~

Je me traîne, désœuvrée, dans l'appartement de l'oncle, entre ma chambre, la télé, et le réfrigérateur. Un cafard sourd me consume. Comme en France, les acteurs de mon enfance sont repartis sans moi… Leur absence me pèse. Ce mois de juillet à leurs côtés m'a fait revivre, le temps d'une halte, la joie du bonheur en famille.

Mais la vie demeure cette force mouvante qui m'oblige à plier bagages dès que je glisse dans le confort d'une douce routine, et à m'adapter aux nouveaux cadres et aux êtres qui croisent mon chemin… Ma Parker entame une course effrénée sur les pages de mon journal. J'utilise la plume rouge aujourd'hui. La noire dort dans son écrin. Je déverse mon âme sur le papier, l'exutoire qui me sauvera de la déprime.

Une semaine plus tard, Doris et Farid prennent en main une situation qui allait finir par se dégrader. Leur vendeuse partie en congé de maternité, ils réclament mon aide au magasin. Je devine qu'il s'agit d'un prétexte pour m'aider à chasser mes pensées moroses. J'apprends, aux côtés de l'oncle Farid, les rudiments du métier de mes ancêtres. Je suis, fascinée, son pouvoir de persuasion auprès de ses clientes. Il drape celle-ci d'un tissu chatoyant devant le miroir, flattant son teint ou sa silhouette, ou approuvant, en connaisseur, le choix de celle-là. J'observe la manière dont l'oncle caresse, de ses doigts habiles, le matériel. Aucune acheteuse ne résiste au charme de ce sexagénaire qui possède, dans le sang, la bosse du commerce. Doris, méthodique, classe les billets verts qui s'amoncellent en fin de journée. Ils vivent à la perfection leur association qui fait d'eux des collègues, le jour, et des complices, le soir…

Debout au comptoir de vente, ciseaux en mains, je mesure yard après yard de tissu pour le client, que je gratifie d'un sourire timide en lui livrant la marchandise. Les habitués, comme au Bord-de-Mer à la Grand-rue, ont droit à la minuscule tasse de café fort, préparée par Doris qui apporte, en pleine jungle new- yorkaise, la saveur exotique du Moyen Orient.

Ma tante me présente un copieux chèque, le vendredi qui clôture ma première semaine de travail. J'ouvre de grands yeux, le montant offert dépassant toutes mes espérances. Ils avaient insisté pour m'offrir ce « job », le salaire d'une vendeuse faisant partie de leur budget, m'assurent-ils, malgré mon offre de les aider bénévolement. Je devine qu'à leur manière discrète, ils tiennent à m'épauler financièrement, tout en épargnant l'orgueil de mes parents.

Ce week-end mémorable où je goûte, pour la première fois de ma vie, aux fruits de mon labeur, j'offre une cravate à mon oncle, et du parfum à tante Doris. Ils me grondent gentiment en acceptant mes cadeaux. La semaine d'après, la quasi-totalité de mon chèque est dépensée à des emplettes pour ma famille. Je planifie déjà mon prochain voyage pour Haïti, recherchant, j'imagine, l'illusion de leur présence.

Mon troisième chèque est déposé, dans son intégralité, en banque. Je n'ai jamais encore géré un compte bancaire. Doris m'initie à l'art de balancer un chéquier. Je me promets d'être sage, en prévision d'une garde-robe pour mon entrée à l'université.

~ * ~

Le style hippie florissait dans les rues de New York. J'ai troqué pulls et jupes classiques pour des jeans et de longues blouses paysannes. La mode et la tendance du moment m'ont séduite. Le souffle nouveau d'un monde qui change et se réinvente, s'étend à travers l'Amérique.

Docteur Martin Luther King Jr avait bouleversé le statu quo aux États-Unis. Le mouvement du *Civil Rights* est né. L'héroïsme est puni mais le héros ne meurt pas. Il vit dans les cœurs, par la résonnance de ses paroles immortelles !

Gloria Steinem et Angela Davis, orateurs activistes, remettent en question l'ordre immuable des choses. Une musique engagée propage le souffle du changement : Bob Dylan chante « *Blowin' in the wind* » qui devient l'hymne de l'époque. Joan Baez proteste la guerre du Viet Nam avec sa voix et sa guitare. Elle clame « *Where have all the flowers gone ?* » et « *We shall overcome* ! »

Du 15 au 18 août, à Upstate NY, le festival de **Woodstock** réunit, dans une célébration musicale unique dans la contre-culture de ces années soixante, un demi-million de jeunes, assoiffés de paix, d'espoir et d'amour. Joplin, Baez, Hendrix font passer leur message, par leur musique engagée.

Je repense, nostalgique, à la France et à Mai 68…

~ 43 ~

Une annonce de journal attire mon attention, un soir : *Professeur qualifié offre cours de guitare, à prix abordable, les samedis à Greenwich Village.*

L'oncle Farid s'oppose, véhément, à mon projet : « Pas question ! Greenwich est le quartier des fainéants, des drogués et des hippies ! »

Doris se montre plus souple, plus malléable : « New York, comme toute grande métropole, a son quota de marginaux. Le quartier de Greenwich en a un plus fort pourcentage. C'est tout. Il faut être vigilent partout. »

Je m'inscris, à la fin-août, au cours hebdomadaire de musique dispensé à Greenwich Village. J'ai trainé ma guitare en France, mais l'opportunité d'apprendre à la jouer ne s'était pas présentée. J'achète *The Village Voice*, publication qui parle de Greenwich, de ses activités artistiques, ses forums intellectuels. Je repense vaguement à Michel, et aux bouquinistes des quais de la Seine, en parcourant la place du « Village », où un peintre a, en plein air, installé un chevalet. L'automne approche à grands pas. Les artistes profitent des dernières couleurs de l'été.

Mario, notre professeur, joue divinement de la guitare, tirant, de l'instrument à cordes, des plaintes mélodieuses, ou de savants accords rythmés. J'admire l'agilité de ses doigts, l'élégance de ses gestes. L'italien mince à l'énorme moustache éprouve un plaisir évident à capter son auditoire, composé d'une douzaine d'élèves, chevelure longue à hauteur d'épaule, sur leur poncho ou leur châle bariolé. De dos, il m'est difficile de reconnaître les hommes des femmes.

Un samedi après la classe, Mario m'invite à prendre un Coca. Confiante, guitare en bandoulière et cheveux au vent, je suis notre jeune professeur au restaurant du coin, persuadée que nous parlerons musique. Il m'a pris la main, que je n'ose, par timidité, retirer. Prend-t-il ma passivité pour un encouragement ? À l'entrée du café, désert en cette heure creuse de la journée, il m'attire d'un geste brusque vers lui et tente de m'embrasser. Sidérée, il me faut quelques secondes pour réagir. Son haleine m'incommode, son épaisse moustache m'étouffe et son audace, surtout, me choque ! Je repousse les bras de l'homme qui se referment sur moi, le gratifie d'un juron qui ferait rougir mon père et rejoins, au pas de course, le métro le plus proche.

Je ne reverrai plus Greenwich et ses hippies... À mon oncle qui s'étonne de l'arrêt précoce de mes cours, j'offre, par pudeur, un prétexte insignifiant, qui m'épargnera ses commentaires. Doris, intuitive, n'est pas dupe. Je finis par avouer, sur son insistance, ma mésaventure à ma tante. Histoire banale en soi mais qui a dérangé ma naïveté. Je pressens que cette tante sera plus malléable que l'oncle Farid. Elle m'aidera peut-être à naviguer les eaux compliquées de la vie américaine.

D'un commun accord, nous décidons qu'oncle Farid n'en saura rien... Ma vie de jeune vendeuse se déroule sans surprise, ni fait saillant. Je garderai mon poste jusqu'à mon entrée à l'université, en dépit du retour de leur vendeuse, m'annoncent Farid et Doris. Je ne suis pas dupe : ils me gardent mon emploi, pour m'aider. Mon petit pécule en banque grossira. La semaine prochaine, je fêterai mes dix-huit ans ! Ce pays, dont je porte la citoyenneté de par mon père, n'a pas encore réussi à gagner mon cœur, toujours resté en Haïti... Le mal du pays, l'exil familial me pèsent. New York, avec ses gratte-ciels gris et son froid des mauvais jours, m'attriste. Mon île ensoleillée devient ce paradis perdu trop tôt dans ma jeune vie. Certains soirs je m'endors les joues humides, à l'abri des regards de tante Doris et oncle Farid...

~ * ~

David Rosenberg m'a plu, dès le premier regard échangé au comptoir du « Delicatessen » où je viens m'approvisionner en bagels frais le dimanche. Inscrit aux cours préparatoires de Droit à la prestigieuse NYU, il se fait un peu d'argent, les fins de semaine, en travaillant au négoce de son père. Il m'a pris pour une Juive, au début. Nous avons bien ri, par la suite, lorsqu'il apprend que je loge chez mon oncle Habdoul. Je raffole des bagels au pumpernickel, que j'ai pris l'habitude de déguster en fin de semaine, avec du fromage blanc, des fruits et du café.

« Tante Doris, oncle Farid, reposez-vous les dimanches. Je prendrai charge du petit déjeuner ! »

Et je tiens promesse… L'élève d'Yvette et de Leilah arrange un élégant petit couvert ces jours-là, avec nappe de lin et bouquet de fleurs. Ce rituel hebdomadaire m'offre l'occasion de remercier Farid et Doris de leur bonté journalière envers moi… David, brun bouclé, épaules larges, sourire étincelant, a pris l'habitude de m'appeler régulièrement au téléphone. Nous devisons des heures, de la pluie et du beau temps, de notre avenir d'étudiants, des grands débats du siècle. Une extension téléphonique placée dans la chambre m'offre l'intimité souhaitée, pour mes appels. Allongée sur le grand lit de cousine Diana, toute au plaisir de la causerie, je ne vois souvent pas l'heure filer. Il nous semble nous connaître depuis toujours.

Un jour, il m'invite au cinéma.

« Que diront tes parents s'ils savent que tu fréquentes une catholique d'origine libanaise ?

– Que dira ton oncle s'il apprend qu'un Juif te fait la cour ? répond David, en écho. »

Je saisis, dès le départ, que cette relation n'aboutira nulle part. Les rivalités ancestrales de nos deux cultures se cultiveront et se perpétueront, au fil des générations. Mais, ma solitude affective me pèse… Je suis jeune, et si seule ! Qu'y a-t-il de mal à se faire un ami ? D'ailleurs, David a les épaules larges, où il ferait bon, peut-être, de se nicher. Ce vendredi soir, je m'habille avec un soin particulier. Grâce à une mise en plis réussie, mes cheveux retombent, en vagues légères, sur mes épaules. Doris connait bien la voix chaude de l'ami, au téléphone. Lorsqu'il sonne ponctuellement à sept heures, il lui offre un bouquet de roses et gagne, du même coup, son cœur. David, frais rasé, porte une chemise blanche sous une veste kaki de coupe élégante. Il me fait honneur, je conclus silencieusement, par coquetterie féminine. Comme je m'y attendais, le cœur battant, l'oncle garde ses distances, ce soir-là. Farid me rappellera, le lendemain : « Les Juifs n'épousent pas les Arabes. » Et je lui répondrai, pour me défendre : « Il n'est qu'un ami ! »

Ismaël, l'ancêtre des Arabes, et Isaac, celui des Juifs étaient tous deux fils d'Abraham, nous dit la Bible. L'ironie de la vie me fait sourire… Nous partageons souvent aussi le nez protubérant ! Dans l'obscurité complice de la salle de cinéma, David cherche ma main, qui ne quitte plus la sienne. La performance de Dustin Hoffman dans *The Graduate* est extraordinaire. Souper à Antonio's Place, son restaurant italien favori. J'ai pris quelques kilos depuis mon arrivée aux U.S.A. Les aliments sont, dit-on, enrichis d'hormones dans ce pays. Fable ou non, j'opte pour une salade et un filet de saumon braisé dans le sanctuaire irrésistible des pâtes alimentaires que représente un restaurant italien.

À l'entrée de ma rue, voisine à la sienne, David éteint le moteur et se penche pour m'embrasser. Nos lèvres refusent de se quitter et je conclus qu'il sera plus qu'un ami…même quand l'issue demeure inévitable et nos cultures nous sépareront toujours ! Nous sommes restés longtemps enlacés sous le porche, ses doigts perdus dans ma chevelure, et moi, les yeux fermés, la tête contre sa poitrine… Mon oncle et ma tante, discrets, n'ont pas attendu mon retour pour regagner leur chambre à coucher. Le regard rivé au plafond sombre, une ombre silencieuse se glisse dans ma pensée... Ma nuit est peuplée de rêves doux. David devient partie intégrante de ma vie, au fil des semaines. J'ai fêté mes dix-huit ans, séparée de mes parents par un océan... Pas de feu d'artifice en mon honneur !

Nous causons tous les soirs, David et moi, quand Farid et Doris regagnent leur lit, et que j'ai le loisir de monopoliser le téléphone, dans le refuge de ma chambre à coucher. Nous sortons les fins de semaine. Je n'ose lui demander si ses parents observent le Shabbat. Il m'invite un jour au théâtre, à la performance musicale *Fiddler On The Roof*. J'émerge enchantée de mon plongeon dans la vie du héros Tevye, ses traditions juives, et les péripéties de ses filles à marier.

David m'a conviée au Bar mitzvah de son jeune frère Samuel. Il affiche fièrement son amie haïtienne à la ronde, offrant mille anecdotes sur ma vie antillaise, aux oncles et tantes curieux, des clans Rosenberg et Levy. Perdue dans la marée juive, je ressens, pour la première fois de mon existence calfeutrée, la sensation désagréable d'être une intruse. Mon compagnon, prudent, garde sous silence l'existence de l'oncle Habdoul chez qui je loge. Déjà ses parents, rencontrés au début de notre idylle, avaient froncé les sourcils.... Sarah, sa sœur ainée, se marie à la fin de novembre. Elle me convie à faire partie de son cortège de demoiselles d'honneur et je mesure, touchée, la profondeur des sentiments de David, qui sera mon escorte officielle.

Le mariage d'une jeune fille dans la culture juive côtoyée, semble représenter le point focal de son existence, la réalisation du souhait que formulent certaines matrones, penchées sur le joli berceau de la petite « princesse juive » : « Que Dieu m'accorde la joie de danser à tes noces ! »

Sarah, au nom biblique, rayonnante sous le chuppah, la tente traditionnelle, lie son avenir à celui de Joshua Cohen. L'officiant, un rabbin frisant la soixantaine, répond au nom de Moses. Les prénoms de l'Ancien Testament prennent vie ! L'époux radieux, d'un coup de talon sec, réduit en mille petits éclats de verre la coupe de cristal posée à ses pieds. Ce symbole rappelle au couple la fragilité de la vie… L'assistance, électrifiée, crie d'une seule voix : « *Mazel Tov !* » et David, ému, m'embrasse sur la joue. Nos lèvres s'effleurent par accident… Il me presse la main !

Le vin coule et jeunes et vieux trinquent à la vie : « *L'Chaim… L'Chaim !* » Puis, au son de « *Hava Nagila* », les groupes d'hommes et de femmes, dans une ségrégation des genres, se font face pour danser dans l'hilarité générale, emportés par la chaleur de cette musique qui coule dans leurs veines et resserre les racines ancestrales. En prenant congé de mes hôtes, les souhaits fusent de partout, sur notre passage…

Myriam, QUI es-tu ? La petite voix de ma conscience semble me narguer. Et un désir fulgurant s'impose : partir à la recherche de ma propre identité ! Dans ce mélange hétéroclite dont je suis le produit, dans ce parcours sinueux qu'a été ma vie, j'ai dû perdre mon chemin, en cours de route…

Tard dans la nuit, la tête nichée au creux de son épaule, je me surprends, rêvant d'un avenir commun avec David. Son cœur semble battre en unisson au mien : « Nous pourrions peut-être nous marier, un jour ? Comme Sarah et Josh, en présence d'un rabbin ? »

À ces mots, la magie tendre du moment s'envole. Je relève la tête, observant ce profil d'homme au nez proéminent : avec son kippah, niché, pour la circonstance, au creux de ses cheveux bouclés, David affiche l'obstacle incontournable qui nous séparera éternellement. Nous aurions pu nous marier un jour ! Mais dans les pompes et les fastes d'une église catholique, en présence d'un prêtre en chasuble blanche… Nous comprenons, ce jour-là, que nous nous serions demandé l'impossible sacrifice.

~ * ~

J'avais été le témoin des retrouvailles de Farid et Leilah, frère et sœur séparés par la vie et par un océan. Soudés dans les bras l'un de l'autre, ils abolissaient le temps et l'espace. Ce jour-là, j'ai compris l'extraordinaire portée de la phrase : « Les liens du sang ». Ces liens réunissent les êtres éparpillés de par le monde, et qui se retrouvent comme s'ils s'étaient quittés hier, trinquant à un mariage, partageant la dinde de Noël et de la Thanksgiving ou pleurant leur chagrin, autour d'un cercueil…

David me manque atrocement. Je réalise que les liens du sang peuvent sevrer, parfois, les aspirations du cœur. Tant de couples capitulent, impuissants à combattre préjugés et tabous qui forment cette vaste tapisserie du monde ! L'Amour ne suffit donc pas, toujours ?

~ 44 ~

Vêtue d'un jeans et un poncho, j'arpente les rues de Manhattan, indifférente à la foule pressée qui sort des grands magasins. L'après-Thanksgiving symbolise l'ouverture officielle du Christmas shopping, cette période de frénésie où la société de consommation oublie le sens véritable de la fête de Noël. Je grelotte, l'hiver est à nos portes. Un couple hippie me sourit au passage. Ils reconnaissent une âme-sœur, sans doute... Le désir d'appartenir à un groupe, à une cause ou simplement à quelqu'un, me consume !

Cette joie qui flotte dans l'air, je ne la partage pas. Perdue dans cette marée humaine des New Yorkais pressés, un sentiment de poignante solitude m'étrangle. Je repense à ma première nuit à Saint Joseph, quand j'avais cru atteindre l'abime profond du désespoir. J'ai froid aujourd'hui, comme ce soir-là, une jeune Antillaise désemparée au cœur d'un immense dortoir glacé !

Seule au milieu de la foule agitée, je laisse couler mes larmes, indifférente à la vie qui grouille autour de moi, sans m'effleurer. Je suis une étrangère, une orpheline, sans attache, et sans amis. Serait-ce si terrible après tout, d'épouser David Rosenberg sous le chuppah ? David, avec ses petites boucles sombres et ses larges épaules, a croisé mon chemin pour y laisser un vide amer et briser mon cœur en mille petits morceaux !... Il s'approche alors, cet étranger venu de nulle part et pose une main gantée de laine sur mon bras : « Ne pleurez pas, mademoiselle ! Vous êtes si jeune... La vie vous appartient ! »

Puis, l'homme aux cheveux blancs disparait dans la foule. Clouée par la surprise, je ne tente même pas de le retenir... Un ange a fait halte sur ma route, pour me rappeler que la vie continue, même sans David. Je sèche mes larmes et m'engouffre dans le métro qui me ramènera au quartier de Queens. Je retrouverai Farid et Doris, qui tiendra mon souper au chaud. Les graffitis de ce vieux train ont subitement l'allure d'une œuvre d'art !

~ * ~

D'un coin obscur de mon cerveau, germe une idée folle, absurde, de rencontrer la famille de mon père. Inspiré par les retrouvailles de Farid et de Leilah et l'étalage des liens du sang chez les Rosenberg, exacerbé par l'absence d'une mère que je ne connaîtrai jamais et un cafard sourd à l'approche de Noël, ce désir est devenu une obsession chez moi. Étrange, comme l'enfance est confiante… Elle accepte l'évidence, étalée devant ses yeux, des êtres et des choses sans contester ni questionner. Je ne me souviens point, fillette, avoir jamais posé à mon père la question qui me brûle le cœur aujourd'hui : « Pourquoi ne parles-tu *jamais* de ta famille ? »

L'obsession de connaître mes ancêtres paternels s'accentue jour après jour… Je me suis renseignée sur le coût d'un voyage en Géorgie. Réfugiée dans ma chambre, le soir, je compose les numéros que me fournit l'opérateur téléphonique régional. On me répond, d'un ton sec, qu'on ne connait pas James Tyler, j'ai dû certainement me tromper de numéro. Un jour, une voix cassée me répond, dans un souffle : « *WHO are you ?* » QUI êtes-vous ?... La voix féminine m'interroge avec angoisse. Je raccroche, affolée. J'ai entendu la voix du sang, ce soir !

Brunswick, Georgia ! Petite ville au sud des États-Unis, avec sa grand-rue aux lampadaires anciens, son port, désert en cette fin de journée, ses quartiers résidentiels tranquilles, ses demeures qui semblent surgir des pages d'*Autant en emporte le vent*. Le taxi m'a ramenée à l'hôtel et je paye la somme astronomique que m'a coûté cette promenade. Demain, je frapperai à la porte de Louise O'Brien Tyler. Dans ce lit d'hôtel impersonnel en plein cœur de Brunswick, je n'arrive pas à fermer l'œil… Le scénario des derniers jours me

revient à l'esprit : Tante Doris, discrète, avait frappé à ma porte :
« La facture de téléphone accuse plusieurs appels en Géorgie. »

J'ai deviné l'inquiétude qu'elle tentait gauchement de masquer.
Par respect pour ce couple hors pair qui m'hébergeait, je les avais
rejoints au salon. Avec un grand souci d'honnêteté, je leur fis part
de mon projet audacieux : mon poste de vendeuse m'avait permis
les économies qui rendront possible ce voyage aux sources de
mes origines.

Oncle Farid avait froncé les sourcils.

« Ton père doit être mis au courant, Myriam !

– Non, oncle Farid. J'ai dix-huit ans. Pour la première fois, je prends
une décision d'adulte ! »

~ * ~

Je suis partie seule pour l'aéroport, et ce pèlerinage vers mes ancêtres
Tyler. Le taxi s'est arrêté. Tapie au coin d'une rue tranquille,
surgit une large bâtisse de briques rouges, au cachet ancien. De
grands arbres nus bordent les deux côtés de la route et doivent
former, l'été, une haie touffue et ombragée. Un escalier en briques
claires accueille les visiteurs. Des guirlandes sont accrochées aux
persiennes closes. La Noël sera bientôt à nos portes. Je rajuste mon
châle de laine... Clouée par l'émotion, j'hésite, une fraction de
seconde, à faire marcher la sonnerie d'entrée. Il est encore temps de
prendre mes jambes à mon cou et disparaître ! Les occupants de la
maison n'en sauront jamais rien. Ils ignorent que, le cœur battant
la chamade, une jeune fille émue attend, au haut de l'escalier, de
reprendre ses esprits.

Un profil féminin émerge de la porte entrebâillée : « *Yes ?* »

J'ai reconnu la voix cassée entendue au bout du fil, l'autre jour. Une
silhouette longue et frêle surgit, l'œil étonné par ma présence insolite

à sa porte. Le timbre de la voix, la blancheur des courtes mèches et les rides discrets autour des yeux et des lèvres trahissent son âge avancé. Tirée à quatre épingles sous son chandail de cashmere, son univers va chavirer !

« Permettez-moi de me présenter : je suis Myriam Tyler, la fille de James. »

À ces mots, la femme âgée porte une main à son cœur. Je crains, une fraction de seconde, qu'elle ne s'évanouisse... Nous avons longtemps causé, assises côte à côte sur le grand divan de cuir du salon, près de la cheminée. Une théière fumante repose sur la petite table de marbre. J'accepte, polie, une tasse de ce breuvage chaud. Louise et Myriam Tyler, mère et fille de James, sont réunies sous un même toit, par un concours de circonstances relevant du roman !

L'aïeule m'explique l'étendue de sa douleur de mère, et son impuissance face à l'intransigeance de Ross, son mari décédé. J'ai dû offrir un regard perplexe, confus... Louise O'Brien Tyler, ma grand-mère paternelle, juge bon d'arrêter de parler en paraboles et vient droit au but. Elle rappelle : « Nos ancêtres ont été propriétaires d'esclaves, avant la Guerre Civile. James, en épousant une femme de couleur, a renié les liens du sang, et choisi de couper les ponts avec la famille ! »

Pour la première fois de mon existence calfeutrée, le préjugé de couleur me frappe de plein fouet, tel un soufflet humiliant au visage. À la lumière crue des révélations de l'aïeule, le mystère douloureux lié à mes racines Tyler est enfin élucidé. Je ne dis rien... Pas encore ! Sur la console, des cadres anciens et modernes se tiennent compagnie. Je scrute, telle une automate, la photo du monsieur chauve qui a renié son fils sans même connaître Claire. Ont-ils fait connaissance, au-delà de la mort ? Et Yvette ? Savent-ils même qu'elle existe ?

Louise observe la photo de famille où James et Yvette, encadrés de Myriam, Freddy et Bobby exhibent Junior, leur nouveau-né. Cette photo prise au studio d'un photographe, il y a longtemps, ne me quitte jamais. Elle m'a soutenue durant mes années d'internat en France. L'occasion ne s'était pas présentée, de poser à nouveau pour le flash d'un photographe, et refaire une photo de famille plus récente, avec Mark, le dernier-né.

Ma surprise sera théâtrale, pour Louise Tyler. Un désir sourd de vengeance m'anime. Elle m'a offert du thé… Je vais lui servir, à petites gorgées brûlantes, la vérité à notre sujet. Cette vérité doit pénétrer chaque fibre de son cœur et exposer l'absurdité douloureuse de ce drame humain. Je demeure sur la défensive, une tigresse prête à défendre les êtres qui lui sont chers. Grand- mère Tyler détaille, fascinée, chacun des visages, souriant sur la pellicule couleur.

« Pourquoi ne nous avoir pas dit la vérité ? Ta mère n'est pas une négresse, voyons ! »

Ce cri du cœur de l'aïeule, ce soulagement qu'elle ressent à la pâleur de l'épiderme d'Yvette rend, plus profonde encore, la plaie vive de mon âme… Louise casse le faible fil, la fragile connexion qui me liait aux Tyler. Un deuil vient de s'abattre dans mon cœur. Leur famille avait, depuis longtemps, enterré James. C'est à présent mon tour, de mettre en terre Louise et Ross.

« Claire, ma mère, est morte à ma naissance. Papa a épousé ma tante Yvette après. »

L'aïeule ouvre de grands yeux incrédules. Je brandis alors, avec une lenteur calculée, l'autre cliché qui ne me quitte point : celui de ma mère, souriante, en robe du soir rouge. Louise Tyler scrute, silencieuse, la photo… Cherche-elle l'indice révélateur de ce sang noir qui coule dans les veines de ma mère ? Attentive à soigner mon effet de surprise, je me lève pour prendre congé. Tant de questions vont demeurer, pour elle, sans réponse. Elle restera sur sa faim émotionnelle. La main sur la poignée de la porte, prête à partir, je fais mine de me raviser et lui fait face pour l'acte final, le coup de théâtre avant la tombée du rideau : « O ! J'oubliais ! J'ai une photo de Mark, le petit dernier. Tout le portrait de Grand-père ! »

L'œil sec et dur, j'observe celle qui refuse, après vingt ans, l'acceptation inconditionnelle du choix de son fils, qui rencontra son âme-sœur, en Haïti. Souriant à la vie et aux promesses de demain, Mark exhibe l'innocence de l'enfance, face aux préjugés du monde adulte. Les mains plissées de l'aïeule tremblent. Si ses frères et sœur peuvent tromper la vigilance de ceux dont l'œil, peu exercé, ne détecte pas la trace du sang-mêlé, Mark, lui, proclame clairement nos racines africaines, sur le cliché couleur. D'un geste agressif, j'extirpe la photo de mon petit frère et me retourne une dernière fois sur le palier : Louise Tyler, courbée en deux, sanglote désespérément.

Je quitte Pillar Street d'un pas pressé, à la recherche d'une cabine téléphonique. Le taxi ne tardera pas. Je n'ai qu'une hâte : fuir, au plus vite, un foyer où ma famille n'a pas sa place, et où la photo de mon père ne figure point sur la console. Quitter une ville, qui vient de me voler mes illusions ! Dans le taxi qui me conduit à mon hôtel, je me sens des ailes !

~ * ~

Le trajet en avion m'a paru long, pénible, tant est grande ma joie de retrouver New York, la ville des émigrés ! En embrassant Farid et Doris, nous sommes restés longtemps enlacés. À mon silence, ils devinent tout. Le mythe du retour de l'enfant prodigue s'est brisé en mille éclats de verre, avec le cri du cœur de l'aïeule : « Ta mère n'est pas une négresse, voyons ! » Avec l'effritement de mes illusions, vient le soulagement de la libération. Louise n'a pas tué le veau gras à mon arrivée. Elle n'a pas cherché à me retenir à mon départ.

Les larmes versées n'ont été qu'un moment de faiblesse, la manifestation de sa fibre maternelle, en présence de celle qui demeure la fille de James et porte dans ses veines le sang Tyler aussi... Louise Tyler, entre deux sanglots, avait murmuré : « Pardon ! » Ce mot résonne encore dans mon cœur de petite-fille blessée. Un remords sourd me gâche ma paix d'esprit. Je lui écris une lettre, postée sans adresse de retour mais qui libère ma conscience. J'avais, cent fois, changé la teneur de la lettre. Finalement, les mots me sont parvenus en jets puissants :

« Comment pardonner à celle qui a trahi son fils et ses petits-enfants ? Pourtant, vous avez versé des larmes, à mon départ. Au nom de ces larmes, je vous offre aujourd'hui l'espoir qu'un jour, je pardonnerai... James nage dans un bonheur paisible. Nous adorons notre père, et Grand-mère offre, à son gendre, toute la tendresse d'une mère. Votre fils partage, avec sa femme, une relation privilégiée où le cœur, non les nuances de l'épiderme, définit leur amour. Il a su être heureux sans vous, lui, l'étranger, dans ce pays d'accueil qui est devenu le sien, aujourd'hui... Vous vous êtes privée, par votre faute, de la joie de voir grandir vos petits-enfants. Vous ne connaîtrez pas leurs rêves, et leurs aspirations. Et moi, je serai lésée de l'affection d'une grand-mère, à laquelle ma naissance me donnait droit. Je comprends votre faiblesse. Mais au nom de cette faiblesse, je serai forte, pour accueillir la part de bonheur que me réservera la vie. Le halo de mystère qui vous entourait est parti. Et j'ai pu enfin, faire la paix avec mon cœur, comme je le souhaite aussi pour vous ! Notre rencontre, en somme, faisait partie du Destin ! »

*

Noël ! J'ai pleuré toutes les larmes de mon corps ce soir, en regagnant la solitude de ma chambre. En dix-huit ans d'existence, c'est le second Noël que je passe loin de mes parents. Je n'ai pas voyagé, sur les conseils de ma tante, pour gérer les formalités d'entrée de janvier à l'université. Farid et Doris ont déposé un beau paquet enrubanné, qui porte mon nom, sous le sapin : un magnifique manteau en daim, doublé de laine de mouton ! Ils ont été généreux en prévision du froid de Boston. Nous avions procédé à l'échange des cadeaux à minuit.

Ma tante a servi du chocolat chaud. Il fait un froid de canard à New York, annonce la météo. Il n'est pas de leur coutume de braver une nuit d'hiver pour se rendre à la messe de minuit. J'imagine qu'avec leurs enfants en bas âge, un tel exploit avait été difficile, pour eux, par le passé… Et puis avec les années, l'habitude s'est installée, sans doute : le jour anniversaire de la naissance du Sauveur, célébré en pantoufles et robe de chambre, au salon, avec la télé, le sapin et la tasse fumante entre les doigts. La vapeur chaude m'enveloppe le visage, et je ferme les yeux, un grain de mélancolie au fond du cœur…

Un autre Noël, passé loin du bercail, me revient à l'esprit : l'année de mes seize ans, Notre-Dame avait organisé un voyage de classe aux sports d'hiver à Megève. Nous avions pris le train, Karie et moi, juste après les fêtes de Noël, passées chez ses parents. Un voyage en Haïti, long et onéreux, avait été hors de question ce Noël où je désirais aussi partir aux sports d'hiver. Mon chemin, cette année-là, fut marqué par une série de « premières fois » ! Excitée à l'idée de mon premier voyage en train et la perspective du ski sur les pentes neigeuses, je ne tenais pas en place ! L'anticipation de ces plaisirs neufs supplanta le chagrin sourd qui déjà, prenait naissance… Avec Karie et sa mère, nous avions déambulé dans Paris, et je fis choix d'un anorak bleu ciel et d'épais gants de ski.

Sur les pistes de ski de Megève, je découvris l'ivresse de ma première lancée, sur le tapis de blancheur qui scintillait au soleil. Je connus aussi l'embarras de ma première chute, fesses au sol, et skis pointant vers le ciel, sous les yeux d'un moniteur au visage d'Adonis. Le soir, je goûtai aux délices de la fondue savoyarde, près de la cheminée où crépitait un feu de bois, entourée de mes camarades d'école et des chaperonnes de Notre-Dame.

En optant de partir aux sports d'hiver, J'avais choisi d'être loin d'Haïti et des êtres qui me sont chers pour les fêtes de fin d'année... Ces moments précieux en famille, je ne pourrais jamais les faire revivre !

Mon journal à portée de main, grelottante sous l'édredon, je deviens philosophe, dans la solitude de ma chambre, ce soir de Noël à New York. Je note : le chemin de la vie est une route droite qui offre rarement la chance d'un retour en arrière. À chaque tournant, nous avons un choix à faire ! Et chaque choix vient avec son bagage de gains et de pertes...

~ 45 ~

Boston - Janvier 1970

À l'approche de l'hiver, les lettres d'acceptation de plusieurs universités commencèrent à arriver. J'ai reçu des offres de bourses partielles d'études, en raison de mes performances académiques en Haïti et en France. Mais l'offre la plus extraordinaire est venue de l'université Bradford de Boston. Une bourse complète d'études m'est offerte à condition de maintenir une moyenne GPA de 3.6 sur 4. Farid et Doris exultent ! Je demeure silencieuse, émue à la perspective du soulagement financier que cette offre représentera pour mes parents.

Bradford University ! Mon oncle et ma tante m'ont accompagnée jusqu'à Boston. Farid porte mes valises et Doris inspecte l'espace que je partagerai avec Deborah, ma compagne de chambre. Le regard silencieux de ma tante cache mal sa profonde déception : le coin de ma voisine dénote un désordre effarant. Emmitouflés dans nos vêtements d'hiver, nous faisons nos adieux. « N'hésite pas à nous appeler ! » rappelle Farid, après une dernière accolade. Puis la voiture grise disparait au tournant du campus aux grands arbres nus, qui abritera mes années d'université. Au départ de mes anges gardiens, une sourde tristesse m'envahit… Je devrai, une fois de plus, m'adapter à une nouvelle vie, un autre décor, croiser d'autres visages, me faire d'autres amis.

Deborah, jeans délavés, collier de coquillages et bagues aux cinq doigts de la main, observe curieusement la fille bon chic bon genre, en manteau de daim, qui lui fait face, hésitante… Ma compagne a le grand avantage de fréquenter Bradford depuis le semestre de septembre. Son coin de chambre, un vrai capharnaüm, est à droite de la baie vitrée qui surplombe le parc, en tenue d'hiver. Telle une âme perdue qui cherche une planche de salut, je m'attaque au rangement de mon linge, sous l'œil perçant de ma voisine qui m'observe sans nulle gêne. Installée, les jambes croisées tel un Bouddha, sur son lit étroit jonché d'objets hétéroclites, elle décide enfin à rompre la glace : « Deborah Bernstein, étudiante d'Art ».

L'ironie du sort va permettre à nos cultures si opposées de faire bon ménage et s'entendre à merveille, au fil des mois. Cette jeune Juive échevelée, végétarienne par choix moral, m'ouvrira les yeux et le cœur sur un monde fascinant : les hippies des années soixante à l'aube des années soixante-dix !

~ * ~

Enrôlée au programme *Health Sciences*, la prise de contact s'avère intimidante, avec les professeurs barbus en veste de velours côtelé. Mes compagnons de classe, futurs médecins, chercheurs, physiothérapeutes et laborantins, arborent une mine studieuse. Mon anglais, que j'ai toujours bafouillé aux côtés de mon père, en Haïti, se perfectionnera avec les cours ardus qui m'attendent : anatomie, physiologie, biologie et l'an prochaine chimie organique.

Fourbue, je retrouve toujours Deborah, le soir, dans sa position favorite, assise en tailleur sur un lit défait, grattant de la guitare, comme je l'ai quittée le matin. Fille unique d'un père bijoutier, elle fournit le minimum d'effort nécessaire pour passer ses cours et obtenir le fameux *Bachelor of Arts*, auquel ses parents semblent accorder tant d'importance. Elle m'avoue que ce « bout de papier » est le cadet de ses soucis. Pas quand le monde autour d'elle se détériore, que les jeunes meurent à la guerre, et les orateurs du mouvement du *Civil Rights* se font assassiner.

« Je refuse de passer à côté de l'expérience extraordinaire qui est offerte aux jeunes d'aujourd'hui de marquer leur passage, de faire une différence ! Nous vivons l'époque de la protestation, le monde change sous nos yeux et je veux faire partie de ce changement ! »

Deb est loquace. J'ai vite compris que mes séances d'études se tiendront à la bibliothèque. Elle m'intrigue de plus en plus. Sa passion et son non-conformisme s'avèrent contagieux. Un soir de cafard, j'accepte d'accompagner ma voisine de chambre à l'une de ses réunions. Tous mes désirs refoulés de justice humaine et solidarité universelle trouvent, ce soir-là, un écho… Un groupe de jeunes aux cheveux longs m'offrent, avec l'index et le majeur, le signe de la paix et accueillent, les bras ouverts, la nouvelle recrue. À l'aube des années les plus décisives de toute mon existence, une enivrante liberté s'offre à ma jeunesse et à ma grande naïveté. Confrontée aux tentations de la liberté sexuelle, la drogue et l'athéisme, je ferai face à l'attrait miroitant du plaisir sous toutes ses formes rampantes.

Les nobles causes ont toujours eu le pouvoir de m'exalter. Influencée par Deborah et son ami Dany, grand barbu aux cheveux longs, j'adopte leur mouvement : le Rallye anti-guerre du Viet Nam. Recherchais-je la sécurité éprouvée d'appartenir à un groupe, me perdre dans l'anonymat d'une foule ? … Lors de ma première marche, sur ce campus de vingt mille étudiants, j'ai pensé à Michel, et à Mai 68 ! Cette fois, je suis libre comme le vent, sans attache ou garde-fou. Le groupe brûle de changer le monde et brandit des pancartes aux slogans puissants : *Flower Power ! Peace Now ! Stop the Viet Nam War ! Make Love, not War !*

~ * ~

Deb et moi causons des heures, le soir, rêvant d'un monde utopique où nous vivrions libres et sans contraintes, dans l'immense jardin d'une communauté fraternelle de jeunes gens barbus, portant colliers de coquillages au cou. Les femmes, longue robe paysanne et fleurs aux cheveux libres, cuiraient des pains de seigle. Nous élèverions nos enfants, Sky (Ciel) et Rainbow (Arc-en-ciel) ou River (Rivière) et Forest (Forêt) comme on cultive des fleurs, mangeant des légumes et des cacahuètes, au son de la guitare ou du crépitement des feux de bois. Le soir, mains jointes, nous formerions la chaîne d'amour entre frères et sœurs, élevant d'une même voix nos hymnes à l'astre lune, ou à la Terre, notre mère nourricière.

Deb parle parfois de joindre un kibboutz, près de Jérusalem, où nous mêlerions nos efforts aux pionniers de la reconstruction d'Israël. Mes ancêtres libanais trembleraient d'effroi dans leurs cercueils à l'absurdité d'un tel projet ! Avocate acharnée du végétarisme, Deb condamne les meurtriers qui tuent les animaux pour leur consommation par les hommes, et leurs complices qui, comme moi, se nourrissent de leur chair. Elle ne mangera même pas un œuf, comparant cet acte à l'avortement d'un fœtus, et la destruction de la vie, qui est sacrée. Son corps étroit et mince frôle la maigreur. Le mien flirtera avec l'embonpoint, si je lui offre la chance... Le sang de Leilah, rondelette, coule dans mes veines.

« La nature offre d'autres sources de protéines, rappelle l'oracle : Le soya, les pistaches. »

Parfois j'éprouve un plaisir taquin à contrarier ma camarade, en lui rappelant que les plantes aussi ont une vie. Comment ose-t-elle manger de cette vie, en consommant des légumes ? Ce jour- là, prise de court, elle boude. Mon coin de chambre exhibe un grand poster du signe de la paix, symbole de notre mouvement anti-guerre. Lui faisant pendant et créant une certaine cacophonie visuelle, une image, grandeur nature, de Paul Newman en tee-shirt est accrochée aussi au mur, car je le trouve beau avec ses muscles, ses petites ondulations et ses yeux bleus.

« Beurk ! Myriam ! – Deb se moque de moi – Newman est si conventionnel ! »

Qui es-tu, Myriam ? C'est la petite voix de ma conscience. Ce mélange du conventionnel et de la nouvelle vague, c'est moi ! Je suis toujours au stade de la recherche, à la poursuite de mon vrai visage, au fil des ans, des pays et des êtres rencontrés sur mon chemin. Deb fait connaître sans l'ombre d'un doute ses opinions par les posters engagés qu'elle affiche sur son coin de mur. Grande causeuse, elle m'entraîne souvent vers les rivages d'un monde utopique où régneraient l'Amour universel et la paix. Le bonheur pour elle est une danse éternelle, sous l'œil complice des astres, en harmonie avec le cosmos. Sa grande passion est la *cause* ! Tous ses efforts convergent vers un point unique : la paix sur terre, entre les hommes, la liberté du corps et de l'esprit, la connexion avec l'univers !

Le retour sur terre avec ses réalités quotidiennes s'avère toujours pénible… Il me faut alors rattraper ces heures d'étude perdues par la faute de ma camarade et de ma trop grande complaisance. Astreinte aux exigences de ma bourse d'études, un vent de panique me secoue parfois : comment maintenir l'excellence académique et vivre pleinement l'expérience d'étudiante qui s'offre à ma soif de découvertes ? Le café fort avalé aux heures tardives de la nuit, ne parvient pas à me tenir éveillée. Daniel Mitropoulos, l'ami fidèle de Deb, me propose des amphétamines, dont les propriétés excitantes et suppresseur d'appétit sont, assure le grand barbu aux mèches sombres, très prisées des étudiants. « Ne t'inquiète pas ! Les médecins, parfois, le prescrivent ! »

Désespérée à la perspective d'un échec, la veille d'un examen de biologie, je me laisse tenter par la petite pastille qui, avalée, me tient éveillée toute la nuit, avec de fortes palpitations et l'angoisse sourde de la mort. Je conclus qu'on ne m'y reprendrait plus ! Dany se moque de moi et je me mets à détester ce hippie qui pense posséder la science infuse ! Deb et moi avons eu une franche mise au point, le lendemain de cette nuit fatidique. Ma voisine de chambre a accepté de respecter mon temps d'étude et réduire, au minimum, le volume de son stéréo. Nous partageons, heureusement, certains goûts communs pour la musique, sinon j'aurais fait un malheur... J'ai la nostalgie, parfois, d'un peu de solitude ! Je fais l'acquisition d'une étagère à livres, qui contribue à nous offrir un semblant d'intimité.

~ * ~

Je suis tombée amoureuse de Daniel Mitropoulos, petit-fils d'émigrés grecs, parce qu'il écrivait des poèmes ! Et voilà, la vérité, dans sa simplicité pure... Une révélation qui me surprend moi-même. Ce hippie allait à l'encontre de tout ce qui symbolisait mon univers ! Dany incarne la version masculine de Deb et ses croyances profondes. Mue par mes aspirations secrètes d'écrivain, je m'étais enrôlée à un cours facultatif de création littéraire. Au second semestre, je me retrouve aux côtés de Dany, cet insolent hippie barbu et chevelu que je croyais être l'amoureux de Deborah, son ombre fidèle.

« Myriam ! Que fais-tu là, futur scientifique ? »

Je rougis bêtement, comme prise en faute. Sur ce campus de milliers d'étudiants, c'est bien ma veine, de retrouver ce contestataire de carrière, qui semble percer toutes les faiblesses de la nature humaine et les dévoiler au grand jour. Je riposte, contrariée : « Et toi, Dany, tu as laissé tomber tes cours de sciences politiques ? »

Il éclate de rire, et je remarque, sous l'épaisseur de la barbe, qu'il a de belles dents... Au fil des mois, j'apprends que Deborah n'est qu'une sœur d'âme pour lui. Quand il ne fait pas de politique ou n'organise pas de marches, Dany écrit des poèmes. D'où sa présence au cours de Pat Cummings, docteur ès-lettres.

À partir de ce jour, le personnage m'intrigue : cet être, fait de contrastes, cet Hercule à la verve tranchante et à l'âme de poète me force, comme Karie à Paris, à pénétrer dans les recoins insoupçonnés de mon intelligence. J'aime discuter avec lui, sirotant du café fort. Dany opte pour de l'eau plate à la cafétéria, se réservant, dans son studio, à la dégustation de thés exotiques. Lorsqu'il m'offre de me joindre à lui pour une camomille, dans son studio où il brûlerait de l'encens, je décline son offre, prudente…

Pat Cummings me remet mon texte corrigé, avec les annotations suivantes : « *Bonnes descriptions ; images fortes ; un peu trop romanesque, à mon avis* ». Sensible à la critique, il m'importe peu que la note récoltée soit excellente. Dans mon texte, j'avais fait passer mon âme ! Dany m'entraine sur le gazon qui vieillit, avec les feuilles mortes de l'automne. L'air devient frais, déjà. L'ami m'entoure l'épaule et je me sens bien, dans le refuge de ses bras.

« Myriam, le romanesque fait partie de ton charme ! Apprends à t'aimer telle que tu es ! »

À partir de ce jour, j'ai su répondre à la petite voix de la conscience qui, souvent, me narguait par sa question : *Qui es-tu ?* Libérée, j'affirme, aujourd'hui : *Je suis Myriam, la romanesque !*

~ 46 ~

Deb, ma voisine de chambre, écrit toujours « Humaine » à la colonne des formulaires officiels où l'on s'enquiert de la race et de l'ethnicité. Rousse aux yeux verts, ses ancêtres ont émigré de l'Europe de l'Est. Elle connaît trop bien le stigma qui sévit, subtil, pour certains Juifs et demeure sur la défensive. Je n'ai pas le cran de ma camarade. Mais la question me gêne toujours. Issue d'une union mixte, il m'est difficile d'être cataloguée. Les choix énumérés me limitent : Caucasienne ; Noire ; Asiatique ; Indien d'Amérique ; Hispanique. Inspirée par Deb et son mépris ironique des formes, j'ai pris la décision de noter « Inconnue » à la colonne des races… Un petit plaisir innocent de ma part, à prendre aux dépens des statisticiens qui auront à déchiffrer ces formulaires et fronceront peut-être les sourcils.

J'entreprends un exercice théorique : le calcul mental des statistiques de ma mère, noire à 50% de par son père et arabe à 50% par sa mère. À en croire la photo de Claire, il serait facile de l'imaginer exécutant la danse du ventre, ou portant le voile des femmes d'Orient… Mais pour les États-Unis, elle serait identifiée à la race noire. Quel pourcentage de la race dominante en définit son appartenance ? Devrait-on se baser sur la formule mathématique, ou les caractéristiques physiques de la personne ?

En Haïti, population à prédominance noire, nous avons établi des sous-groupes pour nous différencier les uns des autres. La texture des cheveux, crépus ou souples, et les tons de l'épiderme offrent une gamme variée à notre classification qui distingue les Haïtiens noirs des « griffes », « grimauds » et « marabouts ». La catégorie des « mulâtres » englobe pour nous ceux dont l'épiderme varie du beige au brun, et qui portent la couronne lisse, ondulée ou bouclée des cheveux. Ils s'imaginent descendants de lointains ancêtres, ces fils et filles de colons et de leurs jolies esclaves, dont les ombres se mêlaient, dans la sensualité envoûtante des nuits tropicales, ou s'affrontaient, quand le maître utilisait sa force contre la faiblesse… En réalité, l'Haïtien mulâtre est le fruit de générations d'hommes et de femmes qui ont mêlé, au fil des ans et des passions, tous types de chevelures et d'épidermes confondus. Le savant jeu des gênes et des chromosomes a fait le reste ! Hors des frontières d'Haïti, exposés à un monde souvent divisé par les ethnicités, certains haïtiens de race mixte, considérés clairs de peau dans notre île, peuvent ressentir, pour la première fois, la cuisante blessure du préjugé de couleur…

Parfois, un étranger de race blanche décide de planter ses racines en Haïti, et vient ajouter « un peu de lait au café » de notre race ! Le mot « blanc » sous-entend plutôt un « étranger » chez nous. Nous avons donc inventé, faisant référence aux visiteurs de race noire, une catégorie dénommée « blanc-noir ». Ma conclusion : la race humaine bouge et change dans une valse éternelle appelée *vie* ! Vouloir cataloguer les races est une tâche qui s'avèrera de plus en plus compliquée, dans un monde de plus en plus complexe, avec des sous-groupes de plus en plus nombreux !

~ * ~

Assis en tailleur sur le parquet nu, nous sommes une vingtaine chez Dany : bandana au front, poncho bariolé, cheveux longs sur les épaules ou large afro bouclé, la bande écoute Bob Dylan. Dans la fumée trouble de la marijuana, garçons et filles rêvent d'un monde nouveau, où l'Amour universel ferait place à la guerre. Jeans délavé et longue blouse paysanne, je passe tranquillement le « joint » à la ronde. L'odeur lourde qui flotte dans l'air semble me soulever de terre et m'emporter dans une autre sphère. Je ferme les yeux, bercée par la musique, et l'étrange bien-être qui m'envahit le corps. Dany murmure : « Allez, Myriam, goûtes-y au moins une fois ! Tu te prives d'une super-expérience ! » Je secoue mollement la tête, qui retombe au creux de son épaule. La marche et les slogans ? Oui ! La marijuana ? ? ?...

Deborah conseille, irritée : « Fiche-lui la paix ! » Elle a su masquer la déception causée par Dany, qu'elle aime d'amour, je crois. Je lui avais avoué que nous nous fréquentions, Dany et moi. Surprise, Deb m'avait remerciée de ma franchise : « Prends garde, Myriam, qu'il ne te réclame plus que tu ne puisses donner ! »

Je devine qu'elle fait allusion, non à une liberté sexuelle qui, pour elle, n'est pas une issue, pourvu que les sentiments soient mutuels, mais au caractère révolutionnaire et dominateur de Dany. Il exigerait peut-être que je fasse table rase des principes et croyances qui, jusqu'ici, ont régi mon existence. Dany, regard de braise, chevelure sombre flottant sur ses larges épaules, vêtu d'un éternel poncho et de sandales de cuir, me rappelle un prophète des temps bibliques. Ce hippie exerce sur moi une étrange fascination. Connu pour son non-conformisme, il va à l'encontre de tous mes principes, dans ses prises de position virulentes. Mais, quand nous sommes seuls, le poète trouve les mots qui font battre mon cœur…

~ * ~

Nous avons scandé des slogans de Paix, esprits surchauffés, autour du vaste campus de Bradford, réclamant à corps et à cris le retrait immédiat des troupes du Viet Nam. Puis la bande, épuisée, s'est réunie chez Dany. Nous dinons de Luzerne, de grains de Sésame, de pains et de crudités. Au coin du studio où brûle une forte odeur d'encens, trône un grand lit à couverture mexicaine aux tons vifs. Quelques contestataires, calmés, se sont endormis, dans un mélange des genres. D'autres s'embrassent, allongés à même le sol sur la moquette, et échangent des caresses sans nulle gêne. Vont-ils faire l'amour, aux yeux et au vu de tous ? Regard vitreux de Dany, qui m'observe en silence et s'approche, trop près… Je détourne la tête, troublée. Sur le mur peint de couleurs étranges, un immense poster du signe de la Paix domine le décor.

Dany m'a offert un bracelet P.O.W portant le nom d'un prisonnier de guerre, symbole de mon appartenance à la cause. Son prénom : George. Quelque part, dans ce vaste U.S.A, une mère pleure ce fils absent. Est-il marié ou père, déjà ? Quels étaient ses rêves et ses aspirations ? Reviendra-t-il un jour, accueilli en héros ? Ses ravisseurs le feront-ils disparaître dans les rizières boueuses du Viet Nam ? Retrouvera-t-il le sol natal, endormi dans un cercueil enveloppé du drapeau étoilé ? L'honneur posthume ne remplacera jamais, pour les siens, sa vie fauchée par la guerre ! Je garderai toujours ce bracelet. Il demeure le talisman d'une époque inoubliable où, jeunes pleins de rêves et d'illusions, nous espérions, dans une contagieuse exaltation, changer le monde !

Encadrée de Dany et Déborah, j'ai embrassé le mouvement hippie avec fougue. D'être conquise par Dany a été chose facile. Sous l'emprise du « pouvoir des fleurs » et des slogans de paix, je suis devenue, à mon tour, son ombre fidèle. Le jour où il m'invite à la piscine de Bradford où l'eau, artificiellement chauffée, fait mes délices de fille des îles, je reçois un violent choc au cœur : Dany a émergé de l'eau pour m'accueillir au pied de l'escalier mouillé. Je demeure immobile, le souffle coupé : le géant barbu a paru, telle une statue de la Grèce antique, un valeureux guerrier des temps mythologiques, tout en muscles et courbes harmonieuses, gardant, telles des perles, des petites gouttes d'eau sur son large torse nu. Émue par cette illustration vivante du Canon de la beauté, j'avale à grand-peine ma salive... Dany glisse avec moi dans la nappe liquide et, se rapprochant dans la complicité de l'eau, m'enlace de ses grands bras musclés. Nos regards se soudent. Il prend mes lèvres dans une profonde caresse qui me laisse pantoise.

Les yeux fermés, les membres en coton, je vais défaillir et peut-être me noyer... *Tu es perdue, ma fille !* La petite voix de ma conscience prend plaisir à me narguer. La proximité de ce corps dur comme l'acier m'affole. Dany lit mon trouble comme dans un livre ouvert et s'en régale follement ! Il me chuchote, au creux de l'oreille : « Myriam, ton inexpérience me rend fou ! » et je sens toute pesanteur quitter mon corps, devenu fluide comme l'eau qui nous caresse de sa tiédeur rassurante. Sous ses lèvres intrépides, sous ses doigts fureteurs, toute notion de temps capitule…

Au fil des mois, cette réserve a fini par lasser Dany, ferme défenseur de la liberté sexuelle. Aux vacances de Noël, je pars me réfugier dans mon île, et le confort rassurant de ma famille. À mon retour, Dany me quitte, car je refuse de goûter à l'ivresse de la marijuana et d'une relation sexuelle avec lui. Mon inexpérience, qui l'émouvait au début de notre idylle, l'agace à présent. Il me traite d'hypocrite, car, lors de nos marches, je scandais à ses côtés le slogan : « Faites l'amour, non la guerre ! » Son départ creuse un vide poignant dans ma vie affective.

Mes études, pour le coup, en pâtissent. Deb m'observe de son œil perçant… Devine-t-elle mon dilemme ? L'oracle relève qu'il vient un temps dans la vie où l'on exprime son choix par un acte concret ! Dany revient un beau jour, m'offrant, sur un plateau de réconciliation, un ultimatum ! Au comble du désespoir, soûle de baisers auxquels se mêlait le sel de mes larmes, j'ai failli dire *oui* ce soir-là ! Daniel Mitropoulos, ma statue grecque taillée dans la perfection de la pierre humaine, est parti de ma vie, sans même se retourner une dernière fois… Deb, dont les radars aigus ont tout saisi, me rapporte, de la cafétéria, de la soupe de poulet : *comfort food*, comme ils appellent ici ce breuvage qui réchauffe le cœur et guérit la grippe. Ma voisine de chambre a violé ses principes de végétarienne, par pitié pour sa camarade, alitée. Pour la première fois depuis mon entrée à l'université de Bradford, je garde le lit : j'ai séché mes cours, aujourd'hui !

~ * ~

Le Temps, ce grand guérisseur, a fait son œuvre… Les exigences de mes cours me forcent à reprendre le contrôle de ma vie. Deb, par compassion, ne m'invite plus aux réunions de la bande, dont le quartier général est le studio de Dany. Ma voisine de chambre ne souffle mot à son retour, pour ménager l'équilibre fragile de mon cœur… J'ai accepté par contre l'invitation des élèves du cours d'anatomie qui se rendent à un *mixer* organisé par les étudiants en médecine de Cornell University, à New York : l'occasion providentielle aussi, d'une visite-éclair à Farid et Doris. J'ai pu enfin oublier le poids de la guerre du Viet Nam, et m'adonner, libérée, au plaisir de la danse, dans l'obscurité familière d'une piste comble !

L'image de Dany surgit parfois, dans ma pensée, quand je croise un hippie chevelu qui traverse le campus… Avec l'objectivité du recul, j'ai su jeter un regard neuf sur celui qui avait fait chavirer mon cœur : ce personnage controversé qui préférait, au café, la pureté de l'eau et des infusions, n'hésitait pas à abîmer son corps dans l'usage abusif de la marijuana. Il faisait, au nom de la paix, la guerre aux principes moteurs de la société. Il contestait, par principe, le système établi car il est toujours plus facile de détruire que de construire… Dany recherchait, près des gourous, les réponses à ses questions métaphysiques et espérait, avec des mots, changer le monde, plutôt que confronter la vie. Sa superbe arrogance n'était peut-être qu'un masque ?

Mon bracelet P.O.W a été rangé au fond d'un tiroir… George, prisonnier de guerre, gardera toujours une place dans mon cœur. Mais je suis prête à continuer ma route aujourd'hui, à écrire un autre chapitre à mon histoire. Deborah et moi n'avons plus grand-chose à nous dire, chacune perdue dans son univers clos… À la croisée de nos chemins, l'heure de la séparation va sonner. Nous souhaitons en silence que cesse la cohabitation, j'imagine.

Je m'accroche à mes livres pour oublier Dany… Le cours de chimie organique est une véritable torture. À ma seconde année d'université, résolue à faire table rase de tout obstacle à l'étude, je me jure d'esquiver un échec pour le sujet le plus ardu de la branche pré-médicale. Il y va de mon avenir de boursière ! Comme à l'époque du Bac, un vent de panique me secoue. Mais, je n'ai pas un ange gardien qui veille sur moi, ici ! Je suis seule, face à l'hostilité que représente un monde indifférent autour de moi, et qui se moque pas mal de mon échec, ou de ma réussite.

Le docteur Shapiro, éternelle veste de tweed, reproduction parfaite du professeur Tournesol de la série Tintin, est peut-être un génie de la Nomenclature des Éléments, mais manque de psychologie. Il a entamé son cours au début du semestre, par ces paroles inoubliables qui me causèrent un frisson d'effroi : « Quatre-vingt pour cent d'entre vous vont échouer la classe de chimie organique. Si vous voulez être des vingt pour cent qui réussiront, rien d'autre ne devra compter que vos cours ! »

~ 47 ~

Le 12 Octobre 1954, le cyclone Hazel frappa Haïti, causant plus d'un millier de morts, la destruction de précieuses denrées alimentaires et d'infrastructures. À la suite de cette catastrophe naturelle, l'aide alimentaire étrangère, baptisée « sinistré » par la population fit son apparition dans le pays.

Une scène surgit de la mémoire : une fillette de trois ans, debout près du grillage en fer forgé de la salle à manger de sa grand- mère, au Bois Verna, voit se courber, en une terrifiante génuflexion à même le sol, les cocotiers de la cour arrière, au son d'un sifflement lugubre. L'aïeule répète, comme une automate : « Et le Verbe s'est fait chair, et a habité parmi nous ! »

La petite fille apprend, des années plus tard, qu'un de ces monstres de la nature faisait ravage quand sa mère est morte. Elle garde, depuis, une phobie des cyclones et turbulences atmosphériques qui prouvent que l'homme n'est qu'un petit point obscur, insignifiant, dans le grand théâtre de la vie. Le Créateur du ciel et de la terre, est aussi celui des vents et du tonnerre, des volcans et des tremblements de terre ! Elle comprend, très jeune, que la vie est précieuse, mais si fragile aussi !

~ * ~

Au cœur des collines boisées de Bourdon, loin du tapage incessant de la grand-route qui lie Port-au-Prince à sa banlieue chic de Pétion-Ville, s'accroche une maison aux tons de beige et chocolat. L'imposante toiture en béton armé semble lancer un défi aux cyclones les plus dévastateurs des tropiques. Un système de gouttières, le long du périmètre de la toiture, recueille l'eau de pluie qui alimentera le réservoir sous-terrain. L'eau est une précieuse commodité de la réalité haïtienne. Des fers forgés travaillés protègent les baies vitrées de la maison et encerclent, depuis la dictature, une galerie autrefois ouverte à tous vents et tous visiteurs. Le lierre grimpant, touffu, a fait corps avec le fer forgé, pour donner l'illusion d'un vert jardin intérieur.

De la véranda fleurie, les occupants peuvent admirer la splendide baie de Port-au-Prince et les couchers de soleil les plus glorieux du firmament. Une femme brune se repose sur la chaise-longue. La haute silhouette masculine s'approche et se penche pour l'embrasser... Ils sourient. Les mèches noires et dorées se mêlent un court instant. Allongée sur la galerie entourée de plantes grimpantes, la femme au teint de pêche mûre rappelle une jolie fleur de serre, dont la beauté fragile risque de se rompre. L'homme n'aurait qu'un geste à faire, pour la cueillir dans ses bras, et la transporter dans une valse éternelle...

J'ai six ans et, à mes yeux d'enfant, James et Yvette forment le plus beau couple du monde... Ils réussiront plus tard le tour de force d'une vie harmonieuse au sein d'une dangereuse dictature. Le cliché du bonheur, c'est ce tableau, suspendu dans le temps et l'espace, d'un homme et d'une femme qui s'aiment. À six ans, ce bonheur simple, je veux le vivre aussi, un jour, quand mon prince charmant viendra frapper à la porte de mon cœur. Comme dans tout conte de fée qui se respecte, il sera jeune et beau, et nous aurons beaucoup d'enfants !

Je m'avance vers le couple enlacé, et je m'écris, souriante à la vie : « Papa ! Maman ! »

Ce tableau qui peint le bonheur de couleurs tendres, est la dernière image que je conserve, de la perfection d'un moment ! Je ne le sais pas encore, mais la fondation de mes propres origines sera remise en question, un an plus tard... Tout peut nous être enlevé, à la vitesse de l'éclair ! Rien n'est jamais plus pareil, après ! J'apprendrai aussi une vérité douloureuse, qui me hantera toute la vie : le passé ne peut être changé ; le futur est fragile ; seul le présent est palpable. Mais, ce cliché du bonheur, ce moment figé dans la perfection de la minute présente, a été, l'espace d'un éclair, à moi !

~ * ~

TROISIÈME PARTIE

L'Arrivée

~ 48 ~

Docteur Michael Roye, grand, châtain ondulé, collier de barbe taillée courte, petites lunettes rondes à la John Lennon, a le visage avenant. Il remplace le docteur Shapiro, en congé de maladie, apprend-t-il à un auditoire abasourdi. Les étudiants ont peine à croire à leur bonne fortune ! Le nouveau professeur, costume sobre et cravate sombre, devient la bouée de sauvetage des étudiants qui, tel un essaim d'abeilles, entourent son estrade… La classe s'est vidée et j'ose enfin m'approcher, timide. Docteur Roye m'offre le sourire étincelant d'une rangée de dents dont la blancheur éclatante me pousse à conclure, silencieuse, qu'il ne boit pas de café. Une pensée si personnelle me fait monter le rouge au visage !

M'armant de courage, je lui avoue mon dilemme : mes lacunes pour une matière qui me donnait, depuis la France, du fil à retordre… La difficulté à suivre les classes du docteur Shapiro sans l'espoir d'être aidée… L'ajustement de la langue aussi, un élément à ne pas dédaigner. Docteur Roye a démontré un vif intérêt à cette dernière révélation. Je m'attendais à la question logique qui suit : « Vous êtes originaire de quel pays ? »

En France, mes origines haïtiennes soulevaient toujours une curiosité de bon aloi. On voulait en savoir davantage. On évoquait Papa Doc… Je parlais de nos plages, et de notre soleil éternel. Je relevais pour certains, dont les notions de géographie étaient rouillées, que je venais d'*Haïti*, non de *Tahiti*. Aux États-Unis, c'est la langue française qui fascine toujours, et donne une sorte d'aura au francophone, quel que soit son pays d'origine.

« Parlez-vous français ? » La phrase favorite des Américains, à l'étranger de langue française. « *Oui, oui !* » : Je leur offre toujours cette réponse, qui semble les ravir.

J'ai été heureuse de jouer la carte de l'étrangère francophone, face à mon professeur. Nous avons quitté ensemble la classe qui s'était, depuis longtemps, vidée. Le docteur Michael Roye a accepté de m'aider à combler mes lacunes. Je me sens des ailes, ce soir-là. Nous allons nous rencontrer, dès le lendemain, pour des leçons particulières, à une salle de conférence attenante à la classe de chimie. Pour la première fois depuis le départ de Dany, je rêve de paysages fleuris, et de soleil… Je me suis réveillée, le sourire aux lèvres, sous l'œil suspicieux de Deborah.

Le passage du docteur Roye à Bradford ne sera qu'une courte halte. Membre de *l'Alumni*, l'association des anciens élèves de l'université, il garde des liens étroits avec l'établissement. Le meilleur élève du docteur Shapiro avait accepté de combler une urgente vacance pour son professeur alité. Interne en OB/GYN au Boston Memorial, affilié à l'université de médecine de Bradford, ces quelques heures hors des murs de l'hôpital lui offrent une certaine détente. Michael Roye parvient, avec patience, à me réconcilier à la chimie organique. Un miracle se produit ! Mes lacunes, peu à peu, s'évaporent.

Mais, avec l'approche des examens de fin de semestre, faisant taire le lambeau d'orgueil qui me reste, je supplie notre jeune professeur de m'offrir encore son concours pour quelques jours. Je lui avoue alors l'importance pour moi de conserver ma bourse d'étude, et l'obligation qui m'incombe, de maintenir l'excellence académique. Il accepte de bonne grâce.

~ * ~

Les examens de fin de semestre vont débuter. Des heures d'angoisse m'attendent ! Au menu : anatomie II, physiologie II, microbiologie I, génétique, dont je raffole et le dernier examen du semestre, chimie organique. Des séances de révision sont prévues en classe pour cette dernière matière, initiative heureuse de Michael Roye. Le docteur Shapiro reprendra son poste la semaine prochaine pour administrer le test final. À cette pensée, une tristesse m'envahit le cœur… Un groupe d'élèves entoure notre jeune professeur, comme au premier jour. Une étudiante au sourire angélique s'approche si près de lui, que sa chevelure effleure l'épaule du docteur Roye. Contrariée par cette image, je reste tranquille dans mon coin, ruminant ma déconvenue.

Myriam, ma fille, serais-tu, par hasard, jalouse de ton beau professeur ? La petite voix de ma conscience me nargue, ironique… Michael Roye a été ma bouée de sauvetage pendant quatre longues semaines. Lors des leçons particulières en salle de conférence, nous nous sommes fait des confidences mutuelles sur nos familles, nos goûts et nos aspirations. Il démontrait un grand intérêt à tout ce qui touchait ma personne, mon pays, mes voyages, ma famille. Je n'ai pu m'empêcher de penser à Dany qui jamais ne s'enquerrait de ces détails… Dany pour qui la grande passion était la cause, et la satisfaction des désirs, un droit pressant.

Ahurie, je suis tombée nez à nez sur lui la semaine dernière. Comme il le faisait parfois, du temps du docteur Shapiro, Dany était venu m'attendre à l'entrée de la classe de chimie. Il paraissait sûr de lui, résolu, comme si l'on s'était quitté hier, avec promesse de se revoir le lendemain. Je ne l'avais pas revu depuis des mois mais la plaie n'était pas encore cicatrisée.

« Myriam, je dois te parler ! (Un ton autoritaire, qui n'admet pas de réplique !)

– Fiche-moi la paix, Dany ! »

Juste au moment où il tentait de m'agripper la main et m'entraîner à l'écart, le docteur Roye arrivait. Surpris de la scène qui se déroulait entre son élève et ce hippie en queue de cheval, il s'est arrêté une seconde, pour s'enquérir avec sollicitude : « Tout va bien, Miss Tyler ? »

J'ai fait « oui » de la tête, gênée... La classe allait commencer. Je me suis résignée à écouter Dany, pour qu'il s'en aille au plus vite. De n'avoir pu m'entraîner dans son lit devait sans doute le frustrer, lui qui ne manquait pas d'adeptes féminines à la cause, trop heureuses peut-être de satisfaire ses désirs. J'imagine que le fruit défendu a un puissant pouvoir d'attraction, pour le chasseur... Mais j'avais tourné la page. Ma garde-robe avait changé, et mon style d'antan, plus conservatif, remplaçait mes blouses paysannes. Je ne portais plus de bandeaux au front, juste quelques fleurs aux cheveux de temps en temps.

Face à sa déconvenue, Dany voulut quand même avoir le dernier mot : me toisant de son regard de braise, qui, il n'y a pas si longtemps, me laissait pantoise, il me lança au visage :

« Regarde-toi ! Tu as changé. Tu n'es plus des nôtres. Je ne te connais plus ! »

Il tourna brusquement les talons pour disparaître de ma vie ! Oui, Dany, j'ai changé... Si tu l'interprètes comme une trahison à la cause, c'est ton choix. Je n'oublierai pas la richesse de cette époque où nous prônions la paix. J'ai beaucoup appris, à tes côtés. Mais tu exigeais trop de moi : ce que je n'étais prête encore à offrir à un homme... En pénétrant dans la salle de cours, quelques regards curieux se sont retournés sur mon passage.

~ * ~

La semaine précédant l'examen de chimie, le docteur Roye a fait ses adieux à la classe, chagrine de le voir quitter ce poste que nous savions temporaire. Ses paroles d'encouragement avaient eu l'effet d'un baume, sur nos cœurs. L'espoir luisait à nouveau. Il est parti, après avoir serré la main de chaque élève, retrouver sa place d'interne au Boston Memorial. Michael Roye avait eu la délicatesse de m'inviter à me joindre à lui, avant son dernier cours, pour un jus de fruit à la cafétéria, à l'heure où se tenaient, d'habitude, nos séances de rattrapage. Il n'était pas rare de voir élèves et professeurs attablés ensemble, aux heures de repas.

C'est la première fois que je me trouvais en présence du docteur Roye, hors de la salle de chimie, ou de conférence. Il tenait à me prodiguer des conseils pratiques en prévision de l'examen. J'étais devenue « son » projet, j'imagine : l'élève qui, contre toute attente, allait réussir son examen, et surprendre le docteur Shapiro. Il avait généreusement offert de m'épauler.

« Couche-toi tôt, la veille. Surtout, pas de panique ! »

Échouer ne pouvait plus être une option ! Ma dette de reconnaissance serait payée par ma réussite.

Docteur Roye s'est penché vers moi… Quel secret allait-il me confier ? Les petites lunettes rondes accentuaient la transparence de son regard.

« Sais-tu qu'il est défendu aux membres du corps enseignant de fréquenter un élève ? »

Prise de court, j'ai rejeté la tête en arrière, furieuse contre lui, et surtout contre moi-même. L'orgueil de Charles Deveaux m'est monté au visage, tel un torrent déchaîné, une mer en furie !

« J'espère tout de même que vous n'allez pas croire qu'on se fréquente ? Docteur Roye, j'ai la ferme intention de vous payer le montant de vos honoraires, pour mes leçons particulières. Je n'ai qu'un but : réussir mon examen ! J'espère ne plus jamais vous revoir après.

– Moi, au contraire, j'aimerais te revoir ! »

Michael Roye éclate de rire. Déroutée, ma colère s'évapore en fumée. Confuse au possible, je me demande si je suis la victime d'une vaste plaisanterie dont je n'arrive pas à saisir l'humour ! Le fou rire s'est arrêté, mais le regard pétille de malice derrière les lunettes. Je ne suis pas sûre d'avoir bien entendu… Le bruit ambiant, certainement ! Michael Roye s'est calmé. Devenu, d'un coup, sérieux, il me rappelle qu'il n'est pas membre du corps enseignant à Bradford et libre, en conséquence, de fréquenter qui il veut. Il souhaite apprendre à mieux me connaître, dit-il… Cette fois, j'ai bien entendu. Et je n'ai pas la berlue.

Assis en face de moi, il observe la gamme de mes émotions, qui sont passées de la colère, à la confusion, pour aboutir à la surprise. Le jeune professeur qui trouve amusantes les formules chimiques, perd, une seconde, sa calme assurance lorsqu'il avoue, d'un ton devenu solennel :

« Je t'ai remarquée dès mon arrivée : ton air sage, sous tes tenues de *flower child* ; ta tension au cours, ton désir de tout absorber, tes prises de notes rapides et saccadées. J'ai deviné ta panique silencieuse, incrustée dans un regard mélancolique… J'ai été conquis par ton accent adorable enfin, et ta chevelure superbe, ornée de petites fleurs, qui fait sans doute se retourner les hommes sur ton passage. »

Le chat a pris ma langue et est parti avec ! Michael Roye continue, troublé : « Ce hippie barbu qui t'attendait, que représente-il pour toi ?... Myriam, ton cœur est-il libre ? »

Dany a été l'instrument involontaire du destin. Sa présence à mes côtés, ses gestes de propriétaire, ont déclenché, chez Michael Roye, un sentiment vieux comme le monde : les affres de la jalousie, au point qu'il est passé aux aveux. Devrais-je considérer ce jour comme une rencontre accidentelle, ou au contraire y voir le plan parfait de l'Univers pour ma vie ? Michael a posé la question-clef, qui m'obligera à sonder les abîmes profonds de mon cœur. Au fil des êtres et des années, j'ai toujours prôné l'honnêteté des sentiments, préférant la clarté au clair-obscur de la conscience. Rien n'était simple, pourtant. Mon cœur était libre, mais portait les traces encore fraîches de Dany.

« Peut-on oublier le passé ? demandaient ses élèves, à Sœur Marie Laurence. »

La réponse, pleine de sagesse, nous avait surprises : « Non. Mais le passé nous aide à modeler le futur. »

Dany fait partie d'un passé que l'on n'oublie pas. Il a contribué à modeler l'être que je suis devenue aujourd'hui. Son passage a laissé des traces. Je ne serai plus jamais indifférente à la paix du monde, et à la cruauté des hommes envers les animaux. Mais nous nous sommes séparés à la croisée de nos chemins… Il me faudra un peu de temps pour me lancer sur un autre parcours.

Mon premier rendez-vous avec Michael hors de Bradford est fixé au lendemain de l'examen final de chimie organique. Choix symbolique : la chimie, une fois de plus, nous rapprochera ! Mes jeans aux patches fleuris seront troqués pour un élégant pantalon noir et un chemisier de soie remplacera mes longues blouses évasées et décorées aux points de croix. Ma mise en plis sera particulièrement soignée ce jour-là et je ferai revivre ma trousse à maquillage ! Je réussis, au-delà de toute espérance, mon examen. Le docteur Shapiro, qui a repris son poste, exulte. L'artisan de la victoire est invité, en gage de remerciement, par son élève. Michael est venu me chercher en voiture, et nous avons roulé en direction du plus chic restaurant de Boston. Là, j'ai réalisé mon souhait de déguster un steak juteux, sous le regard amusé de mon compagnon, à qui je conte l'histoire de ma phase végétarienne. D'autres confidences ont suivi, le plus naturellement du monde. Michael se révèle un être plein de sérieux, mais d'humour aussi. Le long baiser, échangé en fin de soirée, vient sceller ce que nos cœurs devinent, déjà…

Lors d'un rare week-end de liberté, Mike m'a conduit en voiture à New York, où il fait la conquête de mon oncle Farid. Il s'est procuré des billets pour la performance de *Hair* à Broadway, hommage musical au mouvement hippie, et à ses émotions profondes. J'ai pu, avec sérénité, jouir du spectacle qui chantait une époque désormais révolue de ma vie. Nous nous fréquentons officiellement… Le souvenir de Dany, comme la fumée trouble de la marijuana, s'est estompé. Avec le temps, Michael a symbolisé la bouffée d'air pur, le roc solide, l'eau calme dont mon cœur avait soif. Je crains de me réveiller d'un rêve trop merveilleux pour être vrai ! Mike est là, près de moi… Tapie dans ses bras, mon cœur bat contre le sien. Non, je ne rêve pas ! Je suis, simplement, parvenue au bout de mon chemin !

~ * ~

« Bonne chance, Myriam !

– Bonne chance, Deb ! Je te souhaite de trouver ce que la vie te réserve ! »

Nous nous sommes embrassées en nous quittant… Je n'oublierai jamais Deborah, et nos discussions interminables sur la Vie !

Certains êtres, croisés sur notre route, laisseront des traces de leur passage… Michael m'a trouvé un logement à proximité de l'université et de l'hôpital, que je partagerai avec deux de ses collègues féminines, internes comme lui. Une atmosphère studieuse règne dans ce logis où nous avons chacune notre chambre. Nous sortons les week-ends, quand Mike est libre : un bonheur d'autant plus précieux qu'il est rare. Mon tempérament studieux s'adapte, avec sérénité, aux exigences de nos horaires respectifs. Nous visons, tous les deux, à l'excellence. J'espère décrocher, avec mention, mon diplôme en sciences de la santé.

Le Destin était au rendez-vous. Il m'a pris par la main, pour me conduire vers les eaux tranquilles…là où la vie m'attend, pour m'offrir la part de bonheur qui m'était réservée depuis toujours. Je crois en un Dieu Créateur des astres et de l'univers, un chef d'orchestre avisé qui veille aux moindres rouages de ses créatures et leur offre, dans sa complaisance, l'étalage de ses merveilles. Si, comme ces hippies, ces « enfants des fleurs », j'ai rêvé d'un monde où le béton, la pollution et l'égoïsme feraient place à la beauté des fleurs et au partage universel, j'en ai ras-le-bol des astres-dieux, et des gourous. L'ombre rassurante des églises de mon enfance me manque !

Le côté trivial de ma nature réclame ses droits aussi, je dois l'avouer : je suis heureuse de pouvoir apprécier un steak, loin du regard accusateur de Dany et Deborah. J'aspire, au cœur d'une musique assourdissante, sur une piste comble, à retrouver la magie de la danse, oubliant un peu les horreurs de la guerre du Viet Nam.

Il m'arrive parfois de penser à vous, compagnons chevelus d'une époque révolue pour moi… Iras-tu à Katmandou, Dany, comme tant d'autres frères, à la recherche de la vérité universelle ? Et toi Deborah, avec qui j'ai partagé, chez tes parents, la fête de la Pâque juive, goûtant aux herbes amères et au pain sans levain, élèveras-tu tes enfants, Sky et Rainbow, libres et nus, fleurs tendres dans un champ de couleurs, en communion avec la Nature, mère nourricière ? Qui sait ? Dany réalisera enfin que tu es son âme-sœur ! Je partagerai alors, de tout cœur, votre joie ! À travers la cause, la drogue, la nature et les gourous, c'est Dieu, peut-être, que vous cherchiez… Quand le destin est venu frapper à ma porte, j'ai pu, forte de nos expériences vécues, reconnaître son visage !

~ * ~

Certains soirs, nous dînons chez les parents de Mike. Docteur Stephen Roye et son épouse Kathryn sont des êtres pleins de goût et de mesure : un foyer agréable, une bibliothèque qui regorge d'ouvrages médicaux. Michael, fils unique, suivra les traces de son père médecin. Un beau chat jaune ronronne près de la cheminée. Un bonheur paisible règne entre ces murs accueillants. La perspective de connaître les parents de Mike m'avait, je l'avoue, intimidée. Je lui ai conté le récit troublant de ma rencontre avec Grand-mère Tyler : un secret à emporter à la tombe ! Mike, dont les taquineries ont parfois le don de m'agacer, avait renchéri, malicieux : « Si je t'épouse un jour, nos enfants mixtes parleront l'anglais, le français, le créole et l'arabe et auront les couleurs de l'arc-en-ciel ! »

Il n'a jamais, auparavant, parlé mariage... Me voilà confuse, ne sachant si je dois le prendre au sérieux. Et, pourquoi ce sourire ? Se moque-t-il de moi ? La plaie causée par Louise Tyler fait encore mal ! Brunswick appartient à un passé que je n'oublierai pas. Je ne supporterais jamais un second rejet ! Mike réalise que le ton devrait être à la solennité. Ses yeux s'accrochent alors aux miens : il me confirme son amour inconditionnel ! La chaleur de ses bras se fait rassurante.

« Et tes parents ? Leur opinion compte pour moi !

– Ma chérie, je compte unir ma vie à celle d'une fille des îles. Mon père et ma mère ne sont pas aussi bornés que tu le penses. Ils ont déjà tout compris ! Leur seul souci est mon bonheur ! »

L'Antillaise pleine d'exotisme est reçue avec chaleur. Assise près de Kathryn au dessert, les albums d'une enfance heureuse prennent vie pour un petit garçon au visage espiègle et au sourire désarmant. Les pages se succèdent, avec les anecdotes. Un regard précieux dans le passé...

Tard dans la nuit, je suis restée longtemps blottie contre Mike, dans l'intimité de sa petite Volkswagen. Mon être entier appartient déjà à cet homme qui a conquis mon cœur ! Il est celui qui, de toujours, m'attendait au bout du chemin... L'humeur, ce soir, est aux propos légers !

D'une voix mielleuse, je l'interroge : « Dois-je conclure avoir reçu une demande en mariage aujourd'hui ? Je n'en suis pas si sûre ! »

Mike éclate de rire : « La patience, Myriam, est une vertu ! »

~ 49 ~

Je n'ai jamais pu concevoir la Noël hors d'Haïti. L'année précédente, j'avais été heureuse de me replonger au sein de la famille, loin de Dany, Deborah, et des soucis de la guerre. Je n'avais soufflé mot de mon bel amoureux aux cheveux longs, pour ménager le cœur de ma famille. J'imaginais Dany, queue de cheval au vent dans la brise fraîche de décembre, son ombre élancée contre le ciel orange du crépuscule, sur les collines de Bourdon... Ce serait signer l'arrêt de mort de Marguerite ! Aussi, à sa question favorite depuis des années, à mes retours de voyage : « W gen yon ti menaj ? », je répondais invariablement à ma chère nounou, laissant sa grande curiosité sur sa faim : « Non, pas d'amoureux attitré. Les études me prennent tout mon temps ! »

Comme de coutume, la famille au grand complet s'était rendue à la messe de minuit de Saint Louis de Gonzague. Le docteur Toussaint, ami de Grand-père et ancien élève de Saint Louis, nous procurait les billets qui nous assuraient une place à l'intérieur. Au douzième coup d'horloge, l'assistance se levait d'un bloc, et entonnait « Minuit Chrétiens ». Je prétendais alors avoir une paille à l'œil, ma piètre tentative à cacher mes larmes à mes petits frères.

Bobby, dix-sept ans, classe de Rhétorique, m'avait jeté un regard mi-ironique, mi-amusé. Ses pensées voguaient ailleurs. Sa vie amoureuse s'entourait d'un halo de mystère. Grand comme Papa et Grand-père, il faisait tourner la tête des demoiselles. Marguerite divulgua son secret : un soir, Bobby, six pieds et persuadé d'être un « grand », ne rentra pas à la maison. Trop conscientes des dangers permanents d'un régime dictatorial, Yvette et Leilah, envahies par la panique, perdirent le contrôle de leurs émotions. Le lendemain matin à son retour, le coupable, penaud, reçut de son père la plus humiliante raclée de sa vie.

J'observais papa à la dérobée : James avait pris, au fil des ans, un sérieux embonpoint. Qui était la plus coupable ? Yvette, Leilah ou Marguerite ? Les trois femmes de sa vie le comblaient d'attentions et flattaient sa gourmandise. J'étais loin de mon père... La vie nous séparait, pensais-je, avec un grain d'amertume.

Au sortir de la messe, embrassades à la ronde, suivies du souper traditionnel au Rond-Point, où mon plat d'escargots au beurre d'ail m'attendait. La distribution des cadeaux s'était faite le lendemain autour du sapin. Nous avions tous grandi, au fil des ans... Père Noël ne déposait plus, sous le lit à côté de nos pantoufles, les présents qu'enfants, nous convoitions l'année entière. Mark, cinq ans, était l'exception, évidemment !

L'arrangement de la crèche, au pied de l'arbre, était toute une production : papier mâché durci à l'amidon, pour imiter les collines d'un village complet. À l'écart, au versant d'un morne surplombant les maisonnettes aux petites lumières clignotantes, se tenait l'humble crèche au toit de chaume, où reposait le petit Jésus, entouré des santons. Yvette avait maintenu à Bourdon la tradition du village que construisait tous les ans Leilah, au Bois Verna, et qui rappelait toujours à ses filles : « Voilà, mes enfants, le sens véritable de la Noël : la naissance, dans une étable, du Sauveur ! »

Aux messieurs incombait la tâche de décorer le sapin. Marguerite épiçait, la veille de Noël, la dinde traditionnelle et Leilah préparait la bûche au chocolat. Yvette, chef d'orchestre avisé, planifiait les moindres détails du festin de Noël, qui se déroulerait dans la perfection. Malgré la dictature, les familles non endeuillées oubliaient un moment la politique, pour partager la joie de Noël avec les êtres chers.

~ * ~

Cette année, je suis restée longtemps accrochée à Mike avant de lui tendre mon manteau d'hiver. Il me fit de grands signes d'adieux et l'avion m'emporta vers mon île ensoleillée, pour les fêtes de la Noël en famille. Depuis des temps, les mois d'été consistaient en stages de laboratoire dans les hôpitaux de Boston. Cette halte de décembre m'offrait mes seules vraies vacances de l'année. J'étais épuisée.

« Tu as besoin de repos, darling … Et de revoir ta famille ! »

Mike m'avait remis quinze lettres cachetées et datées, avec instruction d'en lire une chaque jour pour m'aider à combler le vide de son absence. J'avais suivi ses instructions à la lettre. Dans l'intimité de ma chambre de jeune fille, je prenais lecture de la lettre du jour, écrite sur papier bleu pastel, pour la ranger ensuite sous l'oreiller. Je recherchais, par ce geste, l'illusion de sa présence, peut-être… Mike, taquin, toujours pressé, révélait une émouvante tendresse dans ses lettres : c'est mon visage qu'il verrait, en s'endormant le soir… Il imaginait déjà **notre** petite fille, qui me ressemblerait…

Mes parents avaient deviné qu'il y avait anguille sous roche. D'ailleurs, Farid et Doris avaient déjà reporté à la famille la nouvelle de la visite à New York de Michael Roye. Je leur avouai que j'aimais Michael d'amour !

Le Jour de l'An, alors que je faisais déjà mes valises, Mike débarqua chez mes parents et leur fit, en bonne et due forme, une demande en mariage pour nous ! À une époque où les parents n'avaient pas voix au chapitre, dans le monde universitaire où j'évoluais, sa délicatesse me ravissait ! Je lui avais parlé de nos coutumes et traditions, et il avait pris note !

Une bague de fiançailles reposait dans un écrin de velours sombre. En présence de mes parents, mes petits frères et ma grand-mère, docteur Michael Allen Roye devint officiellement mon fiancé, en me passant le diamant à l'annulaire gauche.

Marguerite, émue, éclata en sanglots.

« Je peux mourir maintenant ! Mon bébé a trouvé un époux !

–Non ! lui conseillai-je en riant. Attends que je me marie d'abord ! »

Papa exultait. Mike paraissait le gendre idéal ! Yvette, d'ordinaire mesurée, contenait mal sa joie. Me prenant la main, elle m'entraina sur la véranda après le champagne, laissant les hommes converser au salon. Rougissante, elle m'offrit, de sa sagesse d'aînée, des conseils de prudence :

« Sois sage, jusqu'au mariage... Intéresse-toi un peu à la cuisine aussi. C'est important dans un foyer ! »

Les paroles d'Yvette me laissèrent songeuse... Le premier conseil offert sous-entendait sa grande perspicacité, face à la force de la passion. Le second ne m'étonna point. Mon père avait toujours été aux petits soins et sa femme, une maîtresse de maison accomplie... Mes pensées se tournèrent vers Mike. Quels étaient ses goûts et ses préférences ? Exigerait-il un foyer impeccable, ou laisserait-il de la place à mon grain de fantaisie ? Comment vivrais-je, sans une version plus jeune de Marguerite ?

Nous avons repris l'avion ensemble. Boston nous attendait ! Ses parents nous accueilleraient à l'aéroport, avec nos manteaux d'hiver !

~ 50 ~

Nous avons changé d'avion à Miami et survolons Boston, où m'attend mon dernier semestre d'université et Mike, sa première année à l'hôpital au poste de résident en OB-GYN. La ville nous accueille, couverte d'un manteau blanc. Il fait un froid de canard. Les parents de Mike nous ouvrent les bras et insistent que je m'adresse à « Steve et Kate ». Ils ont préparé un souper aux chandelles pour nous recevoir. Nous sommes officiellement fiancés. Une bouteille de champagne est servie en notre honneur.

« Pas question de braver le froid, ce soir, Myriam… La chambre d'amis est prête. »

Je serai leur fille, bientôt… Ils tiennent, avec délicatesse, à me le rappeler. Ils nous ont souhaité bonne nuit. Mike est toujours « *Mousy* », pour sa mère… Sa petite souris ! Je n'ai pu cacher un petit rire en coin. Il doit son sobriquet à son prénom qui l'apparente à Mickey Mouse, et son amour d'enfance pour la souris la plus célèbre du monde ! Ce couple m'apprendra qui était le petit garçon qu'ils ont eu la joie d'élever. Leilah contera à mon futur époux l'histoire de ma vie, si je veux bien lui servir d'interprète. Ils ont sympathisé sans pouvoir échanger la moindre parole…Mike désire apprendre quelques mots de français en prévision de notre prochain voyage. Bobby lui a appris une phrase très importante en créole : *Mwen renmen w*… Je t'aime.

Nous restons longtemps blottis sur le sofa, Mike et moi, à caresser des projets d'avenir. J'aimerais tant me marier dans le pays qui m'a vue naître, sous le ciel étoilé de décembre, au son des cloches du Sacré-Cœur… J'ouvre un regard surpris, dans la clarté blafarde de ce matin d'hiver. Mike, à mes côtés, l'air chiffonné, s'étire et me sourit. Nous nous sommes endormis hier soir, épuisés après un long voyage, blottis dans les bras l'un de l'autre, sur le sofa du salon. Cheveux défaits, vêtements de ville froissés, je m'éclipse vers la salle de bain.

Kate a frappé à la porte de ma chambre pour m'inviter à me joindre à eux. Ils boivent du thé. Ma tasse de café m'attend, fumante. Mike aussi s'est refait une mine présentable. Je souris à mon tour à l'homme de ma vie… Je voudrais me réveiller, dans ses bras, sous la chaleur de ses baisers, le restant de mes jours !

Nous avons causé, aux petites heures de la nuit et fixé la date de notre mariage pour décembre, en Haïti… Mon rêve se réalisera. J'aurai alors vingt-deux ans, et Mike vingt-huit. Une différence acceptable, qui lui confère un halo de sagesse. Dany cherchait à contrôler mon âme, et mon corps. Avec Mike, je veux, librement, confier ma vie, mes rêves et mes aspirations entre ses mains ! Je lui tendrai le gouvernail, sachant, sans l'ombre d'un doute, qu'il me conduira à bon port. Il a le visage du destin, de celui que je cherchais depuis toujours !

~ * ~

Par un effort de volonté quasi désespéré, et grâce au système de « crédits » qui permet à l'étudiant studieux de mettre des bouchées doubles, j'espère terminer, en juin, mon cycle d'études. Je caresse d'autres plans pour décembre ! Mike a entamé son année de résidence. Nous nous verrons peu, mais les exigences de nos horaires respectifs permettront aux mois de s'écouler plus vite. Les stages obligatoires en milieu hospitalier, qui font partie intégrante de mon programme d'études depuis deux ans, y compris les mois d'été, nous offrent la chance de nous croiser, parfois, à l'hôpital : un sourire discret échangé, un clin d'œil complice…

Affectée au laboratoire de microbiologie clinique, vêtue de ma blouse blanche d'étudiante, je note, dans mon journal, mes moments marquants de stagiaire. Parfois c'est une situation cocasse qui m'amuse : la microbiologiste d'origine russe, chevelure grise en broussaille à la Einstein, masquée et gantée, à la section Mycologie, qui me rappelle, de son lourd accent : « Il y a des spores de fongus pathogènes partout ici ! Dans l'air ! Partout ! Partout ! Partout ! »

Souvent, je médite sur le pouvoir dangereux qui repose dans un bouillon de culture, ou une boîte de Pétri. J'ai le privilège d'étudier, à travers le tube de verre, la pousse bactérienne de l'agent pathogène de la tuberculose sur le milieu de culture Löwenstein-Jensen. Au microscope fluorescent, j'observe, fascinée, sur fond noir, le spirochète brillant de la syphilis, Treponema pallidum. En préparant les antibiogrammes, je m'imagine collaborant aux côtés de Fleming, le père de la Pénicilline. J'envisage déjà une spécialité dans cette branche.

La génétique me passionne aussi ! Les expériences de Mendel sur les petits pois, ont révolutionné les notions d'hérédité. Mendel m'aidera à prédire si nos enfants seront chauves, comme Charles Deveaux ou hériteront des yeux de leur père. Avec mes yeux bruns au gène dominant, le pourcentage d'un tel scénario est faible. Chacun de nos enfants naîtra avec son bagage à surprises !

Après deux semestres de cours facultatifs, à flirter avec l'Écriture et la création littéraire, j'ai dû, malheureusement, abandonner ce plaisir secret, faute de temps. Les exigences d'une branche scientifique sont sans merci ! La création littéraire est le regret que je porterai dans le cœur, comme le désir inassouvi de connaître Claire, ma mère…

~ 51 ~

Papa Doc Duvalier, l'artisan de tant de deuils dans les familles haïtiennes, mourut de sa belle mort le 21 avril 1971. J'ai essayé d'imaginer ce que furent les pensées intimes de ces familles endeuillées, à l'annonce de cette nouvelle... Au-delà de la mort, François Duvalier aura eu le dernier mot ! Il n'est pas parti aux mains d'exécuteurs cherchant à soulager, par la vengeance, leur peine... Le dictateur a planifié son dernier acte en nommant son successeur. Coup de théâtre ! Bébé Doc, dix-neuf ans, le flambeau de la succession en main, a lancé à son tour une dictature revue et corrigée, avec le souffle de la jeunesse.

Un vent violent souffla le jour des funérailles du dictateur, et le ciel s'assombrit, selon une rumeur qui m'était parvenue jusqu'à Boston. Anecdote cocasse : ma grand-mère qui, escortée de Marguerite, avait grossi la horde des curieux jusqu'au Champ de Mars, perdit une de ses chaussures, au cœur de la foule agitée qui longeait les rues de Port-au-Prince le jour des funérailles. Soutenue par Marguerite, Leilah remonta à pied l'avenue du Petit-Four, jusqu' à sa maison au Bois Verna, occupée par l'Organisme canadien. Les locataires, surpris, offrirent une chaise et un verre d'eau à la maîtresse des lieux, arborant une seule chaussure, et à son acolyte, fidèle dans les moments graves comme dans les situations folles ! Leilah, résignée aux remontrances qu'elle allait endurer de sa fille pour s'être lancée dans une telle aventure, attendit, penaude, l'arrivée d'Yvette !

Deschapelles - Juillet 1973

Sur l'ancien terrain de la Standard Fruit Co, dans la Vallée de l'Artibonite, se niche l'hôpital Albert Schweitzer, à Deschapelles. Les fondateurs, le docteur Larimer Mellon et sa femme Gwendolyn

Grant Mellon, laborantine spécialisée en maladies tropicales, avaient souhaité la bienvenue aux volontaires locaux et étrangers, fraîchement débarqués entre leurs murs. Ma chambre, meublée du strict nécessaire, m'attendait. Je prendrais le car de l'hôpital les vendredis pour Port-au-Prince, où m'attendrait mon père. Ce trajet chaotique de plusieurs heures, se ferait en sens inverse le dimanche après-midi.

J'avais quitté Boston, diplômée en Sciences de la Santé. Je n'avais pas bifurqué du but final, malgré les distractions de la route. Mike et mes parents, émus, m'entouraient à la cérémonie de graduation. James et Yvette, Steve et Kate avaient fait connaissance et en prévision des prochaines noces, rompaient la glace de la réserve mutuelle... Mike m'avait longtemps gardée sur son cœur, avant de s'envoler dans le ciel. Il partait faire un stage de six mois en Allemagne. Cette nouvelle, gardée secrète pour ne pas gâcher l'euphorie de la remise des diplômes, m'avait rendue muette ! Inconsolable dans ses bras, l'homme qui était devenu le centre de ma vie me jura qu'il n'y aurait plus jamais de séparation après notre mariage !

Une semaine plus tard, je partais à mon tour, offrir mes services à l'humanité souffrante d'Haïti. Je devais une dette de gratitude au pays qui m'avait vue naître ! Le désir d'honorer la mémoire de mon héros, Albert Schweitzer, et sa philosophie de « Révérence pour la vie » avait guidé mes pas vers l'hôpital Schweitzer de Deschapelles. L'absence rend le cœur plus tendre, dit l'adage. L'éloignement permettrait à Mike et moi d'aborder le mariage avec un souffle nouveau. Je pensais déjà à nos retrouvailles, qui seraient une célébration ! Dans le refuge austère de ma chambre, le soir, j'écrivais à mon fiancé des lettres brûlantes d'amour et de passion qui feraient rougir mon père, sans doute... Les siennes dormaient sous mon oreiller ! Lors de mes trajets à pied vers le laboratoire, je côtoyais la longue file des patients qui, arrivés à l'aube, attendaient déjà, dans la cour ombragée.

La souffrance s'étalait au grand jour, présente partout, méprisante des corps plissés par l'âge, aveugle à l'innocence de l'enfance... L'expérience acquise en maladies tropicales m'offrait autant que j'apportais à la cause du service : les cas de malaria et autres parasitoses, rares aux U.S.A, abondaient. Au souper, le grand réfectoire du personnel médical devenait salle de classe pour les missionnaires fraîchement débarqués et anxieux d'apprendre le créole.

Hannakah, infirmière hollandaise retraitée, offrait elle aussi son concours bénévole. Elle partagea ce récit avec moi : « Au village africain de Lambaréné, j'ai travaillé, il y a longtemps, aux côtés du docteur Schweitzer. Il savait se promener seul, mains derrière le dos, vêtu d'un éternel costume blanc, chiffonné parfois, quand un rare moment de loisir s'offrait à lui. Dans son refuge, loin des malades, il aimait jouer Bach, à l'orgue... »

Ce jour-là, à l'écoute du partage, j'ai senti que je frôlais le veston blanc du grand docteur !

~ * ~

Le souvenir du camp des Enfants de Marie à Belle-Fontaine, m'était revenu à la mémoire, allongée sur l'étroit lit de fer, dans la solitude de ma chambre à l'hôpital Schweitzer : un groupe d'adolescentes visant aux hautes cimes, sous la direction de Sœur Nicole, avaient pris le chemin, en jeep, à dos de mule et à pied, jusqu'au village perdu de Belle-Fontaine, alias Trou Coucou. Durant quinze jours, nous avions donné la main à la souffrance et à la pauvreté. Le prêtre de la zone nous offrait le gîte. Sa prière d'accueil, puissante, avait été : « Seigneur, donne du pain à ceux qui ont faim, et faim à ceux qui ont du pain ! »

~ 52 ~

Port-au-Prince - Décembre 1973

Les cloches du Sacré-Cœur ont carillonné, une soirée fraîche de décembre, sous un ciel étoilé, pour Monsieur et Madame Michael Roye. Vêtue de blanc, radieuse au bras de mon époux, j'ai quitté le parvis de l'église, flottant dans une sphère irréelle où rêve et réalité s'entremêlaient... Sourde à l'agitation fébrile qui grouillait autour de notre couple, je demandais à Dieu qu'avais-je fait pour mériter un tel bonheur. Mes petits frères, si beaux dans leur costume de circonstance, avaient joué à la perfection leur rôle de garçons d'honneur, escortés de trois jolies demoiselles en bleu turquoise. Mark, petit page de six ans en chemise blanche, avait été très fier de porter les bagues !

Le cœur prêt à éclater d'émotion, j'avais fait mon entrée, au son du Canon en D de Pachelbel, au bras de mon père... Ému, il m'avait conduite à l'autel pour prendre place aux cotés de Mike, que Kathryn, sa mère, accompagnait. Cette dernière ajusta ma traîne, au passage. Elle prenait à cœur son rôle de marraine de noces. Yvette, nature pondérée, essuya une larme discrète... Je m'étais arrêtée au premier banc pour lui offrir un sourire, au passage. Elle resplendissait de beauté, élégante dans sa robe longue et son chignon de circonstance. Grand-mère et Marguerite exultaient.

Ces trois femmes qui avaient marqué mon existence et réclamé du destin mon droit à la vie, m'entouraient, aujourd'hui... Une lutte intérieure se jouait, entre mes larmes qui naissaient au coin de l'œil, et la hantise de gâcher mon léger maquillage. La dictature Jean-Claudiste n'avait point découragé les voyageurs qui avaient croisé mon chemin hors des frontières d'Haïti : Farid et Doris, venus entourer la nièce qui fut, lors d'une halte à New York, un peu *leur fille... Leurs enfants, Diana et Dennis qui foulaient, pour la première fois de leur vie, le sol d'Haïti ; Karie, étudiante en faculté de médecine, venue, depuis Paris, partager la joie de son amie de pension ; Steve et Kathryn, les parents de Mike ; Alex, son grand ami et futur partenaire, un jour... Papa avait choisi le meilleur hôtel de Pétion-Ville pour rendre agréable le séjour des voyageurs étrangers dans nos murs.*

L'échange des vœux se fit en anglais. Mike prit la parole avec aisance, proclamant, devant Dieu et les hommes, son amour et sa fidélité. Persuadée que la solennité du moment me consumerait toute entière et me rendrait muette, grande fut ma surprise de pouvoir, à mon tour, clamer mon engagement d'épouse fidèle et aimante, en présence des parents et amis venus partager notre bonheur.

Des acteurs du passé, du présent et du futur m'entouraient. Cathy, souriante, partageait le bonheur de son amie d'enfance, escortée de ses parents, de Paul, et de son cousin Patrick... Deux religieuses de Sainte Thérèse, ambassadrices de mon ancienne école, assistaient à la cérémonie nuptiale. Karie représentait la France. Hannakah, venue de Deschapelles à la capitale, invitait avec elle l'ombre du docteur Schweitzer. Ti Sò, devenue Madame Yanick Tremblay, citoyenne canadienne, avait voyagé de Montréal pour le mariage. Sa coupe afro lui seyait à merveille. Sa mère l'avait rejointe là-bas et gardait les petits de sa fille. Un visa providentiel obtenu par le truchement de l'Organisme canadien qui louait la maison du Bois Verna, avait changé le cours du destin pour Dieudonne et sa fille.

L'année de mon mariage a aussi été celui de la fin, par décret officiel du président Richard Nixon le 27 janvier 1973, de la guerre du Viet Nam... Chaque étape de nos vies garde la trace du passage, et des visages de ceux qui ont fait un bout de chemin avec nous... Toute époque ramène des dates, soulève des émotions, ravive des souvenirs... Quelques ombres fugitives ne sont pas de la fête, aujourd'hui : Dany et Deb, qui ne savent peut-être plus quel sens donner à leurs vies, avec la fin de la guerre ; David ; Agnès, Ishtar et Sœur Marie Laurence reléguées, par ma faute, dans les brumes de Saint Joseph ; Louise Tyler, morte sans jamais revoir son fils... Ses boucles de diamant scintillent de mille feux à mes oreilles.

Papa avait reçu, par poste restante à son ambassade, un mystérieux paquet il y a quelques mois. Il contenait des photos, jaunies par le temps, de son enfance ; une boucle blonde ; un chèque bancaire, représentant sa part d'héritage : une somme rondelette, qui paiera l'université à mes petits frères. Dans un coffret de velours, des boucles d'oreilles de diamant, avec une courte phrase, griffonnée par une main tremblante : « À la petite-fille que m'a sans doute donné mon fils... »

L'aïeule est partie, emportant notre secret à la tombe. Dans un message adressé à mon père, Louise Tyler répétait presque textuellement les phrases de ma lettre. Elle gardait l'espoir que James lui pardonnerait, un jour... Elle pleurait cette famille qu'elle ne connaîtrait jamais ! Louise réparait, d'outre-tombe, les torts causés à son fils. J'ai un regret : celui d'être partie sans embrasser, ne fut-ce qu'un bref instant, celle qui berçait James, enfant...

Leilah m'ouvre les bras. Ses cercles d'or m'ornent le poignet. Grand-père aurait été si fier, aujourd'hui ! Charles tient compagnie à Claire, la mère que je ne connaîtrai jamais, et qui aurait été heureuse ce soir, de marier sa fille... Mais elle m'a légué sa sœur, l'ange gardien qui veille sur moi, à sa place. Yvette ajuste mon voile et me retient longtemps sur son cœur, au sortir de l'église. Je porte au cou le pendentif de diamant qu'elle m'a offert, selon la tradition, et qui appartiendra un jour à ma fille, le soir de ses noces.

~ * ~

Monsieur l'Ambassadeur, les collègues de Papa, les employés de l'agence de Grand-père, les amis et alliés des Deveaux et Habdoul nous entourent à Bourdon et trinquent à notre bonheur. Le champagne coule. Les parents de Mike, perdus dans la marée antillaise, sont *tirés du naufrage par l'oncle Farid, étranger lui aussi dans le pays de son enfance. Il les prend sous son aile protectrice. Cathy et Karie se retrouvent après sept ans. Sergo et Patrick, verre en main, se joignent à elles. Je leur fais un clin d'œil... Sous la pergola fleurie de gypsophiles blanches, je souris à l'époux que Dieu m'a offert ! Mike se soumet de bonne grâce à la curiosité des matrones, présentes à tous les mariages et tous les enterrements de Port-au-Prince et Pétion-Ville, qui sont venues partager notre joie et lui serrer la main.*

Papa s'était surpassé ces derniers mois dans les travaux d'aménagement en prévision du mariage : la piscine a été recouverte pour devenir piste de danse. Les murs, fraîchement repeints, ont fait peau neuve. Il n'a qu'une seule fille à marier, déclare-t-il à la ronde, pour justifier ses extravagances, serrant les mains des convives qui font l'éloge de la décoration, la profusion des fleurs et l'abondance des tables garnies. Tard dans la nuit, tous projecteurs éteints, James a longtemps enlacé sa femme, dans une danse silencieuse des corps et des cœurs, sur la piste déserte, m'a conté Marguerite...

Elle devient poète... Lui, il chante son bonheur... L'amour, telle l'œuvre d'art, s'invente à chaque couple, qui devient l'artiste de sa propre création... Nous entamons un merveilleux voyage de découvertes mutuelles, dans le berceau de ma naissance, ce pays aux multiples facettes qui surprend à chaque tournant, cette île à la fois pudique et provocante, comme une jeune épouse...

Aux nuits froides de Montinar, où, nichés l'un contre l'autre, nous mêlions la chaleur de nos corps, succéda les soirées tièdes sur le sable de Kaliko Beach. Escale à Jacmel, à la Pension Alexandra, au passé glorieux ; pique-nique à Cyvadier Plage, où mon mari se laisse cuire au soleil, en dégustant du lambi frais. Résignés à l'impossibilité d'atteindre Jérémie, autre grande ville du sud, celle de mes ancêtres Deveaux, par voie routière, nous avons opté pour le Cap-Haitien, au nord du pays, bravant une route en pleins travaux de reconstruction.

L'amour est un voyage exaltant, mais parfois périlleux ! Nous avons grimpé à dos de mule le flanc du Bonnet à l'Évêque, où se dresse, fière et altière, touchant les nuages, la Citadelle Laferrière. Face à cette huitième merveille du monde, ce symbole du courage de l'homme, main vissée à celle de l'étranger extasié à mes côtés, ma fierté d'Haïtienne atteint son paroxysme, ce jour- là !

Papa et Yvette ont été des hôtes hors pair, orchestrant, à la perfection, journées à la plage et en montagne, avant le départ des visiteurs qui reprirent l'avion, enchantés de leur séjour ! Mallettes pleines de souvenirs, ils emportaient un peu de cette inoubliable île d'Haïti avec eux... Karie m'avait gardée sur son cœur, le soir des noces. Elle repartait pour la France, le lendemain. En faisant nos adieux, elle rappela : « Tu viendras aussi à mon mariage, un jour ! »

Je tiendrai promesse !

Le conte de fée continuait pour nous : J'ai pu réaliser mon rêve d'une nuit à L'Habitation Leclerc, cet hôtel luxueux, aux lavabos de marbre, construit sur l'ancien domaine de Pauline Bonaparte, sœur de Napoléon, du temps de la colonie française. Selon la légende, Pauline faisait remplir sa piscine de lait de chèvre, pour ses ablutions et le velouté de son teint... Sur la piste de l'Hippopotamus, disco de l'hôtel, Mike suivit docilement mes pas, préférant les slows où il me gardait, immobile, contre son cœur, aux « méringues » rythmées auxquelles ses hanches et ses pieds n'arrivaient pas encore à s'accorder !

Une saveur aigre-douce enveloppa la dernière soirée, passée à Bourdon, aux côtés des acteurs de ma jeunesse. Myriam Tyler avait débarqué des États-Unis et Madame Michael Roye repartait... J'avais officiellement coupé le cordon avec les êtres aimés qui avaient façonné celle que j'étais, aujourd'hui, devenue. Mon cordon ombilical est en fait enterré dans la cour du Bois Verna, où je suis née. Je survivrais mal à la vente de la maison qui symbolise mon enfance heureuse !

Yvette chuchota, à l'adresse de mon époux : « Prends soin de ma fille ! »
Et Mike l'entoura de ses bras, lui affirmant sa dévotion pour moi…

Leilah habite le bungalow construit, à Bourdon, après son veuvage.
Elle le partage avec Marguerite, qui veille sur elle. Ces deux femmes
vieilliront côte à côte… Elles ont parcouru un long chemin ensemble !
Bobby sera le successeur de Grand-père, sous le doigté sage d'Yvette,
dont il a hérité la pondération. Papa a toujours désiré une vie simple
et sans histoire… Yvette est son roc, sa ferme assurance. En les
embrassant, les acteurs de mon enfance, je n'ai même pas cherché à
cacher mes larmes…

~ **53** ~

Les gens heureux n'ont pas d'histoire, dit l'adage. Je nage dans un bonheur suspendu entre le rêve éveillé et l'incrédulité de ma bonne fortune. Michael a su combler tous les désirs qu'une jeune épouse puisse imaginer ! Je ne me lasserai jamais de l'aimer. Nous vieillirons ensemble... Mais, à l'aube ma vie d'épouse, j'ai encore l'avenir ensoleillé devant moi ! Je n'ai pas encore découvert ses défauts. Ah ! Oui, un : mon époux ne sait pas danser. Je l'ai constaté, ahurie, lors de notre lune de miel en Haïti. Je l'aiderai, en temps voulu, à remédier à la situation. Cette fois je serai le professeur, et il sera l'élève, je médite, souriante...

Mike a déniché un petit appartement dans un quartier résidentiel, avec stationnement pour sa Volkswagen Beetle, mais loin du transport public. Je ne conduis pas ; mes déplacements seront limités. Nous avons décidé, d'un commun accord, que je prendrai une année sabbatique avant de me lancer dans ma carrière paramédicale. En vivant simplement, son salaire de résident suffira à nos besoins. Il me désire disponible, pour partager avec lui ses rares heures de repos, loin de l'hôpital. Je me vois offerte, pour la première fois de mon existence, une vaste savane de temps libre, sans carte de navigation, de structure ou garde-fou. Ma seule mission : rendre agréable notre nid d'amoureux, et offrir, à mon mari, l'accueil du soldat qui revient de la guerre...

Réfugiée avec délice dans le rôle de femme au foyer, je m'applique à tenir un intérieur impeccable, évoquant, en pensée, l'image d'Yvette et de ma belle-mère, deux maîtresses de maison accomplies. Nous dînons parfois avec un cercle restreint d'amis, issus du milieu médical. Mike se plait à m'appeler sa *french girl*, en présence de ses collègues, avec un sourire taquin... Je pense alors avec nostalgie à la France, à ses richesses culturelles et ses traditions. J'ai gardé une touche d'accent parisien, hérité de mes années d'étude sur le sol français. Parfois, la fille des îles surgit à la surface, un rien de paresse langoureuse dans le comportement qui siérait mieux à une Antillaise, en *moumou* sur la dodine de sa véranda fleurie, papotant, éventail en main, avec ses amies, du dernier mariage de la saison. Je découvre les charmes de l'art culinaire. Laissant libre cours à mon imagination, j'invente des petits plats que je mijote avec amour pour mon mari, goûtant allègrement à tout ce que je crée à la cuisine.

Mike parti pour l'hôpital, une sérieuse apathie s'installe, sans crier gare, chez moi, au fil des mois… Pour meubler l'absence de mon mari, je me perds dans la vie fictive des héroïnes de feuilletons télévisés, me gavant de leurs histoires romanesques, et de sucreries. Je nage béatement dans le bonheur, insensible aux kilos qui s'amoncellent avec l'apathie grandissante qui m'habite. Mon journal repose au fond d'un tiroir. Mon univers se résume à la télé, mes casseroles, et nos soirées intimes… L'amour qui nous lie demeure vivace. Mais passé le seuil de notre chambre, la vie file sous mon nez et je ne sais comment m'y prendre pour y mordre à pleines dents. Je me sens prisonnière d'une cage dorée !

Un autre nuage vient troubler l'image parfaite du bonheur : Mike, mon aîné et l'oracle sage de notre couple, souhaite, après sa résidence, établir une solide pratique privée avant de songer à mettre au monde un enfant. Il désire, de plus, jouir de notre vie de couple, avant d'avoir à la partager avec un autre, si petit soit-il. Déjà, Marguerite m'a demandé, au téléphone, si j'attendais un heureux événement ! Elle ne conçoit pas mariage sans bébé. Ce soir-là, nous avons boudé. J'ai traité Michael d'égoïste, et lui m'a reproché ma grande naïveté ! Au réveil, j'ai compris que mon mari récolterait la palme de la victoire…

Mon corps s'adapte à la prise quotidienne de la pilule. Quand le remords m'assaille, je balaie toute pensée sournoise, dans l'ivresse du bonheur conjugal et d'une liberté sans contrainte, achetée en pharmacie. Michael, comblé dans sa vie affective et professionnelle, déplore l'étincelle qui s'est éteinte de mon regard ! Partenaires à part égale dans la grande aventure du mariage, mon époux suggère de mettre fin, après huit mois, à mon année sabbatique.

Je décroche un emploi à temps partiel au laboratoire de microbiologie clinique de l'hôpital. L'image du chercheur penché sur son microscope et soulageant la misère du monde, prend vie pour couronner l'effort de tant d'années d'étude ! Le soleil luit, à nouveau, dans mon ciel ! Le soir, Mike et moi fêtons nos retrouvailles !

La chance d'écrire une nouvelle page d'histoire dans notre vie de couple se présente un jour : Alexander, ancien condisciple de Mike, l'invite à le rejoindre en Floride. Docteur John B. se fait vieux et cherche deux jeunes partenaires à sa clinique d'Obstétrique-Gynécologie. John, Alex et Mike se partageraient les clientes de la clinique, et un horaire basé sur un système de rotation. La jeune épouse ne cache point sa joie : plus de temps avec son mari ! L'Antillaise exulte à l'idée de fuir l'hiver, et d'être, géographiquement, plus près de ses parents. Ceux de Mike se désolent de voir leur seul fils s'éloigner. Mais ils se courbent à cette force, toujours changeante, qu'est la vie…

Mike part en éclaireur et m'annonce qu'une coquette maison nous attend, au bord d'un lac artificiel, bordé de cocotiers, et peuplé de canards. Il a signé un contrat d'achat, payable en trente ans. Les dés sont jetés ! Nous bouclons nos valises.

~ 54 ~

Floride - Été 1976

Les canards ont reconnu, de loin, les miettes de pain qui s'envolent vers l'eau et se disputent le meilleur morceau. Mon favori, un mâle au plumage blanc, porte une couronne de plumes sur la tête. Il nous rend visite, tous les matins au jardin planté d'hibiscus jaunes, avant le rituel de ses ablutions quotidiennes dans le lac. C'est le meilleur moment du jour, pour nous… Mike, sur le porche, sirote son thé et me sourit, avant son départ pour la clinique. Je ne l'aurais pas cru, mais à cette phase de mon existence, j'éprouve un grand bonheur dans mon rôle de femme au foyer. Mike me laisse carte blanche sur la direction que prendra ma vie.

J'ai étudié l'option d'un poste à l'hôpital Presbytérien, où je pourrais facilement y arriver, par bus. Mais aujourd'hui, mon cœur désire ce repos sabbatique, avorté la première fois. L'oiseau est consumé du désir de construire son nid, de le rendre accueillant, reposant, confortable. Je vise à la sérénité… Mon décor de palmiers frais et de meubles en bambou reflète cette harmonie à laquelle j'aspire, en communion avec la nature et l'univers tout entier…

~ * ~

Pour célébrer nos trois ans de bonheur conjugal, Mike m'offre la surprise d'une mini-croisière aux îles Bahamas. Souper romantique sur le bateau, dans la pénombre complice de la salle. Au dessert, mon mari me prend tendrement la main, et m'entraîne sur le pont. La nuit est fraîche, en ce beau mois de décembre près des côtes floridiennes. Je resserre le châle qui m'entoure les épaules. Nous avons repéré quelques étoiles accrochées au velours sombre du firmament et formulons le souhait de vivre un amour éternel ! Mon compagnon tire de sa poche un coffret plat, où brille une splendide gourmette, qu'il me place amoureusement au poignet. Le vent, qui mêle nos cheveux, a un goût de sel. Vissés l'un contre l'autre, nous nous imaginons seuls au monde, sur cette mer infinie... Nos lèvres se cherchent, et ne se quittent plus ! L'intensité de mon émotion me fait mal. J'aspire aux frontières tourmentées du plaisir, là où l'extase rencontre la douleur, et la tempête rejoint la source claire de la vie...

~ * ~

La routine de l'existence a repris ses droits. Mike retrouve le chemin de la clinique et moi, mon havre de paix et de solitude, dans notre maison au bord du lac. Mais un curieux changement s'est opéré en moi : un réveil de l'âme, en quelque sorte... Je me revois, en pensée, sur le pont de l'amour, et je retrouve le goût de sel de nos baisers, sur mes lèvres... Myriam, éternel écrivain secret, point obscur à l'horizon, émerge timidement de sa torpeur bienheureuse.

Parker en main, je veux capter, et les emprisonner par le pouvoir de l'écriture, ces émotions fragiles et fugitives, où j'ai senti vibrer la vie... Et le miracle s'est produit ! Je retrouve l'étrange émotion que provoque la feuille de papier, lorsque ma plume court dans la fièvre de l'inspiration. Installée sous le parasol au jardin, autour de la table de résine claire, les mots émergent d'une source intarissable. La magie de notre soirée d'anniversaire, sous la voûte étoilée, réveille la muse que je croyais partie, à tire-d'aile, pour toujours... Sur les pages blanches d'un cahier d'écolier à spirale, naît *Une nuit au paradis*.

Mike me rejoint, sous le refuge du parasol, de son pas pressé d'homme pour qui la vie est une course à la montre, et chaque minute un bien précieux. Il s'est arrangé pour se libérer et me faire la surprise d'un après-midi ensemble. « Rien que nous deux », souligne-t-il, d'un ton plein de sous-entendus. Il me tend un bouquet de roses, et je caresse ce visage au regard d'eau verte, où brillent des paillettes jaunes.

Nous restons joue contre joue à l'ombre du parasol, goûtant à la saveur du moment présent. Rien ne presse. L'après-midi nous appartient… Son regard se pose alors sur la table de résine, et les pages recouvertes de mon écriture hâtive. Comme une adolescente prise en faute, je sens bêtement mon visage prendre feu !

« Qu'est-ce-que c'est, ma chérie ? »

Ce jour, tôt ou tard, serait au rendez-vous de la vie : mon secret, mis à nu sous la clarté crue de midi ! Face à l'homme qui a gagné mon cœur, mais jamais encore pénétré mon jardin secret, je me transforme en statue de glace. Mike symbolise, pour mon âme en péril, en cet instant précis figé dans l'espace, le public moqueur, prêt à dévorer l'aspirant écrivain, et le chasser dans ses tranchées !

Je comprends aujourd'hui, qu'il est plus difficile d'atteindre l'intimité de l'âme, que celle de nos corps… Être scrutée par d'autres, c'est s'offrir, vulnérable, à leur critique et leur incompréhension. Poursuivre un rêve, c'est risquer parfois l'échec et le ridicule. Mais, je sous-estimais l'homme qui a lié, pour le meilleur et le pire, sa vie à la mienne ! Sur son insistance, je lui traduis *Une nuit au paradis*. Je subis le calvaire du dépouillement de l'âme, exposé à travers chaque ligne, écrite dans la fièvre de l'émotion et de l'inspiration.

Il écoute pensivement, son bras autour de mon épaule : l'héroïne retrouve l'amour de sa vie. Ils échangent un baiser passionné sur le pont d'un bateau de croisière, scellant la fin théâtrale d'un récit romanesque… Je découvre un auditoire bouleversé, dans le regard de Mike : « Comme c'est beau, ma chérie ! Tu vas traduire ton texte, et chercher à le faire publier ! »

L'idée d'une éventuelle publication ne m'a jamais effleurée. Les pages écrites, au fil des ans, dorment d'un sommeil éternel, au fond d'un tiroir… Nous passons l'après-midi à fouiner dans mes papiers jaunis d'adolescence. Michael m'offre une machine à écrire portative, qui devient ma fidèle compagne au jardin ou la chambre, au gré de l'inspiration et la fantaisie. Il s'est octroyé la mission de faire renaître en moi l'étincelle de la création littéraire.

Mon texte, intitulé *A Night in Paradise*, a été nettement tapé à la machine. J'accorde à mon mari l'entière liberté de disposer du manuscrit à sa guise. Par une crainte superstitieuse, je refuse, pendant les mois qui suivent, d'en parler. Grisée du retour de la muse dans ma vie, animée du feu de l'inspiration, j'entame une seconde nouvelle, où la mort tragique du héros de l'histoire me fait verser des larmes. Oui ! L'étincelle est passée…

Mon vieux rêve a été dévoilé au grand jour et ma vie prend un nouvel essor. Ce sabbat m'était nécessaire, pour apprécier les vastes champs libres de l'esprit, qui s'étendent à perte de vue devant moi et nourrissent l'inspiration… Mike revient un jour de la clinique, un air de triomphe peint sur son visage. Il brandit une enveloppe jaune entre les mains : « Tu auras l'enveloppe mystérieuse à condition de m'offrir un long baiser d'amour ! »

Je m'approche… L'étincelle demeure vivace, entre nous. Les yeux fermés, les lèvres offertes, je sens, au large, se gonfler les voiles qui conduiront la barque de nos émotions fortes. Dans ce désordre des cœurs, qui siérait mieux à l'obscurité complice de la nuit qu'à la clarté de midi, l'enveloppe est oubliée sur le carrelage…

~ * ~

« Nous avons le plaisir de vous faire part de la sélection de votre nouvelle '*A Night in Paradise*' par la revue *Whispers*, pour publication au mois de X…. Veuillez trouver, inclus, un contrat d'accord…etc… Droits d'auteur, paiement, etc… Nous serons intéressés, à l'avenir, à d'autres soumissions de textes de votre part. Veuillez recevoir, etc… »

Les yeux embués de larmes, les mots de la lettre se noient dans une tâche grise, informe... L'éditeur d'un magazine juge mon texte digne d'être publié ! L'offre pécuniaire m'importe moins que la validation officielle de la publication. Mon rêve, demeuré si longtemps un secret, aura, désormais, le statut de la légitimité. Mike, incorrigible optimiste, a osé ce que je n'ai jamais su faire : une soumission de texte !

Avec patience, il avait expédié, avec enveloppe timbrée portant adresse de retour de sa clinique, une copie de ma nouvelle à plusieurs revues féminines. Mike garda sous silence les lettres de rejet qui s'accumulaient à la clinique, pour épargner ma grande susceptibilité. Il avait saisi une vérité qui, jusqu'ici, m'échappait : dans la longue liste des *non*, tout ce qu'il faut à l'écrivain en herbe, est un seul *oui* ! Le monde, alors, ne sera plus jamais pareil.

~ 55 ~

La croisière aux Bahamas avait été notre cadeau d'anniversaire : la célébration de trois ans de vie conjugale. Avec sa délicatesse de cœur, Mike m'offrit, quinze jours plus tard, un merveilleux présent de Noël : deux billets d'avion pour Haïti ! Il devinait la tristesse qui s'infiltrait dans mon cœur de fille des îles à l'approche des fêtes de fin d'année, et ce besoin vital de me retremper dans le pays de ma naissance !

Au douzième coup de minuit, la famille avait entonné Minuit Chrétiens, et, main serrée dans celle de Mike, je n'avais même pas cherché à dissimuler mes larmes, qui coulaient, enfin libérées ! Bobby ne se moqua pas de moi, cette année... Devinait- il, peut-être, la solennité de ce moment pour la sœur qu'il dépassait d'une bonne tête, depuis des années ? Frais émoulu d'une école de Commerce, mon cadet s'apprêtait à fêter ses vingt-trois ans et parlait d'avenir, avec sa petite amie... Freddy fumait en cachette. Il étudiait l'architecture et rêvait de partir à l'étranger. Viendrait-il me rejoindre en Floride ? Junior, mon filleul, plus intéressé aux jeux et aux filles qu'à l'étude, risquait, au grand désespoir de mes parents, d'échouer son Bac. Marguerite continuait d'être mon fidèle chroniqueur des potins familiaux. À onze ans, Mark était de ma taille, déjà...

Il n'y avait plus, depuis longtemps, de bébés à Bourdon... Marguerite m'avait serrée sur son cœur et chuchoté, à mon arrivée, de garder espoir : je porterais, un jour, un enfant dans mes entrailles ! Elle en mourrait, si elle apprenait que ma stérilité apparente n'était qu'un masque trompeur... Yvette et Leilah ne disaient rien, mais m'observaient à la dérobée, l'œil perplexe...

Nous nous étions dorés sur la plage, avions bu de l'eau à la même noix de coco et goûté, sous le ciel étoilé de décembre, à la douceur de nos baisers dans la fraîcheur de Kenscoff, et le gazon humide de Montinar. Dans l'euphorie des retrouvailles, j'oubliai, dans la maison de mon enfance heureuse, entourée des acteurs de mon passé, la prise de la pilule, à laquelle mon cœur et mon corps s'étaient habitués. Nous avions regagné la Floride après le Nouvel An, Mike et moi, détendus, heureux, plus que jamais amoureux. Mike, subjugué par le charme envoutant d'Haïti, décida : « Nous prendrons notre retraite à Kenscoff ! »

Lorsque je compris que j'étais enceinte, la lumière, tout à coup, m'aveugla ! Cette compulsion de bâtir notre nid dans l'harmonie et la sérénité, ce vide qui s'infiltrait, en sourdine, dans l'édifice du bonheur, n'étaient autres que l'appel déchirant de ma fibre maternelle, que Mike et moi étouffions depuis trois ans ! Je désirais ardemment un enfant ! Rien n'était plus clair que cette évidence ! Mon être tendu n'aspirait qu'à cette chair de ma chair, consécration vivante de l'amour fort qui nous liait. Ce miracle arrivait sans crier gare, et changerait à jamais le cours de nos vies ! Mike serait-il furieux de ma négligence ?

Michael me serra, à m'étouffer, dans ses bras, et m'avoua une chose incroyable : il souhaitait depuis quelques temps un enfant lui aussi, le fruit tangible de notre amour. Mais il n'osait m'en parler, persuadé que j'étais comblée, à ce stade de ma vie, avec la concrétisation de mon rêve de toujours : l'Écriture ! Un enfant viendrait bouleverser l'harmonie du présent ! Mais le destin sut prendre son propre cours, car deux êtres bien pensants, face au mystère de la vie, perdaient leur objectivité...

~ 56 ~

Le papier dégage une odeur suave de parfum léger. Mais les mots résonnent, tel un glas, dans ma tête. Je relis la missive d'Agnès Renaud, qui a traversé les océans jusqu'à Haïti, et qu'Yvette m'a fait suivre à mon adresse en Floride. L'enveloppe rose, ornée d'un splendide timbre-poste, m'attendait dans notre boite aux lettres aujourd'hui, enfouie sous la pile des factures. De gros nuages gris annoncent une de ces averses brutales d'été, qui s'enfuient en Floride aussi vite qu'elles avaient paru. Je me suis trainée, désœuvrée, du sofa du salon à celui du porche ce matin. Ma source d'inspiration a tari : je n'écris plus ! Je blâme la fatigue, mais, c'est l'angoisse qui m'habite. La naissance du bébé que je porte est prévue pour septembre. Quelle ironie du sort ! Le drame de Claire s'infiltre en sourdine, pour me rappeler la fragilité de la vie... Mike, éternel optimiste, décourage toute pensée négative, pour m'assurer une grossesse sereine.

Revenu de la clinique, il va découvrir un chapitre de ma vie que j'avais oublié... J'évoque pour mon mari l'image d'un parc splendide, et d'un banc célèbre, qui a défié les siècles... Mes camarades, et le professeur parti sans crier gare, soulager l'humanité souffrante d'Afrique, surgissent de ma mémoire. Je supporte mal l'abandon des êtres qui me sont chers ! C'est le prix qu'ils payent, quand leur route croise mon chemin... En me quittant, Claire m'a légué cette hantise, qui me ronge ! Je fais, pour Mike, lecture de la lettre écrite sur papier rose :

« Sœur Marie Laurence a dû quitter l'Afrique, pour raisons de santé. Revenue à Saint Joseph, ses forces n'ont cessé de décliner. J'ai pu lui rendre visite, lors d'un voyage de Nantes à Paris. Alitée à l'hôpital Sainte Anne, les médecins ont diagnostiqué l'étape finale d'un cancer du foie...Elle ne survivra pas à la saison. Notre professeur faisait mention de toi, dans ses missives, au fil des ans. Je lui avouais, gênée, que tu ne répondais pas à mes lettres… »

Agnès ne méritait pas mon silence buté. En coupant les ponts avec Saint Joseph, l'amie fidèle devenait, du coup, l'innocente victime d'une vieille rancœur… La vie réserve parfois de ces coups de théâtres imprévus, où l'ironie de l'événement n'a d'égal que son aspect pénible et douloureux. Dans ce même hôpital parisien où elle a été un ange à mon chevet, Sœur Marie Laurence mène son dernier combat. L'évidence s'impose, claire comme une source : j'ai une dette d'amour à payer ! Le destin, par le truchement de mon amie de pension, se charge de me le rappeler aujourd'hui. Je vais écrire à mon professeur, me dépouiller, et lui demander pardon pour mon silence ! Mike, qui vient d'opérer, à mes côtés, un difficile voyage dans le temps et l'espace, propose avec sa générosité habituelle : « Partons immédiatement pour la France, Myriam ! »

Prise d'un léger vertige, je ferme les yeux… Tout arrive si vite ! Aurai-je le courage de franchir la porte d'un retour aux sources du passé ? Je ne le sais pas encore, mais ce voyage va me sauver de moi-même. En me tournant vers la souffrance d'un autre, je ferai taire mes craintes superstitieuses d'un drame qui pourrait se répéter, une nuit de septembre… Comme Haïti, la Floride est sur le parcours des monstres atmosphériques qui laissent les côtes africaines, pour devenir ces cyclones et tempêtes tropicales qui tuent et détruisent, sur leur passage.

Mon ventre ressemble à ces gros nuages lourds, pesants, accrochés au ciel sombre, aujourd'hui. Cet enfant, nous l'avons conçu en Haïti, Mike et moi… Nostalgique, mes pensées se tournent vers ma famille qui prendrait tant de plaisir à me choyer.

Yvette conserve sa grâce et sa mesure, à l'approche de la cinquantaine. Quelques mèches grises, autour des tempes, lui confèrent un halo de sagesse. Elle me rejoindra en Floride, pour mes couches. Celle qui a été instrumentale à ma survie, lors de ma venue au monde, m'a prise en charge et sut élever quatre fils au sein d'une dictature, m'épaulera de sa vaste expérience. Grand-mère attend, anxieuse, ce bébé qui lui offrira un héritage tangible de Claire. La présence d'Yvette est sa ferme assurance, l'ancre auquel elle s'accroche dans la vie. Papa, futur grand-père, ne tient pas en place ! À ses côtés, le stress me consumerait toute entière ! Mon enfant aura quatre oncles, anxieux déjà de jouer ce rôle tout neuf ! Bobby sera le parrain du petit être qui va naître. Marguerite me ferait-elle avaler ses infusions-miracles ? Je resterai toujours **sa** petite …

~ * ~

Les médecins affiliés au Presbyterian Hospital sont invités, comme chaque année, au barbecue annuel de la fête de l'Indépendance américaine, tenu sur les gazons de l'hôpital. Hamburgers et hot dog, cuits au charbon, coca cola et chapeaux étoilés abondent. Nous sommes de la fête, avec les partenaires de Mike. Les messieurs discutent travail, et je papote, avec ces dames, du dernier régime en vogue, autour des paniers de petits gâteaux secs… Avec le ventre arrondi que j'exhibe, la scène me parait encore plus cocasse ! Nous prenons congé, sous une pluie de feux d'artifices, à la tombée de la nuit.

Demain, Mike et moi partons pour la France. Mon mari a obtenu, de ses collègues, un congé de deux semaines. Notre voisine gardera les clefs de la maison, et arrosera nos plantes. En verrouillant la porte, une sourde angoisse m'envahit. Qui l'emportera, de cette course à la mort ? Arriverons-nous à temps ? Le taxi nous dépose au Miami International Airport. Les dés sont jetés !

~ 57 ~

Paris - Juillet 1977

Installée près du hublot, l'œil rivé sur l'immensité de l'Atlantique que nous survolons depuis des heures, mes pensées vagabondent sur les rives du passé… Je me souviens de ce retour en France qui avait précédé, il y a dix ans, le déclanchement de ma typhoïde. L'image floue de Jean Pierre, compagnon de voyage de fortune, me revient à l'esprit. La mémoire joue parfois de ces tours ironiques, captant l'événement insignifiant pour le ramener, après des années, à la surface.

Souvenirs riches… Je revois, en un éclair, le parc de Chateaubriand en habits d'automne. Des étudiantes, béret bleu et chaussettes longues, se promènent gaiement. Elles sourient à la vie et aux promesses de l'existence. Myriam, petit point obscur à l'horizon, encadrée d'Ishtar et d'Agnès, tient des propos légers. Souvenirs douloureux aussi… Terrassée par la fièvre à l'hôpital Sainte Anne, je touche l'abîme profond du désespoir. Un ange me tient la main dans mon délire.

Souvenirs bouleversants d'adolescente… Des émotions fortes, intenses, sont mises à nu, amplifiées puis sagement canalisées. L'image de Christian de Panière m'effleure et le rose me monte aux joues… Michel aussi surgit des brumes du passé : regard doux, mais cœur brûlant d'artiste ! Un passé tour à tour lointain, et si proche aussi… Juste à ce moment, l'enfant que je porte en moi exécute une culbute. Je pose la main sur ce ventre arrondi qui me ramène à la réalité présente. Mon regard s'arrête sur l'être cher, endormi près de moi, qui m'a offert son nom avec son cœur. Je couve des yeux ce visage d'homme, dans l'abandon paisible du sommeil.

Michael a mis en branle, par amour, la machine à remonter le temps et orchestré ce pèlerinage aux sources du passé... J'ai fini par somnoler, la tête appuyée sur l'épaule de mon compagnon. Lorsque j'ouvre les yeux, notre avion se pose à Paris. Fatiguée par le décalage horaire, les membres engourdis et le pas lourd, je me laisse faire, docile. Mon mari avait tout planifié avec son agence de voyage et le taxi nous dépose à l'entrée d'un bel hôtel. Parler d'une seconde lune de miel dans ma condition physique actuelle friserait le ridicule. D'ailleurs ce retour aux sources, inspiré par une circonstance douloureuse, ne s'y prête guère.

Mais je reviendrai en France avec Mike, je médite, enfouie sous le duvet... Nous visiterons le Louvre, et la tour Eiffel. Nous nous promènerons aux Champs-Élysées, après une glace au Drug- store. À Montmartre, nous poserons, joue contre joue, pour un portrait au fusain. Sur les quais de la Seine où voguent les bateaux-mouches, nous échangerons de longs baisers d'amour, sous le regard attendri des bouquinistes. Le soir, en tenue de soirée, nous nous rendrons à l'Opéra et aux Folies Bergères. Je me ferai belle pour mon mari et nous boirons du champagne, au souper de minuit, sous l'œil complice de la ville-lumière ! La nuque posée au creux de son épaule, je me blottis près de son cœur... Mike est mon roc, l'encre qui retient la barque de nos vies. Il est la berge où viennent échouer toutes les émotions, le rivage où s'écrasent les grandes vagues de l'amour...

Les yeux ouverts dans l'ombre complice de la nuit, le sommeil tarde à venir. Fouler, après tant d'années, le sol de France, m'a remuée. Quitter Paris, adolescente, et y revenir avec un cœur de femme, met en branle tant d'émotions contradictoires ! Le rêve éveillé se poursuit, dans le silence paisible de cette étrange nuit : nous visiterons Versailles, et ses splendeurs. J'évoquerai pour mon mari l'histoire de France, et de ses fastes glorieux. Au Trianon, nous méditerons sur la fin tragique de Marie Antoinette, et de la royauté. Nous marcherons, main dans la main, au bois de Boulogne, tapissé des feuilles rouges de l'automne. Les oiseaux se partageront les miettes que nous sèmerons à leurs pieds, pour nous quitter à tire-d'aile ensuite. J'envierai alors la griserie qu'ils doivent connaître, de voler, libres comme le vent, vers l'infini du ciel ! Je me réveille le lendemain au parfum délicieux d'un petit déjeuner à la française : celui des croissants frais, des baguettes croustillantes et des confitures ; l'arôme du café au lait fumant, servi dans de grands bols de cristal qui amusent Mike, habitué à sa tasse de thé au réveil.

« Bonn-djour, Myriam ! » répète mon compagnon, de son accent américain.

L'instant présent, à la saveur de nouveauté, m'enchante. Nous goûtons aux délices d'un petit déjeuner au lit. Je voudrais arrêter le temps et fixer à jamais, sur la toile du souvenir, l'image tendre de l'homme aux mèches couleur de cuivre, qui semble croquer la vie dans sa brioche ! Ses yeux s'accrochent aux miens… Le silence vaut son pesant d'or. Nos visages se frôlent, et nos lèvres se cherchent. L'instant présent est empreint de douceur. Il ne brusque rien. Nous partageons une tendre complicité. Derrière la porte close de notre chambre d'hôtel, le monde, avec ses peines et ses joies, attendra. Demain commencera notre pèlerinage… Aujourd'hui appartient à Michael, et à notre amour !

~ * ~

Mike a loué une petite Renaud pour notre visite à Val-de-Seine. Le vent d'été chante dans les feuillages. Nous roulons en silence au cœur du sous-bois qui mène à Saint Joseph. Le parc de Chateaubriand offre la chaude caresse d'un mois de juillet lumineux. Le vert coule à profusion des grands arbres centenaires, complices de mes quinze ans. Une sève riche et nouvelle, symbole de la vie qui renaît, grouille sous leur écorce plissée. Blazer marine et cravate sombre, Mike m'a pris la main et nous gravissons, avec une lenteur calculée, le grand escalier de briques qui mène au parloir. Ce pèlerinage aux sources du passé met en branle la gamme de mes émotions fortes. Saint Joseph, l'allure altière avec ses tours élancées dans le ciel et ses lourdes portes sculptées, semble défier le temps et l'espace. Myriam, béret bleu et chaussettes longues, ne fait pas partie du décor.

À sa place, la jeune femme brune au regard grave trouve l'effort pénible aujourd'hui. Sa grossesse avancée correspond à son état d'âme, à son cœur lourd de chagrin. Révérende Mère nous attendait au parloir. Elle ouvre les bras à notre approche et me garde sur son cœur. Les années se sont écoulées, immuables : son visage n'arbore pas la moindre ride. Elle tend la main à Mike et lui souhaite la bienvenue dans son anglais impeccable.

Je revois, en un éclair, Yvette, tailleur moutarde et talons aiguilles, à mes côtés. Le passé semble me narguer : le même décor ; Révérende Mère, demeurée fidèle à son image. Mais la silhouette gracieuse aux longs voiles noirs qui nous souhaitait la bienvenue en France, il y a dix ans, demeure absente. Révérende Mère confirme la lettre d'Agnès : les jours sont comptés pour sa compagne de couvent, alitée à l'hôpital Sainte Anne. Sœur Marie Laurence a quitté l'Afrique au seuil de sa dixième année de service missionnaire. Ses forces, ébranlées après la malaria et les fièvres tropicales, n'ont cessé de décliner et aujourd'hui, elle subit l'étape finale d'un cancer du foie. La Supérieure de Saint Joseph rappelle, le regard humide : « La distance et les années ne changent pas l'affection ! »

Mike a droit à une visite des lieux : salle d'études, réfectoire, salles de classes. Un flot de souvenirs m'assaille, au seuil de la classe de Seconde. Le temps s'est arrêté ! Agnès, Ishtar, Astrid et Sophie surgissent des brumes du passé ! Notre professeur, craie en main au tableau noir, nous inculque d'arides formules de chimie… Révérende Mère me tire de ma rêverie : les dortoirs se transformeront bientôt en bibliothèques et salles de recherches.

« L'ordre des Mariales envisage la suppression d'internes à Saint Joseph, qui deviendra exclusivement un externat. Les vocations religieuses sont en baisse, et nos sœurs se font vieilles. Notre congrégation s'est considérablement restreinte. »

Saint Joseph appartient, dans mon cerveau, à l'ordre immuable des choses. Ses murs défient l'éternité. Mais ils abritent aussi la vie qui change et se transforme, les êtres qui partent, et qui vieillissent… Un silence pesant suit. Comment expliquer le malaise qui me prend à l'idée de tout changement, même quand il ne touche plus à ma vie ? Je reviens toujours à la fillette de sept ans, qui voit s'écrouler son univers autour d'elle, à la révélation du secret de sa naissance.

Révérende Mère hésite, puis se ravise et nous conduit au bureau exigu, témoin de nos confidences d'adolescentes. Je repense à mon professeur et à toutes celles qui venaient frapper, confuses, à la porte de son cœur. Les manuels de sciences et de théologie, les innombrables copies d'élèves qui formaient un désordre surprenant dans ce refuge austère, ont disparu. L'image du Christ accueillant, bras ouverts, les visiteurs, n'est plus accrochée au mur. Un ordre parfait, glacial, règne.

Je prends, sans regrets, le chemin de la porte. L'esprit de Sœur Marie Laurence s'est envolé. L'espace loge un nouvel occupant. Sœur Angèle, maman gâteau des internes, criblée de rhumatismes, habite un couvent du Midi, au climat plus doux. Mike a été projeté au cœur d'une tranche de mon adolescence, et s'imprègne des images qui surgissent de mon passé. Subjugué par le charme des lieux et l'amabilité des religieuses, il me serre très fort la main… Révérende Mère préviendra le personnel médical de notre visite-surprise à la malade. Avec tact, elle me prépare à l'éprouvante rencontre qui m'attend :

« Vous trouverez Sœur Marie Laurence changée… Son corps est aujourd'hui usé par la maladie, mais l'esprit demeure vif. Elle n'a cessé, au fil des ans, de s'enquérir de vos nouvelles et vous demeure profondément attachée. Elle apprit votre mariage grâce au faire-part expédié par vos parents à la communauté de Saint Joseph. Mais nous n'avions pas votre adresse en Amérique. » Silence de coupable… Nous prenons congé. Les tours de Saint Joseph disparaissent, pour toujours, au tournant de la clairière.

~ * ~

Une carte de Paris étalée sur notre table, Mike repère le parcours qui nous conduira à l'hôpital Sainte Anne. Nous avons déjeuné dans un petit café de quartier sans prétention. La fumée des cigarettes monte des tables voisines et m'incommode. Je voudrais faire marche arrière, reculer l'imminence de la pénible rencontre qui nous attend. La Renaud s'arrête au coin d'un immeuble gris, austère, au périmètre imposant : l'hôpital Sainte Anne. Mike me prend la main avec l'autorité de l'aîné, du guide sûr.

Nous longeons les couloirs imprégnés de l'odeur forte d'eau de javel, à la recherche de la chambre vingt-quatre. Un flot de souvenirs m'assaille, agression brutale sur mes sens écorchés vifs : cette odeur caustique, qui vous brûle la gorge ; les longs couloirs vides, impersonnels, déprimants comme la mort… Sur chaque porte, un numéro. Derrière chaque panneau de bois, un drame humain qui se déroule au cœur du théâtre de la vie : vagues successives d'espoir et de détresse qui se mêlent, s'entre- déchirent dans l'âpre lutte de la maladie contre la mort. Entre ces murs silencieux, Sœur Marie Laurence doit mener, elle aussi, son obscur mais héroïque combat. Quelques secondes encore, et je me retrouverai propulsée au cœur de son drame, émue à la perspective d'un douloureux retour aux sources. Je serre la main de Mike. Il s'est arrêté à la dernière porte close, au bout du couloir, et agrippe déjà le verrou de métal. Je maîtriserai l'émotion qui me gagne, pour le petit être qui va naître, et celle qui va quitter la vie…

Une religieuse se lève à notre approche. Sourire discret. Elle attendait notre arrivée et s'éclipse, d'un pas feutré. Face au spectacle silencieux de la souffrance, nous restons immobiles, un instant qui nous paraît un siècle ! Je me tiens près de l'oreiller où repose un maigre visage endormi, que je ne reconnais pas. Des narines sort un minuscule tube à oxygène. Les bras osseux reposent le long du corps, étroit comme celui d'un enfant. De la forme émaciée, recouverte d'un drap, part une respiration faible, mais au souffle régulier.

Me voilà propulsée dans l'œil du cyclone, qui est d'une effroyable tranquillité. Je souhaite entendre : « Allez Myriam, ce n'est qu'un horrible cauchemar ! » Pourtant, l'implacable réalité est là, étalée dans ce lit de souffrances, incrustée dans ce corps ravagé par le cancer, qu'un faible fil rattache encore à la vie.

Mike, sans bruit, m'a glissé un siège. Je soulève la main aux doigts émaciés pour la garder, silencieuse, dans les miennes. Le regard clair s'ouvre alors. Il s'attarde, étonné, sur la haute silhouette barbue de Mike, et suit, hésitant, le contour des épaules féminines où repose la main d'homme. Puis les yeux fixent, incrédules, ce visage que l'embonpoint de la grossesse et le chignon sobre ont métamorphosé.

~ 58 ~

Sœur Marie Laurence, remuée, redresse la nuque et pousse un faible cri : « *Myriam* ! » Puis la tête, fatiguée, retombe sur l'oreiller et deux grosses larmes quittent les paupières tremblantes pour se perdre dans les joues creuses. Celle qui, toute sa vie d'enseignante fut avare de paroles inutiles, exprime, par l'éloquence de son silence, par ses larmes tranquilles, la profondeur de son émotion. Le temps reste figé dans l'espace, suspendu entre le passé et le présent qui s'entremêlent. Une jeune infirmière pénètre dans la chambre, un plateau d'ordonnances entre les mains. En me levant pour prendre congé, je me penche vers la malade : « Sœur Marie Laurence, je te présente Mike, mon mari. »

Le tutoiement est parti spontanément de mes lèvres. L'heure est à la simplicité, au dépouillement. La solennité n'a plus sa place, dans les moments décisifs ! Michael s'approche et saisit, dans les siennes, la main restée prisonnière dans la mienne pour la poser sur moi, où palpite la vie : « *Meet Lawrence, our baby.* »

Mike offre un hommage inattendu à la mourante. Il demeure cette force impulsive, qui fonce au cœur de l'existence pour m'entrainer dans son sillage éblouissant ! À ses côtés, le ciel sera plus bleu, le jour, et nos nuits, pleines d'étoiles. Dans l'obscurité paisible de notre chambre d'hôtel, la tête au creux de son épaule, j'écoute son souffle léger. L'amour qui prend chair atteint une autre sphère : garçon ou fille, Lawrence bouleversera le cours de nos vies ! Le destin, d'un tour imprévu, m'offrira quatre jours, pour renouer avec le passé. Quelques heures d'intense partage effaceront dix ans de silence. Je m'accrocherai à l'essentiel. La mort qui frappe déjà à nos portes, exigera le dépouillement des cœurs… L'aube commence à poindre, à la fenêtre de notre chambre d'hôtel. Je n'ai pu fermer l'œil de la nuit, m'attardant sur les rives du passé. Tête lourde, chevilles enflées, estomac barbouillé, je repousse le café au lait fumant et le pain croustillant. Mike range son stéthoscope, perplexe : « Tu fais une montée de tension ! »

Au pavillon des urgences de l'hôpital Sainte Anne, les formalités d'admission s'avèrent compliquées pour les étrangers. Je suis finalement conduite dans une chambre avec baie vitrée dans l'aile nouvellement aménagée du complexe hospitalier. Mon regard s'attarde sur ce ventre arrondi par cette vie qui me remplit, prend possession de mon corps et décide ce coup de théâtre aujourd'hui. Venue en France au chevet de Sœur Marie Laurence, je me retrouve patiente du même hôpital !

Les tests confirment que bébé s'accroche à la vie ! Prudents, les médecins veulent me garder quelques jours en observation et écarter les risques d'éclampsie. Mike me tient la main. L'option d'un retour précipité en Floride l'effleure. Mais un voyage en avion est contre-indiqué avant la stabilisation de la tension artérielle. Le régime sans sel me déplaît. Je me faisais une telle fête de déguster du camembert en France ! Le café m'est banni jusqu'à l'accouchement. Révérende Mère, soucieuse à mon égard espère cacher à la mourante les raisons médicales de ma présence à l'hôpital. Pourrai-je vivre, aux côtés de Sœur Marie Laurence, les derniers instants du lambeau de vie qui lui reste ?

Une idée géniale effleure mon mari, l'ami de cœur qui n'oublie pas le but de notre pèlerinage en France. La médecine ne pouvait plus rien pour celle qui était arrivée au terme de son voyage. Les soins palliatifs pourraient continuer dans l'aile neuve de l'hôpital, où une chambre avec baie vitrée, laissant pénétrer à flot la lumière, l'accueillerait. Sa chambre baignera dans la clarté vive de l'été ! Révérende Mère obtient son transfert du pavillon oncologique et Sœur Marie Laurence devient ma voisine limitrophe. Mike n'a point quitté mon chevet et s'est endormi sur le fauteuil, sa main posée sur moi. Je me surprends à scruter ce corps d'homme, si près ! J'écoute son souffle léger... Sa présence apaise toute crainte, fait taire toute angoisse. Il me quitte à l'aube pour changer d'hôtel et rattraper un peu de sommeil. Il a sacrifié confort pour proximité et évitera les longs trajets dans Paris. Le médecin vient de quitter ma chambre.

De courtes marches thérapeutiques me sont prescrites, qui aboutiront à la chambre voisine pour de brèves visites. La malade a exprimé le souhait de mourir dignement, sans prolongation artificielle d'une vie dont l'échéance est parvenue à terme. La famille Martin l'entoure ce matin. Un homme svelte, aux tempes argentées, me cède son siège. Sœur Marie Laurence a été prévenue de mon état de santé, m'affirme sa pression de main silencieuse. L'aide-soignante qui m'accompagne accepte de m'accorder cette halte. Le récit de mon pèlerinage en France avec Mike a remué le personnel médical qui tolère discrètement nos entorses à leurs règlements.

Jean ressemble à sa sœur, des fils d'argent striant ses cheveux clairs. Marie est brune, comme Paul. Sœur Marie Laurence faisait étudier sa jeune sœur, et repassait le linge de ses frères, m'avait confié mon professeur, un soir de confidences, à Saint Joseph. Ils l'entourent aujourd'hui, les acteurs de son enfance. J'ai voulu m'éclipser, soucieuse de respecter l'intimité de leur famille, dans ces moments pénibles où la certitude du départ imminent ne fait plus de doute. La main de la malade me retient prisonnière.

« La mort n'est qu'un passage nécessaire vers la vraie vie », rappelle-t-elle à son auditoire, secoué par l'émotion. « Là-haut, toute souffrance sera abolie. Séchez vos larmes ! J'ai eu une belle vie au service du Seigneur ! »

Celle que nous aurions dû entourer à ses derniers moments, devient la consolatrice ce jour-là. Au seuil de l'adieu, elle nous lègue les trésors de son cœur. La vie est si fragile, et les instants privilégiés, de précieuses comètes qui illuminent notre ciel de leur trajectoire éphémère, pour disparaître ensuite !

La chimiothérapie avait été suspendue, à la requête de Sœur Marie Laurence, six semaines avant mon arrivée en France. La médecine, une fois de plus, perdait sa bataille contre le cancer. Le professeur de Saint Joseph, la missionnaire d'Afrique, animée d'une foi inébranlable, acceptait l'inévitable avec sérénité. Quelle aurait été ma réaction, à la vue de son crane nu ? Le duvet clair qui repousse révèle la fragilité, mais la ténacité de la vie, aussi !

Nous sommes seules, sur la terrasse ensoleillée de l'hôpital. Révérende Mère a accordé un souhait ardent à la mourante : goûter, pour la dernière fois, à la caresse d'un lumineux soleil d'été. J'avais troqué ma blouse d'hôpital pour une coquette robe de chambre et rejoint, aux bras de Mike, celle qui, bientôt, nous quittera. Quelques oreillers lui assurent un équilibre précaire sur la chaise roulante.

Mike m'avance un siège, puis s'éclipse, pour nous offrir ce tête-à- tête indispensable avant le grand départ. Je vais vivre chaque précieuse seconde comme la dernière. Nous avons dix ans à rattraper ! Aurons-nous le temps ?

~ 59 ~

Un samedi mémorable à Saint Joseph, Sœur Marie Laurence m'avait légué un testament : « Vos désirs s'épanouiront aux côtés de celui qui aura su combler vos attentes. » Par la poésie du cœur, je lui fais le récit de ma rencontre avec le Destin, à la croisée de nos chemins... Sur la palette du peintre, je brosse le tableau de l'Amour. L'homme qui a su répondre à toutes les attentes ? Un nom part de mes lèvres : Michael ! À l'heure des confidences, les menus détails de mon existence floridienne prennent des couleurs pastelles et tendres : Un lac artificiel s'étend à l'arrière de notre maison. Le dimanche, les canards quittent leur promenade aquatique pour venir partager les miettes de notre repas, au jardin. J'ai planté des hibiscus roses et jaunes, qui me rappellent notre jardin de Bourdon, en Haïti.

J'avais toujours rêvé d'épouser un homme qui sache capter, à mes côtés, le message de ce vaste univers... J'évoque ces nuits de décembre où nous partions, Mike et moi, en pleine campagne floridienne, loin de la pollution des lumières, assister aux pluies de météores sous une voûte étoilée. Chaque moment est un précieux don ! Quand nous frôlons le sublime, il faut vite tendre la main, avant sa chute libre ! Si les vagues de la nostalgie frappent à ma porte, je cherche toujours, auprès de Mike, la terre ferme de la certitude. Un profond bonheur nous unit, qui se renouvelle tous les jours, entres les berges de nos vies...

Dans un pays baptisé le creuset des cultures et des ethnicités, la Floride, port d'entrée des Caraïbes et de l'Amérique du Sud, en est l'exemple frappant. Son climat doux, proche des Tropiques, enchante la fille des îles qu'au fond du cœur, je suis restée. Dans ma ville d'adoption, plus cubaine qu'américaine, l'espagnol prime. L'accueil y est chaleureux et l'on est souvent abordé avec les mots de *mi vida* et *mi amor*. Il me faut, pour ma survie, le *cafécito* que l'on sert à presque tous les coins de rues, dans un minuscule gobelet de papier, que l'on avale d'un trait, la tête chavirée en arrière, et qui vous brûle la gorge, après ! Mike a cessé de lutter contre cette emprise du café sur moi : « *It's in my blood* », je rappelle… Oui, dans ce sang Habdoul, qui coule dans mes veines.

Sœur Marie Laurence éclate d'un rire léger, qui me rappelle la religieuse d'antan. Elle évoque à son tour la scène, tant de fois répétée au dortoir, de la jeune pensionnaire d'Haïti préparant, avec l'eau chaude du lavabo et la poudre noire instantanée, un breuvage insipide qui était une insulte au mot café. La malade semble trouver plaisir à ces menus détails qui tissent la toile rose de mon bonheur, aujourd'hui. Je l'ai transportée, par la magie des mots et les couleurs de l'imagination, en Amérique.

Je décris nos promenades aux Everglades, cette vaste étendue marécageuse où nénuphars et alligators font bon ménage. Quelques réservations indiennes y sont plantées, reléguées en arrière-plan : rappel triste que l'Amérique a, jadis, appartenu à leurs ancêtres. Mike adore sillonner la côte ouest de la Floride, pour capter les plus beaux couchers de soleil du Golfe du Mexique sur sa pellicule. J'évoque nos randonnées à Key West, la ville d'Ernest Hemingway, nichée sur une étroite bande de terre à l'extrême pointe sud des États-Unis. Quand, sur une plage déserte, nous contemplons la majesté d'un soleil couchant et voyons l'astre rouge faire sa plongée dans l'océan, une phrase inoubliable me revient toujours à l'esprit : « La nature chante les merveilles de Son Créateur ! »

Ma rencontre avec Louise Tyler est passée au peigne fin. Guérirai-je jamais de cette blessure sournoise que je porte au fond du cœur ? Le préjugé de couleur, officiellement mis au rancart, demeure en veilleuse dans mon pays d'adoption… Je lui avoue aussi l'influence hippie de mes années universitaires. L'image floue de Dany, barbu aux cheveux longs, sandales de cuir et poncho sombre, remonte lentement à la surface. Il avait su faire miroiter les eaux troubles de mille éclats. Devenue silencieuse, je pense à cet enfant qui naîtra et croisera à son tour d'autres Dany en chemin... Il ne quittera pas le nid familial à quinze ans, à l'instar de sa maman !

« Comme toi, Myriam, ton enfant saura miser sur ses propres valeurs ! » rappelle, dans un murmure, l'être empreint de sagesse et de mesure, à mes côtés. Avec humilité, elle oublie que Dieu place des anges, parfois, sur le chemin des voyageurs qui ont perdu leur route. Mes camarades de pension sont passées en revue. À son retour d'Afrique, Révérende Mère lui avait fait le compte-rendu de nos jeunes vies car les anciennes de Saint Joseph gardaient contact avec l'*alma mater* :

Agnès, ma sœur d'adoption à Saint Joseph, l'instrument de mon retour aux sources, nage dans un bonheur tranquille, avec son fils et son mari, ingénieur des Ponts et Chaussées. Agnès veillait sur la jeune étrangère, aux pas hésitants et à l'accent antillais, qui se sentait perdue en France. Elles s'écrivent depuis dix ans, révèle Sœur Marie Laurence ! Je veux garder, intact, le souvenir de cette matinée ensoleillée sur la terrasse de Sainte Anne aujourd'hui...

Ma chère Ishtar, complice de notre fugue ratée, un soir de folie à Saint Joseph où la générosité de l'adolescence n'avait d'égal que sa grande naïveté, est repartie vivre à l'ombre de la culture islamique de son pays. Licenciée en sciences politiques à la Sorbonne, elle militera, sans aucun doute, pour l'émancipation des femmes de son pays et leur accès aux études supérieures. Astrid de Panière donna le jour à un fils et refusa l'option de l'adoption, par amour pour lui : « Au fond, Myriam, cette boîte va me manquer », avouait le bourreau attitré de Sœur Marie Laurence, quittant d'un pas lourd, le dortoir de Saint Joseph... Le nom de son frère, qui sut mettre tous mes sens en éveil et faire chavirer mon cœur d'adolescente, n'est pas évoqué, par pudeur. Christian appartient aux pages jaunies d'un passé qui s'estompe.

Gisèle, dont les grands-parents avaient été mes hôtes en Auvergne, a fait sa médecine et travaille à la clinique de son père. Elle était célibataire, aux dernières nouvelles de Saint Joseph. Annabelle, ma rivale dans la course aux bonnes notes, tient une chaire de math à l'université. Sophie, qui m'avait invitée à la Toussaint, au château ancestral de Maisonrouge, est devenue Madame Charles de Boncourt, son ami d'enfance. Son nom conserve toujours une particule et le couple continue la tradition des bonnèteries à Troyes. No-ha, guidée par Révérende Mère, est entrée au couvent consacrer à Dieu une vie de service totale. Elle s'apprête à rejoindre un couvent-sœur dans son Viet Nam natal.

Sœur Marie-Laurence relève, une lueur taquine à l'œil : « Myriam a épousé le docteur Michaël Roye. Ils vivent en Floride et attendent la naissance d'un heureux événement ! »

Je ne dis rien, savourant ce moment que je sais éphémère… Mike s'est approché et se penche vers moi. Son pull-over jaune effleure le foulard du même ton qui retient ma chevelure sombre. Ma joue frôle la main d'homme qui s'attarde sur mon épaule. Sœur Marie Laurence gardera toujours, j'imagine, la vision d'un double soleil qui brillait, à ses côtés : cette profusion de jaune, d'où irradiait le bonheur d'un couple qui s'aime.

La malade remarque : « La maternité t'embellit ! Remercie Dieu et accueille avec joie toutes les jeunes vies qui vous seront confiées, dans le libre partage de votre amour. »

Juste à ce moment, le fœtus exécute une culbute. Je tends le bras vers la main décharnée et la pose sur moi, pour lui faire partager cet instant d'extrême émotion où la vie se manifeste in- utero… Une heure précieuse de partage vient de mettre fin à dix ans de silence. Mais, il faudra effacer aussi les coins d'ombre, avant le dernier au-revoir !

~ * ~

Mike a regagné notre hôtel en fin d'après-midi, jouir du confort d'un lit douillet, après une longue douche chaude, m'annonce-t-il, taquin. Mon mari sait combien je les aime, ces douches brûlantes où je transforme notre salle de bain en véritable sauna et mon épiderme subit une énergique exfoliation au gant de crin. Ma promenade achevée, je m'arrête au chevet de la malade qui, par miracle, est seule. L'univers semble convergé à nous offrir la chance d'un second tête-à-tête aujourd'hui. L'aide-soignante m'aidera à regagner ma chambre avant la tournée de l'infirmière.

Sœur Marie Laurence, de concert avec Mike et Révérende Mère, partie se reposer à Saint Joseph, a, de toute évidence, orchestré cette rencontre. Elle éclaircira enfin un mystère, mis en veilleuse depuis trop longtemps. L'adolescente en béret bleu et chaussettes longues, l'âme rancunière, émerge du passé. Une question lui brûle les lèvres depuis dix ans :

« Pourquoi ce départ inattendu pour l'Afrique ? »

À sept ans, j'appris qu'Yvette n'était point ma mère, et le monde s'écroula. Je m'accroche, depuis, aux êtres et aux choses qui façonnent mon existence, de peur qu'ils ne s'en aillent sans crier gare et m'abandonnent...

La réponse de la malade me laisse abasourdie : « Dieu m'avait appelée, à seize ans, à la vie missionnaire. J'attendais, patiente, Son heure ! »

Déroutée, je cherche, au fond de mon âme, le commentaire approprié à la lumière d'une telle révélation. Mais j'en suis incapable. C'est un second reproche amer qui part de mes lèvres :

« Pourquoi ce long silence ? »

Sœur Marie Laurence demeure pensive... Comme pour un cours de sciences, elle semble chercher le mot exact, dépouillé, qui ne laissera pas de place au doute ou à l'incompréhension.

« C'est dans le silence que l'on entend la voix de Dieu. Je l'ai compris en me cloîtrant dans la prière et la méditation, l'été de nos départs respectifs. Myriam, face au défi du changement, il te fallait trouver, seule, cette force tapie au fond de ton cœur ! Nul n'aurait pu le faire pour toi. Je me suis écartée, lors des formalités de ton transfert, pour te permettre de voler de tes propres ailes en France. Ce n'était point un abandon de ma part ! »

Elle reprend, le ton soudain maternel : « À Saint Joseph, ton jeune âge, couplé de ton statut d'étrangère éloignée de sa famille, t'avaient rendue vulnérable. J'ai voulu t'armer de sages conseils, t'inculquer des principes de vie. Je t'offrais l'unique richesse que je possédais : celle de mon expérience d'aînée. Je t'ai guidée dans la passionnante découverte de ton être profond, révélant, insoupçonnée de toi, l'étendue de ta force. Mais tu hésitais à plonger vers ce défi exaltant qu'est la vie ! »

L'invitation d'Ishtar au palais de son oncle, décliné par lâcheté, me revient à l'esprit… La malade poursuit : « Réfugiée dans le confort d'une routine rassurante, l'effort et le dépassement de soi n'auraient plus leur raison d'être. Ton transfert à Notre Dame, où tu as su affronter seule l'adaptation à une nouvelle école et cultiver de nouvelles amitiés, t'ont appris à être forte ! Tu avais en main tous les atouts pour réussir et tu as su miser sur tes propres ressources en France ! »

Sœur Marie Laurence achève, d'une voix, soudain triste : « Tu aurais pu prendre, cependant, l'initiative de m'écrire, par le truchement de Saint Joseph, comme l'ont fait Agnès, Ishtar, et même Astrid, qui m'envoya une photo de son fils ! Elles apprirent mon transfert en Afrique par leurs contacts fidèles avec l'école, non par une lettre personnelle de ma part ! Mais tu avais coupé les ponts avec le passé et j'ai respecté ton silence. Tu n'étais pas seule sur ton chemin, pourtant… Dieu veillait, à chaque étape de ta vie. Jamais je n'ai cessé de prier pour toi ! »

Je baisse les yeux... Tout devenait clair : ma hantise de l'abandon, la peur de l'inconnu et des changements inévitables de la vie avaient été les grands coupables d'un long et inutile silence... Des failles s'étaient creusées. Une vérité douloureuse résonnait encore, tel un écho, des brumes du souvenir, pour l'étudiante de Saint Joseph : « On ne revient pas en arrière ! » Le rachat serait-il possible ?

Tard dans la soirée, à son retour, Mike remarque des traces de larmes, sur mon visage endormi... J'ai demandé pardon à mon professeur, pour mon silence de dix ans, avant de prendre congé... Dans sa pression de main silencieuse, elle me l'a offert sans retour !

~ 60 ~

Florence de Val, interne chez les Mariales, est devenue la grande amie de Laurence Martin, élève externe de l'établissement parisien réputé pour l'excellence de son éducation. La fillette sage aux nattes sombres, que la vie avait gâtée, admirait la petite blonde maigrichonne qui récoltait les prix d'excellence.

Elles se fréquentaient les fins de semaine. Florence goûtait, chez les Martins, aux joies simples d'une famille unie dans le partage d'une existence modeste. Les tâches domestiques s'accomplissaient dans la gaieté et les soirées s'achevaient par la prière en commun, après la soupe. Une jolie chambre de jeune fille attendait l'amie de Florence, chez de Val, et la bonne, avec déférence, s'adressait à « Mademoiselle Laurence ».

Après une retraite bouleversante, les deux adolescentes, émues, reçurent le grand appel ! « Je serai missionnaire en Afrique », annonça Laurence avec conviction. Florence optait déjà pour la tranquillité des couvents de France. Licenciées en sciences de l'École Normale, Laurence décrocha aussi un certificat en psychologie et Florence en gestion.

L'enfant maigre était devenue une attrayante jeune fille, qui ne portait ses lunettes que pour étudier le soir, par coquetterie. Un Normalien plein d'avenir faillit gagner le cœur de Laurence, qui imaginait déjà leur couple en service missionnaire laïque, sur le continent africain. Mais le jeune homme ne partageait pas ses aspirations.

Laurence, inflexible, le quitta. Elle avait compris que Dieu seul comblerait ses attentes ! Dans le recueillement, la prière et l'étude des Saintes Écritures, deux jeunes postulantes faisaient l'apprentissage de la vie religieuse : Sœurs Marie Laurence de la Charité et Elizabeth de l'Annonciation se retrouvèrent prostrées au sol, bras étendus en croix, au chœur de l'église du couvent mère de l'Ordre des Mariales, pour la prononciation de leurs vœux d'obéissance, pauvreté et chasteté. L'émouvante cérémonie, qui faisait d'elles les épouses du Christ, consacrait le don total de leur vie à Dieu.

L'apostolat premier de l'Ordre était la formation académique et chrétienne des jeunes élèves soumises à leur direction. Sœur Marie Laurence, sélectionnée pour la région parisienne, enseignait les sciences physiques à Notre-Dame. Elle mit sur pied une salle de laboratoire ultramoderne.

Son jeune âge et son inexpérience de la vie missionnaire furent évoqués pour lui refuser sa requête d'une mutation pour l'Afrique, à laquelle elle aspirait. En religieuse obéissante, Sœur Marie Laurence embrassa stoïquement sa longue carrière d'enseignante.

Un coup de théâtre remit, des années plus tard, les deux amies sur la même route du service. La directrice de Saint Joseph mourut, créant une vacance urgente à combler. La Supérieure de l'Ordre désirait rajeunir leurs institutions centenaires. Elle fit choix de Sœur Elizabeth, aux talents administratifs connus.

La nouvelle directrice approcha son amie d'enfance : « Veux-tu me seconder ? »

Saint Joseph connut le souffle nouveau qui manquait à son décor du siècle dernier. Les inscriptions pleuvaient. Pourtant l'Appel demeurait vivace, au cœur de Sœur Marie Laurence. L'Afrique, inexorablement, l'attendait ! L'humanité souffrante des démunis du globe la bouleversait. Elle brûlait de côtoyer la souffrance, la vraie, là où la faim, la maladie et la mort sont le lot journalier des « oubliés » de la Terre… Ces êtres qui ont, eux aussi, leur histoire à conter, leur message à partager.

L'été précédent mon arrivée en France, n'y tenant plus, elle se rendit au bureau de sa Supérieure, à qui elle vouait obéissance et respect. Seules, les deux amies se retrouvaient. Le ton se fit poignant :

« Flo, j'ai quarante ans ! Je te supplie d'user de ton influence pour faciliter mon transfert en Afrique ! Pendant que j'ai encore la force de servir. »

L'année d'après, le poste de Supérieure du couvent Sainte Marie, au Congo l'attendait ! Elle avait espéré, dans l'obéissance et la soumission, vingt-quatre ans pour la concrétisation d'un appel reçu à l'âge de seize ans. En foulant le sol d'Afrique, Sœur Marie Laurence rencontrait enfin son destin !

Mike a regagné notre hôtel. Il placera des appels à sa clinique et à nos familles respectives, et met déjà en place les détails logistiques de notre retour en Floride. Je m'accroche par contre à ce présent fragile, que je voudrais garder dans son écrin !

Mais, le présent, c'est aussi ce petit être endormi dans ce corps alourdi, cette précieuse vie qui palpite, en symbiose, avec moi…

Révérende Mère a achevé, l'œil triste, son récit. En me quittant, la Supérieure m'offre ces paroles qui résonneront longtemps dans mon cœur :

« La plus belle preuve d'amitié a été de tout mettre en œuvre et faciliter le départ de ma sœur de combat vers l'Afrique. Myriam, voyez-vous, aimer, c'est parfois savoir, en brave, se séparer ! »

L'Afrique était sa destinée, m'avait confié Révérende Mère, offrant une fenêtre ouverte sur Sœur Marie Laurence, la missionnaire…

Ce pèlerin avait fait irruption à la croisée de nos chemins, puis avait disparu, au tournant de la route, suivre le cours inexorable de son destin. La religieuse avait attendu un quart de siècle, à travailler, dans l'obéissance, au perfectionnement de son être profond pour que se concrétise enfin le grand appel de sa vie !

~ * ~

Mike est près de moi. Nos sièges se touchent près du lit de la malade. Il m'entoure l'épaule. La langue de Shakespeare ne comprend pas celle de Molière, mais celui de l'amour est universel. Révérende Mère, près de la fenêtre, égrène son chapelet. Elle se veut discrète, mais disponible, au chevet de l'amie.

Sœur Marie Laurence sourit à mon mari. Elle murmure, de son accent parisien : « *Thank you* » et Mike lui rend son sourire. Ce merci, dont il devine la portée : notre pèlerinage en France, qui a permis d'écarter le voile de l'incompréhension et faire pénétrer le baume du pardon.

Les fresques d'Égypte montrent l'âme du défunt entouré d'objets qui l'accompagneront à son dernier voyage. Le chrétien au contraire se libère des chaînes qui risquent d'entraver l'ultime rencontre avec le Créateur, au terme de sa vie. Sœur Marie Laurence offre le sacrifice de son propre dépouillement.

Les riches tableaux de sa vie africaine défilent : le réfectoire, au toit de chaume, exposé aux intempéries, où des centaines d'enfants reçoivent leur ration quotidienne de blé ; Ahmed, trois ans, ventre bombé et cheveux rougis par la malnutrition, qui aime se nicher dans ses bras, à l'heure de la sieste. Les tournées de brousse, avec la Sœur infirmière, pour soigner les plaies et panser les cœurs ; les classes d'hygiène qui aideront à protéger de l'infection et des parasitoses ; le mariage du fils du Chef de village, une victoire contre le concubinage ; le spectacle des couchers de soleil, sous l'ombre fraîche de la tonnelle, où les éclaboussements de rouge et de tons enflammés proclament la majesté de Dieu !

Mais cette âme forte habite un corps fragile, et vulnérable... La malade confesse, avec résignation, ses faiblesses de santé : le paludisme qui l'a secouée, en dépit de la quinine ; puis, l'hépatite qui y fait suite et l'oblige, après six ans de service missionnaire, à repartir en France se reposer, sur ordre de ses supérieures. Sœur

Marie Laurence est aux petits soins, à l'ombre de sa communauté à Saint Joseph, entourée de l'affection de ses sœurs de couvent et de la grande sollicitude de Révérende Mère. Elle reprend un peu de poids et de couleur et passe une année sabbatique dans le repos et la prière.

Plusieurs anciennes lui rendent visite. Sœur Marie Laurence écrit : « *À l'ombre de Ses pas* », petit recueil de réflexions et d'exhortation, à l'intention des aspirantes religieuses, ces postulantes pleines d'enthousiasme qui risquent, dans leur désir fougueux de servir, de rater la présence silencieuse de Dieu.

Elle fait signe à Révérende Mère qui s'approche et me remet une mystérieuse enveloppe, un peu jaunie, qui porte un simple prénom : Myriam. Je reconnais l'écriture de mon professeur de Seconde. Il contient un petit livret et une dédicace de l'auteur : « À ma fille dans le Seigneur Myriam. Je t'exhorte à vivre, toujours, à l'ombre de Ses pas ! »

Enfouie discrètement dans les pages du recueil, une photo d'amateur offre, à ma contemplation médusée, l'image de Sœur Marie Laurence, robe et voile blanc des sœurs missionnaires en régions tropicales, souriant à la vie, un adorable petit garçon au torse nu dans ses bras. Je m'écrie : « Ahmed ! » Elle fait « oui », de la tête.

Je tiens, entre les doigts, le témoignage obscur, le cliché un peu flou d'une vie consacrée. Il résume, plus éloquemment qu'aucune parole, l'histoire de Sœur Marie Laurence, la missionnaire !

L'ordre des Mariales lui accorde un souhait ardent : retourner à Sainte Marie ! Avec sagesse, elle renonce au ministère actif pour devenir celle qui écoute et conseille : ses compagnes de couvent, les notables du village, les jeunes pleins de rêves et d'espoir viennent puiser, auprès d'elle, les mots qui réconfortent. Mais les ravages de la maladie n'ont point ménagé son foie. Deux ans après son retour au Zaïre (ancien Congo), Sœur Marie Laurence s'envole pour la

France. Elle comprend, les larmes aux yeux, qu'elle ne reverra plus le continent africain.

Les adieux à Sainte Marie sont déchirants : les hommes et les femmes du village qui suivent à pied, dans un silence éloquent, le véhicule tout-terrain couvert de poussière, jusqu'au minuscule aéroport de la zone. Le petit Ahmed qui hurle, voyant partir sa « Mama » blanche… Les religieuses, qui pleurent le départ de leur supérieure.

À Paris, Révérende Mère sourit bravement à la silhouette frêle qui approche, à sa sortie de l'avion, soutenue par une religieuse. Quelques mois plus tard, le diagnostic d'un cancer du foie est prononcé.

Mon pèlerinage aux sources du passé va prendre fin. En me levant, la malade me fait signe d'approcher et me garde contre son cœur. Ce geste, si rare d'un être plein de mesure, symbolise un au-revoir, le prélude à l'inévitable.

L'Afrique nous ravissait Sœur Marie Laurence par ses fièvres tropicales, ses maladies infectieuses mais avait été le champ d'action de la missionnaire et lui avait offert le bonheur d'un rêve comblé. Dans ma main, talisman précieux, je tiens l'enveloppe jaunie dont le modeste contenu résume, symbolique, l'histoire de sa vie !

Je conserverai toujours ces précieuses reliques, l'humble trésor d'un vaillant pèlerin qui arrive au terme de son voyage… L'infirmière quitte la chambre, dans la pénombre silencieuse. Mike se glisse sans bruit dans le lit, pour m'offrir le refuge de ses bras. Blottie dans la chaleur de cette présence familière, je ferme les yeux…

~ * ~

Aucun nuage, désormais, n'obscurcit le ciel de nos relations affectives. Dix années ont été abolies en quelques heures d'intense partage. Les coins sombres de la rancœur et de l'incompréhension ont disparu, baignés par la lumière des retrouvailles et du pardon.

La vue des paupières closes et du tube à oxygène me choque, quand je m'approche, au bras de Mike, du lit de la malade le lendemain. Sœur Marie Laurence, sa dernière mission achevée, décline rapidement. J'ai du mal à croire qu'elle faisait, avec moi, provision de soleil sur la terrasse de Sainte Anne il y a deux jours ! Un prêtre lui a administré l'Onction des Malades ce matin.

« La nuit fut agitée, révèle l'infirmière. » Elle lui ajuste un goutte-à-goutte de Morphine. Sœur Marie Laurence sourit faiblement, à la pression de ma main sur la sienne. Mike m'entoure l'épaule. Il devine l'échéance inévitable qui approche à grands pas. Je sens venir les larmes, en dépit de ma promesse à rester forte.

Un murmure à peine audible part des lèvres de la mourante : « Myriam, nous sommes des pèlerins sur terre ! Des voyageurs, en route vers l'Éternelle Demeure. Quand arrive l'heure de la séparation, il faut savoir bravement se dire au revoir ! »

Je ne le sais pas encore, mais le guide, le professeur vient de prononcer sa dernière phrase cohérente. C'est le cadeau final à son élève, la dernière leçon de vie de la mourante ! La morphine atténue la souffrance, mais obscurcit le cerveau d'un voile trouble…

Peut-on jamais affirmer qu'on s'est tout dit ? Si nous pouvions prévoir l'instant précis du dernier adieu à ceux qui nous quittent, aurions-nous changé nos gestes et nos mots ? Porterons-nous un regret, un remords, à la tombe, pour n'avoir pas su laisser parler notre cœur ?

Sœur Marie Laurence, paupières closes, respire faiblement. Son souffle léger demeure le seul indicateur de la vie qui s'accroche. Révérende Mère assure la permanence au chevet de sa compagne de couvent. C'est une question de jours, ou d'heures, peut-être ? Son visage las reflète tous les chagrins de la terre ! Elle enveloppe, d'un regard triste, l'amie prostrée sur le lit d'hôpital, qui n'est déjà plus consciente de sa présence à son chevet.

Mon mari m'aide à regagner ma chambre. Le docteur Bastien achève son examen. La pression artérielle s'est stabilisée, les chevilles ne portent plus de traces d'inflammation et il signe les documents pour mon départ de l'hôpital, prévu demain, en fin de matinée. Poignée de main cordiale. Mike veillera à faire respecter les ordres du docteur : régime sans sel ; enrayer épices et excitants comme la caféine ; marche quotidienne ; repos fréquent ; éviter le stress.

C'est le prix à payer, d'avoir un époux médecin : aucun écart ne me sera permis ! Mike sera mon gendarme et ma conscience ! Je remercie le jeune médecin de sa compréhension envers moi. Le personnel médical, je n'ai nul doute, se souviendra longtemps de notre passage à Sainte Anne et des menues entorses aux règlements, par souci d'humanité.

Cette vie qui palpite, dans l'univers clos de mon corps distendu dirigera, une fois de plus, nos pas : je couve en moi le mystère le plus profond du monde, issu d'une valse des corps et des émotions. Confrontation de la joie, et du chagrin aussi : une vie nous quitte ; une autre prépare son entrée dans le monde. Le cercle de la vie se referme, pour former une sphère parfaite.

Mike, conscient de la horde de mes émotions, m'exhorte au repos. Il ne quittera pas ma chambre de la nuit, assure-t-il. Rideaux tirés, le faible éclairage de la veilleuse permet de reconnaître l'ombre silencieuse de l'infirmière, qui fait sa tournée du soir. Ma main soudée à celle de mon mari, à mon chevet sur le fauteuil raide, je n'ai pas conscience de sombrer dans le sommeil…

Révérende Mère, d'un pas furtif, s'est approchée, au cœur de la nuit…Mike, d'un bond, est sur pied !

« Myriam ! Venez vite ! Il va falloir être brave ! »

En un éclair, je comprends. Sœur Marie Laurence, extrêmement agitée, émet des sons bizarres. Le râle de la mort, j'imagine, un tremblement nerveux me parcourant l'échine. À la lumière tamisée de la veilleuse, je contemple ce visage qui mène bravement le combat final.

En frôlant la faiblesse de sa vie qui s'éteint, en recueillant son dernier souffle, elle me communiquera, en brave pèlerin, la force de son esprit ! Mike sera là, tout près… Il m'attendra ! Je m'agrippe à la pauvre main crispée sur le drap blanc.

Révérende Mère saisit l'autre main de sa compagne, entoure ses doigts d'un chapelet et récite le Psaume 23 : « Quand je marche dans la vallée de l'ombre de la mort, je ne crains aucun mal, car Tu es avec moi ! »

Instants poignants…

L'amie murmure : « Pars en paix, Laurence, tu as bien accompli ta mission ! »

À ces mots, Sœur Marie Laurence respire calmement pendant quelques secondes. Elle nous gratifie d'un dernier regard… Les yeux deviennent vitreux. Dans un souffle, elle s'écrie :

« *Oh ! Tant de lumière !* »

Laurence Martin a rendu l'âme dans un sourire… Je vais me réveiller, et Mike me prendra dans ses bras pour me dire : « ce n'est qu'un mauvais rêve ! » Pourtant, ce corps immobile, dans ce lit, affirme le contraire ! La réalité de la mort me frappe de plein fouet !

Révérende Mère lui ferme tendrement les paupières. Nous restons silencieuses, au chevet de celle qui vient de nous quitter. Le front penché, je devine que la Supérieure est en prière pour le repos de l'âme de sa compagne. Au cœur du chagrin, elle s'est souciée de mon état et invite mon mari à pénétrer, sans bruit, dans la chambre de la défunte. Je ne retiens plus mes larmes, le visage enfoui au creux de son épaule, inconsolable dans les bras de Mike.

Un jour pâle et terne commence à poindre… Les yeux humides, Révérende Mère demeure, jusqu'au bout, la Directrice : elle autorise le personnel médical à venir remplir leurs derniers devoirs envers la morte. La famille Martin a été prévenue.

Ma mission en France a pris fin. Sœur Marie Laurence est partie. Dieu m'a accordé la grâce de lui tenir la main, à son dernier souffle ! Son âme a déjà franchi les portes du paradis. Je crois entendre, dans un murmure, sa voix :

« Pars en paix, Myriam, je suis heureuse ! »

Révérende Mère Elizabeth me garde longtemps sur son cœur. Au moment de franchir la porte de sortie, escortée de Mike, je me retourne une dernière fois sur mon passage.

« Adieu, Révérende Mère. Merci de l'avoir tant aimée ! Elle fut une mère, pour moi !

– Au revoir, Myriam ! répond, en écho, la Directrice de Saint Joseph.

– Merci de l'avoir tant aimée ! Elle fut mon amie, et ma sœur de combat ! »

~ * ~

~ Épilogue ~

En Israël, on a planté six millions d'arbres, en souvenir de six millions de Juifs ! Leur vie, fauchée, servit d'holocauste à l'Absurde. L'arbre planté, arrosé par les larmes, symbolise le renouveau de la vie, qui doit continuer. La vie continue, en effet. L'arbre planté, symbolique, c'est le nom de ma fille Lawrence, comme l'a voulu Mike, par amour pour moi. Je contemple, incrédule, ce petit être fragile endormi dans mes bras, bouleversée par ce don merveilleux qu'est la vie !

Nous avons quitté la France précipitamment : « Allez, ma grande, c'est mieux ainsi ! avait dit Révérende Mère au téléphone. » La vision du corps figé de Sœur Marie Laurence, étendu dans un cercueil, me sera épargnée. En pensant à elle, j'imaginerai les grands espaces de l'Afrique, sur fond de l'Alléluia de Händel. Elle s'est envolée dans l'azur infini du ciel. « Pars en paix, Myriam, ai-je cru entendre. » Et mon cœur a fait la paix avec le destin qui, une fois encore, me ravissait une mère.

Un jour, quand ma fille grandira, je retournerai en France, payer une dette de gratitude à Agnès, qui a été l'instrument de mon retour aux sources. Je me promènerai au parc de Chateaubriand, tenant très fort la main de Lawrence, pour calmer mon émotion. « Ma chérie, c'est l'école de ta maman », lui expliquerai-je fièrement, à l'entrée majestueuse de Saint Joseph. Et ma fille s'émerveillera du parterre d'or des feuilles d'automne.

Mike a réalisé son rêve d'une pratique privée avec Alex et John, ses partenaires. Ils se sont bâtis un horaire de travail compatible avec la vie de famille, en se partageant les responsabilités de la clinique. Les fêtes de la Thanksgiving nous conduiront à Boston, chez les parents de Mike. La vigueur de nos enfants sera l'antidote à leur vieillesse qui s'installe doucement. Nous partirons tous les ans pour Haïti, à la saison fraîche de décembre, quand le ciel se pare de millions d'étoiles. L'hôpital Albert Schweitzer de Deschapelles a accepté l'offre de volontariat annuel de mon mari, qui compte rallier ses collègues et leurs ressources à la cause du service. Je replongerai avec délices au sein du pays et de la famille qui ne m'ont jamais vraiment quittée. *Mes racines sont plantées en Haïti !* Si j'ai frôlé plusieurs frontières émotionnelles, l'histoire, pour moi, a débuté là-bas.

Nous célébrerons ensemble les fêtes de Noël. L'été, le clan nous visitera en Floride. James, Yvette, Leilah, Bobby, Freddy, Junior, Mark représentent mon port d'attache, cette mosaïque d'êtres chers qui, dans leurs divergences et leurs imperfections, sont indispensables à ma survie. Grand-mère a la ferme intention de voir tous ses petits-fils mariés. Et Yvette, qui blanchit discrètement avec les ans, sera toujours la mère qui me prêtera main-forte, à la naissance de nos enfants. Mon mari est mon roc de Gibraltar, le capitaine du vaisseau de nos vies. Il sera l'encre auquel je m'accroche, quand les tempêtes de la vie menaceront.

Nous partirons pour un long voyage, un jour, quand notre fils naîtra… Nous découvrirons les grands espaces africains sous le ciel du Zaïre. Mes enfants apprendront l'histoire douloureuse de mes ancêtres de l'Afrique noire. Nous ferons l'émouvant pèlerinage à Sainte Marie. Je conterai alors, à Lawrence et à son frère, le récit d'une vocation : l'appel missionnaire de Sœur Marie Laurence, dont la vie et la mort ont été une vaillante quête des hautes cimes.

Notre ambition pour nos enfants sera simple : « L'essentiel est de s'accomplir pleinement ! » L'étincelle de la création s'épanouira librement dans leurs jeunes vies. Nos enfants découvriront la magie des jardins, et la grâce des papillons. Nous leur conterons la légende de la jarre d'or au pied de l'arc-en-ciel et nous lirons ensemble les contes de mille et une nuits, avant le baiser du soir. Ils s'endormiront en paix, sachant que l'Ange Gardien veille, dans l'ombre silencieuse de la nuit.

Je décrocherai un poste dans la branche médicale, quand notre nid se videra. Le crépuscule de nos vies nous surprendra doucement, sur la véranda fleurie d'un petit chalet niché au cœur de Kenscoff. Mike m'a promis ce retour à ma terre natale, quand viendra l'heure de la retraite. Alors, côte à côte sur une balançoire à deux places, nous nous tiendrons la main, émus, couvant, du regard sage de la vieillesse heureuse, la jeunesse gracile de nos petits-enfants.

Au chevet de Sœur Marie Laurence, j'ai côtoyé, puis accepté la mort, qui n'est finalement qu'une extension de la vie, dans une autre dimension. Aujourd'hui, je suis une femme heureuse, comblée dans ma vie d'épouse et de mère. Que manque-t-il, en somme, à mon bonheur, pour être parfait ? Mike aide, une fois de plus, le cours du destin, avec la sagesse de l'aîné :

« Exploite l'énergie créatrice que tu couves. Fais revivre, sous ta plume, ton adolescence, dans ses faiblesses, comme dans sa force. Tes mots seront ton héritage ! »

~ Note de l'auteur ~

Myriam retrouva son journal dans la malle aux souvenirs. Encouragée par son époux, elle évita l'écueil dangereux de la routine, qui encroute l'âme. L'Écriture est devenue l'étincelle qui renouvelle, jour après jour, la joie de la création littéraire.

~ * ~

L'AUTEUR

Née à Port-au-Prince, **Yamilé Stitt** partit poursuivre ses études à l'étranger, en Europe et aux États-Unis, durant les années soixante et soixante-dix. Elle retourna aux Antilles - Haïti et République Dominicaine - puis en Floride où elle vit depuis de longues années. Aujourd'hui, ses enfants ont fondé leur propre foyer, et elle partage son temps entre l'Écriture et l'interprétariat.

Écrire a été son rêve et sa passion depuis l'enfance : « J'ai toujours été une avide lectrice. Mes souvenirs d'enfance les plus chers en Haïti, me ramènent à ces moments magiques de solitude entourée de mes livres favoris. L'été de mes onze ans, avec mon stylo à plume Parker, j'écrivis mon premier 'roman' sur un cahier d'école plein de tâches d'encre et de ratures. »

Écrivain secret depuis des années, avec une collection de poèmes et de nouvelles dans ses archives personnelles, **Yamilé Stitt** est l'auteur du roman *Les Chemins de Lumière*, un parcours d'adolescente avec pour toile de fond une époque tumultueuse et pivotante de la scène mondiale.

www.ingramcontent.com/pod-product-compliance
Lightning Source LLC
Chambersburg PA
CBHW071901020726
47502CB00003B/843